笔墨纵横　自成丘壑

孙　宪　著

BIMO ZONGHENG
ZICHENG QIUHE

图书在版编目（CIP）数据

笔墨纵横　自成丘壑 / 孙宪著. — 北京：知识产权出版社，2022.10
（学者文丛）
ISBN 978-7-5130-8363-8

Ⅰ.①笔… Ⅱ.①孙… Ⅲ.①文艺–作品综合集–中国–当代 Ⅳ.①I217.2

中国版本图书馆CIP数据核字（2022）第170160号

责任编辑：阴海燕

学者文丛

笔墨纵横　自成丘壑

孙　宪　著

出版发行：知识产权出版社 有限责任公司		网　　址：http://www.ipph.cn	
电　　话：010-82004826		http://www.laichushu.com	
社　　址：北京市海淀区气象路50号院		邮　　编：100081	
责编电话：010-82000860转8693		责编邮箱：laichushu@cnipr.com	
发行电话：010-82000860转8101		发行传真：010-82000893	
印　　刷：江西千叶彩印有限公司		经　　销：新华书店、各大网上书店及相关专业书店	
开　　本：710mm×1000mm　1/16		印　　张：25.5	
版　　次：2022年10月第1版		印　　次：2022年10月第1次印刷	
字　　数：260千字		定　　价：128.00元	

ISBN 978-7-5130-8363-8

出版权专有　侵权必究
如有印装质量问题，本社负责调换。

丛书编委会

主　任：王金平　张艳国
副主任：殷　剑　谢晓国　周毛春　胡小萍
　　　　叶廷峻　谢　康　文　鹏
秘书长：夏克坚
成　员：（按姓氏笔画排序）
　　　　王文勇　王志强　邓　琳　卢小平
　　　　刘　婷　刘永红　孙　扬　严红兰
　　　　杜　枬　李为政　张劲松　张晓娇
　　　　陈　丽　周雨然　俞王毛　徐新爱
　　　　涂序堂　梅　那　常　颖　章可欣
　　　　雷振林

积累学术文化，创新大学文化

南昌师范学院七十周年校庆"学者文丛"代总序

张艳国*

今年金秋时节，我们就要迎来南昌师范学院七十周年校庆了。七十年弹指一挥间，攻坚克难，写就光辉校史；七十年"筚路蓝缕，以启山林"，教育培训、师范教育的累累硕果汇入江西高等教育历史长河，为江西高等教育发展贡献了样本和经验；七十年勠力同心，奋发有为，提振精气神，不懈怠、不折腾、不停步，紧跟时代，赶上时代，形成了体现南昌师范学院师德师魂、师风师貌、校风校纪、学规学风、学者学术、学生学习、学科专业、社会服务内涵个性和本质特征的大学精神、大学文化。

七十年接续发展，学校严守自己的学统文脉，坚守自己的初心使命，一路走来，由小到大，由弱变强，不断彰显高校办学特色，办社会满意的师范本科院校，赢得了社会好评。在发展历程中，学校数易其址，几易其名，发展创新成果来之不易，历史记忆是办学治校宝贵的文化教育资源。考论江西高等教育之源，学校是江西省最早的四所高等院校之一，是"老八所"本科院校之一。虽说"英雄不论出身"，但历史总

---

* 张艳国，南昌师范学院党委副书记、校长，江西师范大学中国社会转型研究省级协同创新中心首席专家、教授、博士研究生导师。国家"万人计划"（国家高层次人才特殊支持计划）哲学社会科学领军人才、中共中央宣传部文化名家暨"四个一批人才"、国务院政府特殊津贴专家、国家社科基金重大项目首席专家，兼任中国史学会史学理论研究分会副会长、江西省历史学会会长。

归是历史,回望历史、牢记历史、尊重历史,在总结历史经验、掌握历史规律的基础上,充分发挥历史主动性、积极性、创造性,可以看清我们前行的路,更好地开创未来。

七十年前,为谋发展之大计,满足江西省人民对优秀中学教师的渴望,江西省人民政府于1952年4月1日在南昌市豫章中学小礼堂举行江西省中等师资进修学校成立仪式,这也是南昌师范学院的奠基礼。1952年5月,学校开设为期三个月的第一期培训班,集中培训全省中学和师范学校的校长、教导主任以及骨干教师,共计208名。办学四年,学校就培训骨干学员873名,极大缓解了新中国之初江西省基础教育师资不足的压力。1956年3月,在进修培训取得良好办学成绩的基础上,江西省政府决定扩大江西省中等师资进修学校规模,批准筹建南昌师范专科学校。新挂牌的南昌师范专科学校首设语文、数学、俄文、地理四个专修科,招收应届高中毕业生,同时开设教师进修部和教育行政干部轮训部,进行师干培训。其时,南昌师范专科学校是江西省仅有的四所普通高等院校之一,也是其中唯一一所为满足基础教育需要而建立的高校。办学两年间,南昌师范专科学校培养专科毕业生400余人,培训体育教师900余人,集训校长、教导主任2200余人,当时堪称全省基础教育师资力量进修培训的重镇。1958年,江西省人民政府决定创建八所本科高等院校,其中就有在南昌师范专科学校基础上设立的江西教育学院。当时,因南昌师范专科学校校址被调拨给新建的江西大学使用,致使学校师生搬至庐山办学。1958年10月,学校在庐山人民艺术剧院召开了江西教育学院成立大会暨新生开学典礼。从1958年到1962年,江西教育学院主要发挥师范教育功能,为高中应届毕业生提供学历教育通道。1969年,江西教育学院与江西师范学院、江西大学文科合并,先后成为江西井冈山大学、江西师范学院的重要组成部分。1979年,为适应江西基础教育发展需要,江西教育学院重新恢复办学建制,复苏进修培训、高师函授办学功能。1980年,学校的中文系、数学系、外文系开始招收走读本科生，由此恢复了普通本科教育。1999年，江西教育学院恢复普高招生，重启专科办学，但普高教育确定为21世纪江西教育学院的主攻方向。2005年，学校探索新的办学模式，在赣州市成立江西教育学院赣南分院，专职培养小学教师。2008年，为适应新的高等教育发展形势，学校购置南昌经济技术开发区瑞香路地段近500亩土地，建设学校新校区。2009年10月，学校的教育系、旅游系、中文系、外文系共计2000余名师生先行搬到瑞香路新校区。2010年10月，江西教育学院的办学主体搬到昌北校区。自此，学校办学重心由青山湖校区迁至瑞香路校区。2012年，江西教育学院普通高等教育在校生规模首次达到6000余人，远程培训和集中面授中小学教师超过400万人，学校成为江西省成人教育的"领头羊"，也成为江西省基础教育领域名副其实的"工作母机"。自2008年开始，学校"改制办本"工作便紧锣密鼓地展开。全校围绕"改制办本"目标，在省政府暨教育厅指导下，上下一心齐努力，夯实达标各项工作。2013年1月，学校通过教育部组织专家组进行的"改制更名"评议。由江西教育学院更名为"南昌师范学院"，学校的办学性质和方向也变更为一所普通本科院校。"改制更名"后，南昌师范学院确定立足江西、服务社会的办学目标，坚持面向基层、服务基层的办学宗旨，发挥自身办学优势，打通教师职前培养和职后培训，努力在江西建设一所有特色高水平应用型普通本科师范院校。2019年，学校顺利通过教育部普通高等学校本科教学工作合格评估。七十年的发展历程，大体上就是我在"校庆铭文"开篇中所概括的："学脉相传七十载，桃李芬芳满天下。建校之初，其辛也艰；改革发展，其果也实。七秩耕耘正风华，矢志育人再扬帆。"

进入中国特色社会主义新时代，在"十四五"时期，学校党委科学预判高等教育发展形势，明确"南昌师范学院在哪里"的问题意识，科学确立从"十四五"开始"分三步走"的发展战略，向着建设一所新型的高质量、有特色的南昌师范大学目标奋勇前进。目前，学校已被列入江西省教育厅"十四五"新增硕士学位授予单位立项规划重点建设单位；学前教育专业获批教育部国家一流本科专业建设点；学前教育、音乐学、英语三个专业顺利通过普通高等学校师范类专业第二级认证；获批首批国家语言文字推广基地，等等。学校把握新时代高等教育发展新形势、新要求、新任务，研究并驾驭新时代高等教育发展规律，站在江西看南昌师范学院，站在中部看南昌师范学院，站在全国看南昌师范学院，站在世界教师教育看南昌师范学院，学校坚守教师教育底色，守牢育人育才本色，彰显服务基层特色，聚焦师德师风亮色，"四色"有机融合，打造"金色"教师教育。学校找准坐标系，找对参照系，定规划、有目标，"对标对表"做实核心办学指标、打好攻坚发展"组合拳"，凝心聚力、提振精神、鼓足勇气、真抓实干，奋战"申硕更大"新目标，以新的目标牵引学校发展踏上新征程。

历史之路我们已经走过；面向未来并不遥远，严峻挑战摆在我们面前。如何科学回答"南昌师范学院在哪里？""在新时代办一所怎样有教师教育特色的师范本科院校？""师范教育究竟是个什么'范'？"等问题，如果想要直接进行浅层次回答当然很容易；但如果想要进行深层次回答，并且回答准确、回答好，的确很难。在校庆七十周年来临之际，我们推出南昌师范学院七十周年校庆"学者文丛"，就是想借此回答这些问题，并借此积累学术文化，创新大学文化，助力学校内涵式高质量发展。

大学是什么？按照中国传统的说法，"大学"是大人之学；"大学之道，在明明德，在亲民，在止于至善"[1]。意思是说，大学是教育成年人立德修身、处世为人、止于至善的教育机构和文化阵地。通俗地说，就是"教做好人"之学。在近代意义上，教育家马相伯说，所谓大学之"大"，并非指校舍之大、学生年龄之大、教员薪水之高，而是指道德高

---

[1] 朱熹撰，徐德明校点：《四书章句集注》，上海古籍出版社、安徽教育出版社，2001年，第4页。

尚、学问渊深❶。大学就是要培养有道德、有修养、有学问、有才干的有用人才。无独有偶，我的博士研究生导师、华中师范大学前校长、著名历史学家、教育家章开沅先生多次在演讲中论述说，所谓高校之"高"，是指学历高、文凭高、学问高、道德高、文化高、素质高。由此看来，"大"和"高"，是大学或高校的重点和关键。因此，大学是培养人才、传承文化、积累文化、创新文化的地方，大学是由学校、教师、学生和社会组成的教育共同体。这个教育共同的要素(元素)是互动耦合的关系，教师乐教、学生乐学、政府乐办、学校积极、家长支持紧密互动，相互支撑，聚合功能；在这个要素群中，各要素都十分重要，缺一不可。

大学是干什么的？明确了何为大学，也就回答了大学的主业主责、教育功能这个问题。毫无疑问，大学所为，全在于帮助学生"成人立人"。围绕人做教育工作，教人成为有用之才，用古人的话说，是"己欲立而立人，己欲达而达人"，设身处地，推己及人，行仁教之法❷。用当代教育家章开沅先生的说法，是立足于人类命运、人类未来，"最重要的是做人教育"❸。总之，为党育人、为国育才，培养社会主义的建设者和接班人，"培养一个人才，振兴一个家庭，造福一方社会"❹。培养人，使人自立成才、有用有为，做有责任的中国人，做有义务的社会公民，做有家国情怀、有使命担当、有人文精神的人类一分子，首先在人格上要是一个"大写的人"，在道德上是一个"高尚的人"，在才干上是一个"有益于人民的人"❺。

自古以来，教与学就是一个矛盾统一体，它体现为教学互动，教学相长❻。在大学里，从来都存在教学"双主体"的矛盾互动。从受教育

---

❶《马校长就任之演说》，《大公报》，1912年10月26日。
❷ 张艳国：《〈论语〉智慧赏析》，人民出版社，2020年，第110页。
❸ 章开沅：《章开沅演讲访谈录》，华中师范大学出版社，2009年，第172页。
❹ 张艳国：《家长委员会在高校人才培养中的地位和作用》，《中国大学教学》，2016年第11期。
❺ 毛泽东：《纪念白求恩》，《毛泽东选集》第二卷，人民出版社，1991年，第660页。
❻ 胡平生、张萌译注：《礼记·学记》下册，中华书局，2017年，第698页。

一方说,学生是教育的中心,围绕学生、关照学生、服务学生、提升学生是大学教育的根本任务;从教育者一方来说,教师是教学的中心,投入教学、倾力教学、亲情教学,教育教学是教师的唯一职责和最重要使命。在教育体系和教学资源配置中,两者不可偏废,必须评估好、处理好。但是,从教与学的互动和矛盾关系平衡来说,教师是教学主体,"教也者,长善而救其失者也"❶,他是决定教学质量、教学效果的主导和矛盾的主要方面,学生则是学习的主体,他是决定学习能力、学习效果的主要方面。从根本上讲,由于教师具有教导、指导、引导、疏导的重大作用,因此,一所大学的文化、大学精神主要还是由教师引领的。从这个意义上说,没有教师,就没有教学过程,也没有教学文化。虽然我们常说,衡量一所高校的教育质量看学生,衡量一所高校的学术水平看教师,但是,由于教师在高校里具有道德、言行、价值的主导性和支配性,因此,在一定意义上讲,大学文化、大学精神也出自大学教师。由此可见,教师及教师队伍建设在大学发展中具有非常重要的地位,甚至起决定性作用。

大学教师为何如此重要?除了抽象地说,大学教师是教育的主导者外,更重要的则是,大学教师还是师德师风的引领者,探求知识、追求真理、关切人类命运的领跑者和示范者,特别是在他们中间,有着灿若星河、生生不息、标志着求知求真求善最高水平的名学者和"大先生",他们既是学术的标杆、知识创新的推手,又是社会的脊梁。所以著名教育家梅贻琦先生说:"所谓大学者,有大师之谓也,非谓有大楼之谓也。"❷大学重视教师队伍建设,这是抓一般,抓经常,抓根本;关键的是,要培养教师中的教师,即培养教育家、学问家,培养那些堪称"大先生"的好老师。学术大师、学术名家和大先生,他们是大学的教育标志、学术高度和学术名片,他们体现和代表着大学的学术质量和教育

---

❶ 胡平生、张萌译注:《礼记·学记》下册,中华书局,2017年,第705页。
❷ 梅贻琦:《梅贻琦谈教育》,辽宁人民出版社,2015年,第7页。

知名度。吸引学生报考入校、影响学生人生规划与行程的,往往是一所大学的著名学者。我曾到东北师范大学、南京师范大学访问。在交流中我注意到,两所学校极具教育眼光和学术眼光地为著名历史学家、教育家日知先生,著名心理学家、教育家高觉敷先生铸立铜像,这两尊铜像在学生和来访人员中极具魅力和吸引力,瞻仰者常年络绎不绝,铜像四周四季鲜花不断。山东大学建设的"八马同槽"文化园,也是如此。"八马同槽"❶,既是高等教育界的经典佳话,也是大学文化的宝贵案例。他们之所以能够成为大学的教育名片、学术名片,产生被家长、学生追慕的"社会效应",除了他们所达到的学术高度令人敬佩外,最重要的则是他们的教育情怀和学术追求体现为一种伟大的精神和高尚的文化,他们视学术为生命,书写了感天动地的学术人生、教育人生,产生了"润物细无声"的文化辐射力、渗透力和育人功能。在他们身上,终生学习,毕生钻研,进入人生自觉,达到学习的"知之,好之,乐之"的精神境界❷,达到学术的"独上高楼,为伊消得人憔悴,蓦然回首"三重治学境界❸,使教育与学术臻于善美,这实为大学文化、大学精神的灵魂。我们发自内心地尊崇学术大师的精神品格、意志情操、学术贡献,就是对大学文化、大学精神的推崇、敬仰和弘扬。

在南昌师范学院建校七十周年之际,学校围绕大学文化开展校庆活动,就是要固守大学文化的根,守牢大学精神的魂,不忘我们从起点出发走向未来的本,用现代大学文化、大学精神培养我们的下一代和接班人。其中一项重要的内容,就是出版一套校庆学者文丛,它由袁牧(1925—2015)、周文英(1928—2001)、吴东兴(1931)、李才栋(1934—2009)、郑清渊(1935—2016)、刘法民(1945)、谢苍霖(1947—2006)、李满(1953)、孙宪(1954)、赖大仁(1954)(按出生先后排列)十位名家之

---

❶ "八马同槽"的典故,是说新中国之初,山东大学拥有八位享誉中外的文、史、哲大家名家,令人敬仰。参见许志杰:《山大故事》,山东大学出版社,2013年,第69页。

❷ 张艳国:《〈论语〉智慧赏析》,人民出版社,2020年,第104页。

❸ 王国维:《人间词话》,上海古籍出版社,2008年,第6页。

作构成，涉及中国逻辑史、中国书院史、马列文论、语文教育、拓扑学、文化研究、国画艺术、文艺评论、文艺美学、生物教育等学科领域。他们在学校的学科专业建设上，数十年如一日，潜心学问，精心育人，是南昌师范学院令人尊敬的大学者、好老师。"一代人有一代人的学术"，学术总是在传承中发展进步。我们出版这套"学者文丛"，就是要以教育文化样本形态，厘清学校发展的大楼与大师关系，彰显深蕴学校发展史中的学术文化，揭示学校倡导的学术标识，弘扬大学文化、大学精神，让师生从中受到教育和启示，激励后人，传承学术，滋养学脉，培养涌现出更多的学术名家大师，使学校为传承江右文化、建设时代新文化作出更大贡献，为建设一所新型的高质量有特色的南昌师范大学提供深厚的文化资源和强有力精神动力！

是为序。

2022年国庆节于南昌

目 录

上编 笔耕不辍 矻矻求索

立风立德 高山仰止
　——记著名书画家、美术教育家胡献雅先生 …………… 003
给国画山水初学者的话 …………………………………… 034
钢笔风景写生形式初探 …………………………………… 044
风景速写要述及作品解读 ………………………………… 051
胸藏文墨，悠然忘我
　——胡辛绘画作品集序 …………………………………… 098
艺履录 ……………………………………………………… 104

下编 云水氤氲 草木华滋

中国画 ……………………………………………………… 195
速　写 ……………………………………………………… 279

附 录

寂寞路上的不懈努力 ……………………………………… 321
恢弘壮丽写山河
　——评孙宪先生山水画创作 ……………………………… 323
迁想妙得 自成丘壑
　——读孙宪山水画法 ……………………………………… 326

品读孙宪山水画作品随感
　　——"既打进去,又跳出来"的艺术佳作 …………………… 330
从容地走自己的路
　　——看孙宪的钢笔速写 ………………………………………… 336
大家孙宪
　　——我的国画老师 ……………………………………………… 338
孙宪画魂 …………………………………………………………… 350
胸有幽绝方造境 …………………………………………………… 354
笔墨归真且与造物游
　　——记著名山水画家孙宪 …………………………………… 356
他坚守着艺术的良心与责任
　　——记著名画家、教授孙宪 ………………………………… 363
孙氏山水点缀江西门户
　　——孙宪融入南北画派泼彩赣鄱风光 ……………………… 367
心精力果,卓然有成
　　——孙宪教授与他的国画速写艺术 ………………………… 371
用辉煌书写人生
　　——记民进省委会常委、省政协委员、
　　　江西教育学院美术系主任孙宪教授 ……………………… 377
孙宪艺术经历 ……………………………………………………… 384

后　记

上编

笔耕不辍　矻矻求索

立风立德 高山仰止

——记著名书画家、美术教育家胡献雅先生

自打上小学的时候,我就知道胡献雅的名字。因为喜欢画画,父亲就经常跟我讲一些画家的故事,像北京的齐白石、徐悲鸿,还有江西的胡献雅先生等,讲先生的画如何的好,因此我头脑中留下了这个难忘的名字。再加上"文革"前我哥哥每年春节都会收到一些漂亮的明信片和贺年卡,其中有一些图案选用的就是胡老的画。记得有一张贺年卡上印着毛茸茸的小鸡在梅花丛中寻觅着什么,令人爱不释手——上面的梅花小鸡充满了生机,卡片边上印着"1963"的年号,那是三年困难时期后的复苏年,画上的小鸡似乎对未来充满了憧憬……

胡献雅先生　1983年

1975年,我在省里参加学习班,上级组织参观江西省工艺美术馆举办的省工艺美术展览,意外地看到了胡老的一件新彩挂盘,我站在作品前端详了好久。回家告诉父亲,父亲也很高兴,毕竟胡老又出现在艺坛了。

1977年下半年全国恢复了高考。做了9年知青的我参加了高考,被景德镇陶瓷学院美术系录取。之所以报考这所学校,除了它在中国艺术学院中独特的地位之外,学院里还有我一直崇拜的胡老先生。

1980年下半年,考虑到美术系国画师资不足,景德镇陶瓷学院拟从1977级中选拔一人作为师资培养,由胡老亲自带。经过考核,我荣幸地被选为胡老的助手、弟子。当我把这消息写信告诉家里时,父母为我能有这么一位好导师而感到高兴,叮嘱我不要恋家,好好跟随胡老学画。后经学院报轻工业部批准,1980年底,我正式离开班级,成了79岁的胡老先生的关门弟子。

胡老对我很严格,在学院组织隆重的拜师会后,随即安排制订我的学习计划,指导我通读、精读画论,解读、临摹五代以来的名家如董源、李成、范宽、马远、夏圭、黄公望、倪瓒、石涛、八大山人等人的作品,并安排我到大自然中写生,整理画稿,创作和练习书法。每天老人家都会到我画室或是我到胡老家中学习,朝夕相处、苦学勤练。这期间,也使我对胡老有了近距离更深入的了解:胡老深厚的书画底蕴和修养、不同凡响的艺术见解和教育思想、独特的艺术探索之路、令人敬佩的人品,以及老人历经沧桑的蹉跎岁月……

叩开艺术之门,中西兼修

胡献雅先生于光绪二十八年(1902年)十月十日出生于南昌胡惠元村。其家族是南昌当地的名门望族,祖父胡自元,父亲胡廷銮。父亲在清末加入了同盟会,在辛亥革命爆发后,又随李烈钧等人参加了江西讨袁的湖口起义,1919年担任了江西省议会的副议长,作为爱国民主人士,为社会的发展进步做了很多有益的工作。由于父亲担任省议会的议员,忙于社会活动,先生幼年时的教育多由他的外公罗润舟负责。先生的外公是清朝秀才,有很深厚的旧学功底,对他的要求十分严格,为他制订了丰富甚至可以说略为繁重的课业,包括阅读古文,背古诗词,临习碑帖。当时新式学校进入中国不久,先生7岁时便进入当地尚公学堂接受小学教育。从小拥有良好学习环境、开阔的视野,以及长辈的悉心教导,加之自身的勤学努力,中学前先生就有了较深厚的国文和书法功底。他的书法以颜体为基础,旁涉柳体、篆书、隶书,多次得到学校和老师的嘉奖与表扬,小学时书法比赛多次拿到第一名。

1916年小学毕业之后,胡献雅先生开始在近代著名的教育家熊育钖创办的南昌心远中学就读,一年后,因搬家之故,又转至南昌二中(今为南昌一中)就读。在此期间,先生遇到了他绘画上的启蒙老师——王琴舫,在王琴舫老师的指导下,先生接触到水彩和钢笔画,对绘画产生了浓厚的兴趣,萌生出将来从事美术创作的想法。1921年先生中学毕业后,在家继续学习国文、绘画、书法、古诗词等,两年后走出家门,赴上海报考上海美术专门学校(即以后的上海美术专科学校)。

当年,胡献雅先生抵达的时间太晚,在上海美专考试结束后快出榜了才赶过去,错过了考试。按常理只能等下一年再考,但先生不甘心,抱着试一试的心态找到校长刘海粟说明情况,恳求给予补考的机会,没想到刘海粟校长竟然同意了。考试时还闹出了笑话:考木炭画时,学校给考生发了炭条、馒头,先生晚年笑着回忆说之前没有接触过木炭画,不知那馒头是用来当橡皮擦的,还以为是学校给准备的早饭。补考的结果出乎所有人的意料,先生的绘画、书法、国文成绩都十分优秀,他不仅被录取,而且还被破例直接插入二年级就读。虽然先生考上学校得益于他在绘画、书法、国文方面的良好基础,但也得益于刘海粟校长的慧眼识贤,打破常规的惜才之举。

笔墨纵横　自成丘壑

《新吴秋意》　胡献雅　1930年作

进入学校后,先生和吴茀之、张书旂、肖龙士、柳子谷等为同班同学,并深得刘海粟、潘天寿等名家的器重,师生交往频繁,几十年后,先生还深情地和我谈到刘海粟、潘天寿等老师对他的教诲,每每思绪都沉浸在深厚的师生情谊中……

正式入学后,潘天寿担任胡献雅的班主任与国画老师。潘天寿虽说是班主任,但只比胡献雅大五六岁,大家都是二十多岁的年轻人,又都得新文化运动风气之先,彼此间的关系可以说非常亲密。先生后来回忆说,无论是刘海粟、潘天寿,还是上海美专的其他老师,他们在艺术观念上都没有墨守成规,而是提倡创新意识,强调学生应兼容并蓄地汲取中国传统和西方的艺术养分,鼓励发挥自己的艺术个性、潜能。由此可以看出当时上海美专践行的是一种素质教育模式,在课程设置上,除了中西绘画、书法外,还设置有国文、音乐等课程,对学生综合素质培养十分重视。在美专就读期间,先生还学会了弹钢琴。

《墨鹭》 胡献雅 1942年作

如果说在上海美专就读之前,胡献雅先生从事绘画、书法创作多出于一种兴趣、爱好,那么在上海美专的求学经历就是使胡老走上终身从事艺术创作之路的原因。求学期间,通过美术史的学习,先生对东西方美术发展有了较深入的理解,他如饥似渴地汲取东西方艺术知识,包括绘画技法、观念。先生的眼界变得更为开阔,知识更为丰富扎实,其间,先生还系统学习了中国画诸名家的技法。取众家之长,又能强调自己的个性精神,先生的这一点也多次被刘海粟、潘天寿所称道。由于在绘画方面取得了较为突出的成绩,求学期间和毕业之后的胡老还多次被同学们推举为上海美专展览和校友会的主持人。

1995年,上海刘海粟美术馆开馆,同时举办"刘海粟美术作品和藏品展览"。胡献雅接到老校长的美术馆开馆仪式及作品展览的邀请函,但因病未能成行。

大胆探索艺术之路,成绩斐然

1925年上海美专毕业后,胡献雅先生回到家乡南昌,在熊育钖的邀请下,在母校心远中学当美术老师。后来在江西省第一职业学校担任美术负责人兼任美术班主任。著名画家梁邦楚就是当年胡先生美术班的学生。

1927年底他26岁,参加江西省选拔县长的考试,先生以第一名的成绩考取奉新县县长一职。奉新是八大山人曾经待过的地方,先生跟我说,他工作之余就查阅县志,找八大山人的资料,寻访八大山人的作品。一次寻访到民间收藏的八大山人的八尺横批《墨荷》。另有一幅八大山人的画,画中一巨石,野菊缠于石上,但因对方要价太高,只得作罢。先生一直后悔没有拍照留下照片。

一年后调到临川县为县长。性格使然,加上不习惯官场应酬,几个月以后,先生便毅然辞去临川县县长公职,作为职业画家遨游于国画、书法的艺海之中。1931年先生举家搬至上海法租界,以卖画为生。1932年4月,先生陪同父亲赴洛阳期间,考察了龙门石窟。后赴北京参观文物古迹,在故宫博物院观摩了众多古代书法、绘画作品。1933年在上海出版了《胡献雅画集》,潘天寿等名家参与其作品选编。写意国画《牡丹》选送参加加拿大国际展览荣获金奖。同年11月,中国美术会在南京成立,会长为张道藩,先生为发起人之一并任职学术股,负责美术计划、调查、设施及著述(学术股主任干事:李毅士,干事:高剑父、许

《八大笔意》 胡献雅 1980年作

士骐、吴作人、张书旂、孙福熙、刘开渠、胡献雅、薛士堪、洪兰友、汪东)。

1932年起,胡献雅先生在上海、南京、桂林多地举办画展。当年国民政府主席林森及孙科、于右任、何香凝、张治中、张继、张道藩,军界要人冯玉祥、何应钦、李烈钧,文化艺术界名人胡适、徐悲鸿、陈树人、潘天寿、张善孖、张大千、吴作人、茅盾、潘玉良、沈亚尘、胡蝶、王人美等都曾前来捧场及参观画展,盛况空前,好评如潮。当年,胡献雅与美术界徐悲鸿、张善孖、李毅士、高剑父、许士祺、吴作人、潘玉良、张大千、陈树人、

立风立德 高山仰止

还有20年代就熟识的傅抱石(当年北伐军进昌,胡、傅二人合作过巨幅孙中山画像)等诸先生互为挚友、切磋画艺,在当代美术史上留下了许多趣谈轶事。

胡献雅先生以职业画家的身份参与各类社会活动,创作与展览基本构成了先生生活的主要内容。当时的中国画坛大多追随"元四家""明四家"、清初"四王"的画风,但先生没有一味追随潮流。看他那个时期创作的绘画,虽可品味出八大山人的笔墨遗韵,但与八大山人画中无处不在的冷寂气息不同,他笔下出现的花鸟草木无不显露出生动活泼的人间气象,我想这与先生积极乐观的心态和审美观是息息相关的。如他的《枝头》《秋江》等5幅作品参加第二届艺风社展览会后,孙福熙先生在《中央日报》撰文特别提及胡献雅,评价其展览作品"气魄之雄厚勇猛,势必震撼中国绘画的典型而新奠基石"。

俞剑华先生在《中央日报》撰文《参观中国美展小记》,其中论及胡献雅的绘画,称誉其作品具有"一种革新的精神和迈进的毅力"。

傅抱石先生撰写《读胡献雅国画》一文发表于《中央日报》,赞其作品"淳雅简健、冲淡天真……足似雪个甲申后漫墨"。

刘海粟先生称"献雅画展乃上海美专之光"。

《中央日报》等大报经常有胡献雅参加艺术活动的报道。

1937年胡献雅国画作品《古渡》《幽怀》入选国民政府教育部主办的第二次全国美术展览会。日本著名学者长广敏雄将此次中国画展品分为旧派与新派两类。胡献雅、陈树人、高奇峰、李可染、高剑父、赵望云、汪亚尘等23人的作品被定为新派国画。胡老大写意的笔墨风格正是在这个时期的基础上逐渐形成的。

1943年1月,为庆祝中美和中英平等新约的签订,受教育部之命,胡献雅创作大幅中国画《雄鹰图》《红梅图》,中正大学校长胡先骕题签,由外交部致赠美国总统罗斯福及英国首相丘吉尔。当时国内曾放映了在伦敦的赠画电影纪录片,盛况一时,这也是对胡献雅艺术成就的充分认可与肯定。

　　胡老和八大山人谊属同乡,从小受到八大山人人品艺品的熏陶,加上其朝夕钻研,故落笔成趣,妙入化机。其国画广泛吸收了八大、青藤、石涛、昌硕诸家之长,取精用宏,自出新意,返虚入浑,积健为雄,在大写意山水、花鸟中,表现出高度的造诣和雄浑简练的艺术风格。其艺术最大特点是:寓繁于简,寓实于虚,笔愈简而意愈深,境愈虚而气更壮。他画的墨梅,老干桠槎,横斜偃仰,着笔不多,而骨力天成,尽得梅花晚节弥望的性格特征,全画一气呵成,淋漓酣畅,看之令人精神为之一爽。他画的《鱼乐图》令人联想到一片水清石秀,雨霁风和的幽美景色,活跃的鱼群,随波聚戏,几竿修竹,倚石临水,虚实相生,无画处皆成妙境,让观者感到"我非鱼,亦知鱼

1981年,胡献雅先生在南山写生留影

立风立德　高山仰止

之乐"。他为八大山人纪念馆所作的《竹石鸡雏图》,汲取了八大的笔墨精华,又跳出八大的藩篱,墨竹的刚劲,石头的浑重,小鸡的天真无一不是自己的面目,含蓄蕴藉,耐人寻味,画面的穿插、布点相当讲究,其笔墨老辣深厚。他的众多作品令许多人难企项背。他画的《秋趣》,几枝芦草以泼墨写出,一池秋水荡漾,两只野鸭一只站在石头上梳理羽毛,另一只乐不知返,还陶醉于探索水底的奥秘,水面只露出高高翘起的尾部……不多的笔墨将大自然的一角画得如此生意盎然。胡老的山水画,大气磅礴,他时而泼墨,时而泼墨积墨并用,笔端间流泻出对祖国山河的无限热爱。他画的《含鄱口》,大笔头浓墨写出山头的凝重,活泼的轻墨画出山腰的飞云,一静一动,一浓一淡,互为呼应,远处似不经意间点出几片白帆,极尽鄱湖之阔。老人画意犹未尽,再乘兴题上绝句"翠峦万叠压云低,天际飞帆望欲迷,如此风光天下景,奇观何止壮江西"。诗、书、画完美结合,意境深远、令人陶醉。

胡老画的小鸡算是"一绝",画之前他提笔凝视宣纸,找到合适的姿态,寥寥数笔下去,活生生的小鸡就跃然纸上,似在欢快地嬉

《山石》 胡献雅 1981年作

闹。胡老和我谈到,多少年来他一直未脱离生活,像画小鸡,欲画出七八分神情却要有十分的生活,生活积累是画家断断不能少的。为了让学生更好地体验生活,深入生活,八十多岁的老人还带我到石钟山、庐山和景德镇陶瓷学院后面的南山写生。那段往事,那段深情,历历在心,永生难忘。

胡老的写生作品,墨色深厚,笔法遒劲,善于抓住对象的本质特征,往往比生活中的对象更生动,更耐人寻味。王朝闻先生、华君武先生对胡老的写生都予以高度评价。

胡老曾为我写过一幅书法:细心研究,大胆创新。这是老人自己的治学态度,也是对我的要求。在无数个白天和夜晚,胡老和我谈汉画像砖、石刻,谈魏晋南北朝的石窟,谈唐宋的绘画,谈元人的笔墨,谈清代"四僧"和他们的不拘成法,还有那数不清的古诗词……我很奇怪胡老头脑中怎么装得了这么多的知识。胡老教导我:中华文化是一个取之不尽的宝库,要沉下心,钻研进去,多汲取营养,把握民族文化的精髓,但沉溺于古人不能自拔也是不行的,一个时代要有一个时代的精神,今日的画不能同于古人,否则也就失去了时代意义,要画出时代的风格。在把握民族文化精神的前提下,大胆创新,要有感而发、有感而画,不要去逐大流,赶时髦,要最终形成自己的语言。这些话我至今铭记在心并努力实践。

诗书画合璧生辉,自成一体

在绘画之外,胡献雅先生对书法、诗歌怀有浓厚兴趣并在这两个领域有较高造诣。传统文人诗书画合一的文化格局,体现在先生身上并影响到他的绘画创作。

作为一位老艺术家,胡献雅先生可谓诗书画三绝,他早年书法初学颜,而后柳,再溯以王右军、怀素、米芾,晚年尤喜《石门颂》的结构形体、笔势,将其贴挂于壁,日日揣摩。他的书法时如行云流水,时如高

笔墨纵横 自成丘壑

山坠石,气贯韵连,有一种独特的、抑扬顿挫的节奏感,形成自己的独特面貌。熟悉先生书法作品的人几乎能够第一眼便辨识出是他的作品。今天,人们在庐山、滕王阁、黄鹤楼、西安碑林、黄河碑林、长江三峡等地都可见到先生的书法作品。

中国传统的文论、书论或者画论强调道德人格与艺术创作之间的关系,所谓的诗如其人、字如其人、画如其人就是这个道理。就此而言,胡老在创作诗歌、书法、绘画时虽然面对的是不同的文艺类型,但这些创作都汇总到他的心性或者说性灵当中,并最终转化为一种人格力量。反过来,胡老的人格力量又以一种潜移默化的方式作用于他的诗歌、书法、绘画,提升了他诗歌、书法、绘画的境界,使得他在上述领域的创作呈现出鲜明的个性特征。

先生在旧体诗上有很深的造诣,不论居家或旅行,诗兴一来,即下笔成篇,一生所积诗稿逾千,可惜经历"文化大革命",大多被毁。从现存的200余首诗稿中,我们仍得以感受到这位诗人的深厚底蕴。如他题《墨猫》的绝句:"巨壑龙眠态,乌云盖雪毛。谁家愁鼠患?借与效微劳。"仅20字的五绝,就充分刻画出猫的形态、毛色、神情特点和画家的幽默,亦庄亦谐,把画题活了。

望庐山瀑布　胡献雅　1990年书

1985年春,我陪胡老去杭州。面对美丽的西子湖,胡老提出到湖中泛舟,这当然是我求之不得的事。在船上,胡老触景生情,诗意又来了,吟七绝一首:"不教倦足逐人流,得计湖天放小舟。人在画中还作画,水光山色不胜收。"这首诗的手稿我至今仍珍藏着。在《忆写漓江》国画中胡老题款:"不到天南四十年,漓江景色

《虬梅》 胡献雅 1983年作

梦魂牵,卧游放笔追心印,带水螺山落眼前。"写出了画家对20世纪30年代在桂林办画展时游漓江的怀念之情,运用大写意画法,将旧日所见之美景追忆出来,以当卧游。遣词命意,极具自然,诗画达到完美统一。

1985年夏,我随胡老再上庐山。庐山管理局局长陈锦章同志陪同我们游五老峰,提出想在大门前石柱上镌刻一副对联,恳请胡老出句。84岁的胡老健步走在山路上,细细品味着眼前的美景,略加思考,吟出"山从云外立,人向画中行"的佳句,令众人无不叫绝。如今这副对联和胡老所书李白《望庐山五老峰》已镌刻在五老峰,为这座世界文化名山增添了亮丽的一笔。

如今的200余首诗,由其后人胡克平、胡青整理,编入《胡

献雅诗钞》,作为江西省政府文史研究馆丛书之一由江西人民出版社出版,此书得以让更多的人了解胡献雅先生书画之外的艺术成就,亦告慰先生在天之灵。

1980年以后,胡老开始淡出学院的一线教学工作,但他仍然手不辍笔,创作了很多颇具艺术价值的中国画作品。胡老晚年作品的笔墨更为简洁、大气,呈现出特色鲜明的大泼墨画风。著名美术家刘海粟、吴作人、蔡若虹,著名美术史家王伯敏先生等高度评价了胡老晚年的笔墨。总的来说,胡老晚年的笔墨已经超越了"精于形"的境界,可谓返璞归真,趋于醇古。

创办立风艺专,倾心艺术教育

胡献雅先生在20世纪40年代初还做了一件大事,就是创办了江西历史上第一所高等艺术专科学校——立风艺术专科学校。这是江西省高等美术教育史上的一件大事。

1939年,由于南昌沦陷,省内的很多学校都迁到了江西省的战时省会泰和县。与学校一同迁到泰和县的有大批文化界、教育界人士。国民政府还在泰和创办了国立中正大学,先生受聘为中正大学名誉教授。

当时的泰和县有很浓厚的教育文化氛围,汇聚了大量的人才。文化艺术界的很多知名人士,因逃避战火而来到泰和县。如毕业于国立艺专的燕鸣、余塞、齐宪模,毕业于香港美术学校的康庄,毕业于中央大学艺术系的梁邦楚,毕业于福建音乐学院的胡江非,毕业于武昌艺专的刘天浪,毕业于中央大学中文系的余心乐,毕业于武汉大学历史系的张孟伦等。

由于泰和当地没有艺专及美专,他们中的一些人原本只打算在此暂住,或是暂时从事其他工作。创办立风艺专,可汇聚美术人才,用美术服务抗战宣传,同时可为江西培养美术人才。先生一直以来便存有投身美术教育的想法,战时泰和县的特殊社会环境最终促使先生将最初的想法付诸实现。

1942年胡献雅先生决定在原立风艺术研究馆的基础上,创办立风艺专,立风的校名取意为培养有"风骨""风范""风格"的艺术人才。1943年立风艺术专科学校正式开办,胡献雅为校长兼教授。同年对外招生,开学典礼上,国立中正大学校长胡先骕,江西省教育厅厅长程时煃、江西省建设厅厅长杨卓庵出席。程时煃致词提到:"用社会力量办学的方式创办我省第一所艺专,弥补了江西省历史上没有艺术高校的空白。"时任江西省主席曹浩森专门题匾"己立立人"祝贺。立风艺专设三年制绘画系和四年制艺术教育系,在泰和东门内陈家祠加建了五座教学用房。

胡献雅倡导"以德育人,德才兼备"的办学思想贯穿教学过程,踏实践行了"振兴赣地文化,培养美术人才"的理念。

立风艺专的任课教师有胡献雅、康庄、梁邦楚、燕鸣、宋朗、尹春林、余塞、胡江非、刘天浪、齐宪模、胡华国、熊作霖、余心乐、张孟伦、彭文应、杨信昭、杨轩良、胡献尚、胡献可、周慎予和胡席珍等先生。1944年还邀请客座教授、版画家李桦和漫画家张乐平来校讲学。这些教师中,大多是江西文学艺术界的台柱,都是艺术精湛、德高望重的著名画家和艺术教育家。

最初的办学环境可以说极为艰苦,为筹集办学资金,立风艺专成立了董事会,推举陈协中为董事长。

为解决教学设施匮乏的问题,胡献雅先生倾尽自己的积蓄,购置各种学习资料、画具及钢琴等教学器具。为了让学生更好地观摩名家名作,先生将自己收藏的画册拆散,以供师生教学临摹学习用。值得一提的是,尽管办学条件艰苦,但立风艺专的办学标准并未因此而降低,几乎是参照先生当初在上海美专读书时的教学内容设置课程的:学校实行学分制,专业课程设置有中国画、西洋画、图案、雕塑、艺用人体解剖、色彩学、透视学、构图学、美术史等；文化课程有文学、中国通史、外语（英语和日语）、艺术概论、音乐、体育等。创办伊始，立风艺专就强调学生综合素质的培养。

胡献雅先生为什么要在江西开办立风艺专呢？我们可以回顾当年江西周边省份的情况。20世纪早期中国建立的艺术学院，如上海美专、新华艺专等多在东部沿海地区，抗战时期这些院校大多处于沦陷区，杭州国立艺专、中央大学艺术系则迁往了重庆。这就导致江西省很多有志学习艺术的青年难以进入这些专业美术院校学习，而立风艺专的创办很大程度上解决了这个问题。据后来的文献资料统计，立风艺专培养的300多位学生中，很多人后来都成为江西以及其他地区美术、艺术领域中的骨干，还有一些人后来到了海外并取得了卓越的成绩。立风艺专在动荡的战时背景下为大批知名的美术界人士提供了一个相对和平稳定、能够继续从事美术创作、美术教育的平台，没有让这些美术人才流散或是在

《凉意》 胡献雅 1979年作

历史中湮没无闻。这些老师在中华人民共和国成立后留在了江西，成为江西高等艺术教育的主要师资力量和美术创作的主力军，不少人后来担任了江西省美协主席、副主席职务。

1945年8月抗战胜利，年底立风艺专迁至南昌市，校址位于船山路。1946年春，在南昌大旅社（现八一起义纪念馆）举行了"立风艺专师生美术作品展览"，展出了师生的国画、西洋画、木刻、雕塑和书法作品共200余件，展览颇具影响，好评如潮。这次美展是抗日战争胜利、南昌光复后的江西美术界盛事，也是立风艺专教学质量首次接受社会的检阅。可惜在1948年8月，因物价暴涨、经费困难，立风艺专停办。

胡献雅先生倾其所有，呕心沥血创办立风艺专，培养了大批艺术人才，奠定了先生大艺术教育家的崇高地位。

陶瓷与国画教学探索，突破旧程式化

胡献雅先生参与筹备的以培养美术人才为宗旨的景德镇陶瓷学院于1958年组建，胡先生担任美术系教授。先生以其深厚的艺术修养和丰富的教学经验，为景德镇陶瓷学院培养了一批批优秀的艺术人才。

景德镇陶瓷学院美术系是以培养陶瓷美术人才为宗旨的科系。先生之前主要从事中国画创作与教育，是以中国画教授的身份参与美术系教学工作的。但听课的学生未来大多是从事陶瓷美术工作的，这就决定了胡老不仅要向学生教授中国画的技法理论，还要向学生讲清楚如何将中国画与陶瓷工艺相融合的问题。然而，两者在风格及表现语言上有很大差异，所谓融合并不是那么容易实现的。一个较为显著且亟待解决的问题就是，景德镇传统陶瓷绘画在风格上有很明显的旧程式化，比如花鸟画采用的是传统工笔重彩百年不变的纹样，而山水画则大都摹仿清代"四王"画风。于是先生首创陶瓷与国画教学体系，形成了独特的景德镇陶瓷学院艺术教学特色，准确地把握了当时中国画和陶瓷艺术教育现代化的前进方向。他在中国画创作上强调个性抒发,反对笔墨风格的承袭化。在陶瓷上,他也希望在充分利用陶瓷原料的工艺特性基础上,引导并体现现代审美观,丰富装饰方法。

从之后胡献雅先生的陶瓷创作实践来看,他主要致力于将现代中国画写意手法融入陶瓷绘画、教学当中,以打破景德镇陶瓷创作长期以来存在的工匠化、承袭化倾向。当然,在最初的教学实践过程中,先生也遇到一些意料之外的困难。比如陶瓷釉面的质地、陶瓷绘画的颜料与中国画纸张笔墨有很大差别,这在一定程度上影响到大写意绘画在陶瓷上的表现效果。为此,先生潜心钻研陶瓷釉面的质地,并不断尝试各种形式与方法,终于找到适宜的、有陶瓷工艺语言的写意装饰表现手法。他还在教学中提倡学生的创新精神,鼓励学生在陶瓷绘画时除考虑到工艺美术的特殊属性以外,表现出更多的个性化元素,将注重情感抒发,重笔墨韵味,重人文精神底蕴的特质融入陶瓷绘画当中。这在很大程度上克服了旧程式化倾向,提升了陶瓷绘画的文化意蕴。先生晚年大胆地将其大写意国画艺术和陶瓷装饰结合到一块儿,绘制了大量的青花、粉彩和新彩,独具匠心的画面和器物造型结合十分妥帖。他别具一格的瓷画对景德镇的瓷画艺术影响很大。景德镇陶瓷大学校长宁钢在纪念胡献雅

1973年,胡献雅先生在为民瓷厂看新烧出的陶瓷作品

先生诞辰116周年作品展开幕式上致辞:"胡献雅先生为国家培养了大批美术人才,为景德镇陶瓷艺术发展和我校的陶瓷教育作出了重大贡献,学生遍布海内外。"也正是因为有诸多像胡献雅先生一样有着重大艺术成就的艺术教育家,才有了"陶院现象"的美誉。

《红梅》挂盘,新彩　胡献雅

早在1961年,景德镇政府授予的十位陶瓷美术家中就有胡献雅先生,这也是中国瓷都对先生在陶瓷绘画和教学上所作贡献的充分肯定。

赤子之心,社会担当

1938年12月,胡献雅先生为支持家乡抗战事业,举家回到江西南昌。

1939年10月,胡献雅、彭友善响应"捐献飞机、大炮"的号召,在赣州公园"玉树琼花之室"举办义卖画展,所得八千余元全部捐献作抗日军费。

1940年9月12日,为响应征募寒衣运动,在泰和城内江西省党部大礼堂举办"胡献雅画品展览";9月13日,爱国华侨陈嘉庚、江西省政府主席熊式辉等人参观"胡献雅画品展览"并义卖作品;同月,胡献雅在赣州举办义卖画展;9月30日,胡献雅父女义卖画展于下午四时在泰和县商会大礼堂开幕,上述义卖结束后,将所得悉数捐赠前方将士添置寒衣。同月,江西三民主义研究会为庆祝"九·九"美术节,举行美术展览,胡献雅的《难民图》参展,画面上数以百计的难民集结在泰和赣江之畔,或立或卧,有扶老携幼者,亦有弯腰弓背步履维艰的跛行者,这幅战争年代人民大众苦难生活的真实写照一经展出,社会为之轰动。

1941年2月,胡献雅先生任三民主义文化运动委员会第二专门委员会委员,负责组织研究机构、开展美术创作、举办美术展览、改良民间美术、绘制美术书刊等文化工作。而后先生任江西省各界民众抗敌后援会秘书并一直任南昌旅泰同乡会会长。

1941年8月7日,胡献雅先生与南昌旅泰同乡会周子实等人筹募暑药赈济泰和南门外受灾同乡。是年,胡献雅受聘为第三战区政治部"文化设计委员会"委员。

1942年3月,因举行画展义卖、捐助寒衣,江西省三民主义文运会特予胡献雅奖金以资鼓励。

1942年5月,江西省文运会美术研究会成立,胡献雅任会长,主持江西美术界的抗日宣传和学术团体工作。

1943年5月9日,救济粤东饥民书画义卖展览会在泰和孔庙文化运动委员会举行,胡献雅等人携国画百余帧参与义卖。

抗日战争时期,胡献雅积极投身文化抗战事业,多次组织艺专师生广泛参加抗日救亡运动。1944年3月立风艺专与江西省立民众教育馆联合举行画展;5月立风艺专举办诗歌朗诵会;10月、11月立风艺专两次在街头举行宣传画展;12月立风艺专主编《捷报》副刊艺术版等,并时常利用立风艺专礼堂演出抗日活报剧等。

1945年8月,抗战胜利,胡献雅组织学生赴泰和城乡宣传,共庆这一场来之不易的胜利。

1948年11月,胡献雅受聘为国防部政工局第六处少将专员。

1948年,全国解放形势发展迅速,高层知识界有些动荡。胡献雅先生婉拒了要他"走出去"的劝说,执意留在大陆,决心把自己的艺术奉献给祖国、奉献给人民。

1949年，中华人民共和国成立，胡献雅先生48岁。中华人民共和国成立初期，因受大家庭和"历史问题"牵连，先生被迫赋闲在家。其间曾应伍毓瑞盛情邀请，在南昌绪远中学任教。

1954年，胡献雅担任江西省第二届政协委员。

1956年，由江西省文化局主办，在南昌市工人文化宫举行了"胡献雅书画展"，这是新中国成立后江西省由政府举办的第一次个人画展，展出作品百余件，受到省市各界人士的欢迎和好评。

1958年，胡献雅先生参加筹建景德镇陶瓷学院，是美术系的奠基人之一，担任国画教授，成为陶瓷学院的学术台柱。

1959年，胡献雅担任江西省第三届政协委员。

1960年，为庆祝中华人民共和国成立十周年，北京人民大会堂竣工后，由各省选派本省著名画家进行布展，江西省以胡献雅领衔。先生在人民大会堂为江西厅绘制了《梅花雄鹰》《荷鸟》等大画数幅及书画屏风三套合计六块，辛勤工作两个多月，为江西厅争得了一等厅的荣誉并受到嘉奖。陈毅副总理在人民大会堂看到这些作品，倍加称道，并对胡献雅慰勉有

《历尽人间劫》　胡献雅　1944年作

加。同年10月,胡献雅应邀在北京天安门参加国庆观礼。

1966年开始的"文化大革命",对国家是场浩劫。同年4月,"文化大革命""破四旧"之风初现端倪,胡献雅先生忧心八大山人纪念馆馆藏真迹遭遇不测,向20世纪40年代立风艺专的学生、首任八大山人纪念馆馆长吴振邦提出及早转移保护。吴振邦向八一起义纪念馆馆长请求支持。经同意后,为保证绝对安全,用南昌殡仪馆殡仪车连夜将馆中所藏的珍贵字画秘密转移到八一起义纪念馆,躲过了一劫。在之后的日子里,起义馆的领导和同志严守机密,承担风险,精心护画,成功地掩护过关,直到1979年前后,真迹才重返家园。前人大无畏的付出才使我们今天有幸能看到这批珍贵的书画文物。

1960年,胡献雅先生在人民大会堂江西厅(后为胡老所作四条屏)

生活俭朴　胸怀博大

胡献雅先生关心国家文物的安危，可一场灾难却向他扑来。"文化大革命"初期，先生即作为"反动学术权威"受到迫害，他眼睁睁地看着几十年所作的书画，以及多年珍藏的潘天寿、徐悲鸿、林风眠、梅兰芳、傅抱石等挚友的作品、书信被装在两个车上拉走了。之后，60多岁的老人先是被监督扫地，后又下放到景德镇远郊江村，白天劳动，晚上在山上草棚中防守野猪。就是在这种情况下，胡老还是不忘自己的艺术创作。师母曾和我说到，老人把包面条的纸筒拆开，积攒在一块，只要稍有空闲，就画起来。农村小溪中的游鱼、荷塘中的翠鸟，常常使他流连忘返。村民经常可以看到一个老人匍匐在鱼塘边、小沟旁，像小顽童似的盯着水中的小动物，那是艺术家的一份陶醉，一份纯情。

之后，胡老和我回忆起那段生活时，倾诉的不是苦难，而是一份思念："那儿的人真好，心地非常纯朴，还有那儿的小鸟、小鱼……"其

《小园清趣》（中国美术馆藏）　胡献雅　1978年作

神态好像如今人们漂洋过海享受一番后的样子，这就是胡老，经历万千苦难却依然乐观的胡老！

1979年，大面积的落实政策开始了。景德镇市有关方面的同志上门来，询问胡老在"文化大革命"中被抄走的大量作品及当时的情况，表示将坚决把其作品追要回来。胡老回忆着当年令人揪心的情景，但说出的却是"过去了的就让它过去吧，我也记不清楚了"的话。来人走后，我着急地问老人："如此大的事，您怎么会忘记呢？"他对我说："怎么可能忘记呢？抄去后如果毁掉了，你也追不回来，还牵涉到那么多人。只要画还在，只要他们好好爱惜，画总还在世上嘛。"老人的胸襟是如此宽阔，令我这晚学感叹不已。

《鸡雏图》 胡献雅 1978年作

1979年中国人民解放军福建前线广播电台广播先生给台湾同胞一封信：原国民政府国防部政工局少将专员胡献雅，向海峡对岸的同胞、朋友呼吁，早日回到祖国的怀抱，完成祖国统一大业。先生对海峡对岸的旧友、同胞的书信可谓是晓之以理、动之以情。

1984年，江西省恢复设立省文史馆。鉴于胡老的资历、人品、学术影响，省委、省政府决定聘请胡献雅先生担任江西省文史馆名誉馆长,这也是江西省文史馆自20世纪50年代初成立30多年以来首位名誉馆长。

胡老以他的社会影响力,在参政议政、文化建设、团结民主人士及祖国统一方面,做了很多积极工作。

1979年10月,胡献雅先生赴京出席第四届全国文代会,并当选为全国文联委员。

江南三大名楼之首滕王阁,唐初始建以来,被毁了27次,自1926年被北洋军阀邓如琢部纵火烧毁以后,50多年间仅残存废墟。胡献雅先生呼吁重建滕王阁,得到社会各界的广泛呼应。南昌市政府采纳建议,1989年滕王阁建成,使得南昌多了一个标志性的旅游品牌,提升了南昌市的文化内涵。胡老作为贵宾应邀出席落成仪式并为滕王阁题写楹联,如今镌刻并悬挂在滕王阁门楼上。

建议南昌至乐平的铁路延伸至景德镇,扩大景德镇这座中国瓷都与世界的沟通和影响力……胡老参政议政的许多宝贵建议都被采纳和付诸实施。

胡老为人谦和,生活俭朴,心胸坦荡。作为江西省第二届至第四届政协委第五届人大常委会委员,有时下去视察也不要专车,只坐普通长途班车,在车上了解民情。他集几十年的人生体会,常对我谈到"活到老学到老",谈到"要立业先立身""为人不正,落墨无法"的道理。他还说自己画了几十年,仍在过笔墨关,可见画画的不易;而一辈子做一个堂堂正正的人,做一个优秀的教师则更不易。我于1987年年底调到江西省政府大院工作,在当时生活待遇都不错,可胡老语重心长地和我交谈并建议我调到学校去当教师,教学可以相长,有压力也有动力,对自己的事业有利。于是我遵嘱调到学校从事教学工作,在培养人才的同时,钻研自己的学问。

胡老对学生很是关爱。有一次我卧病在床没能到胡老那儿去,胡老记挂着我,到寝室来看我。见我病恹恹地躺在床上,又一天未进食,他回家熬了一锅稀饭,80多岁的老人晚上摸黑亲自端到我的病床边。看到老人慈祥关爱的脸,真是感慨万千,一时无语凝噎。

1984年5月,中央美院副院长侯一民参观胡献雅画展,
左起:尹一鹏　胡献雅　侯一民

1984年8月,我去看望八大山人纪念馆馆长、南昌市美协主席吴振邦,他向我回忆起当年在立风艺专学习的经历:当年因为家里穷,十几岁的他在立风艺专当校工赚钱补贴家用。特别喜欢画画的他经常在工作空闲的时候扒到教室窗口听胡老上课,总是听得入神。时间长了,胡老注意到这个小校工,一天下课后,先生把吴振邦叫到教室,胡老在黑板上画了一匹马,叫他试着临摹,画完,先生觉得其线条造型很生动,有灵气,便破格录取了他,并免去了吴振邦的学杂费、生活费,视同自己的孩子。得到这个好消息,吴振邦的妈妈晚上带着土特产前来感谢先生,可先生坚决不收。吴振邦感叹说,当年录取到立风艺专后,吃饭都常在胡老家里,没有胡老,就没有他的今天,感恩先生一辈子!尽管吴振邦先生大我近30岁,也是我尊敬的老师,但他坚决不让我叫他"老师",说我们只有一位老师,就是恩师胡献雅先生。

1981年9月,胡献雅先生讲座后示范

立风立德　高山仰止

生活中谁都希望有一个宽敞的家,一套上档次的家用电器。可胡老住的房子是20世纪50年代的筒子楼,走进家中,除了满壁的书画外,只有一台还称得上是家用电器的双桶洗衣机。这令外人疑惑不解:胡老画了几十年的画,按当时的情况,这么一位德高望重的艺术家,应早已腰缠万贯了。可在我跟随胡老近20年的时间里,看到的是胡老一次次婉拒上门来买画的客人。不是胡老吝啬自己的作品,早在20世纪30年代,他即以自己的作品举办义卖画展,支援抗日;在希望工程、陶瓷艺术节,以及关爱残疾人的活动中,常常可以见到胡老捐赠的作品;他生前精心选择69件书画作品,赠给工作了几十年的陶瓷学院,17件书画作品留存江西省文史研究馆;学院各班级的一些艺术活动也常常得到胡老的墨宝赞助;教师家里有什么喜事,胡老也画上一幅喜庆的画相赠,如此下来,仅在陶院的教师家中当有数百幅之多;还有,毕业前每个同学都得到一幅胡老的赠画……这种慷慨大度,不是每位画家都能做到的。

大概是在1991年,我到陶院去看胡老,奇迹般地发现胡老家中居然有一台21英寸电视机,后来才知道,胡老在陶瓷节上即兴画的四条屏国画被以每幅一万多的价格买走,组委会打算按通行惯例返给胡老一笔钱,但胡老坚辞不就,在这种情况下,组委会才"突然袭击",送来了这台彩电。诸多事例,可以看出胡老对金钱的淡薄态度。

在20世纪80年代初期,江西省政府领导决定为胡老在南昌解决一套住房并安排布置装修,被胡老婉拒了。陶院也曾为胡老盖过一幢很上档次的复式住宅楼,作为著名教授,本该享之无愧,可动员许久,不见胡老搬去,究其原因,竟胡老是觉得两个老人住这么大的房子太浪费,依旧留住在20世纪50年代盖的筒子楼里,和他的好同事相邻,直到老人去世……

立风立德，高山仰止

胡献雅先生出身文化世家，从小就在诗歌、书法、绘画领域受到良好的教育，少年时又得时代风气之先，求学于上海美专，与刘海粟、潘天寿、吴茀之、张书旂等师友交好，也从此立志将艺术创作视作自己毕生的事业与理想。三十岁左右，胡老便已在上海美术界崭露头角，获得各方关注与赞誉。抗战期间，在极为艰苦的环境下，胡老倾尽全力创办立风艺专，为江西当地培养了大批美术人才。中华人民共和国成立后，胡老又将自己毕生的心力倾注在景德镇陶瓷学院的建设上。作为胡老的学生，我曾经问过先生：新中国成立后，假如先生不将自己的事业局限于江西一隅，那么，是否可以取得更为卓越的成绩？毕竟，先生在上海美专时期的同学，如吴茀之、张书旂、潘玉良等都已蜚声海内外。对于这个问题，胡老并未正面回答，他只是提到，在他要被调去景德镇陶瓷学院前，潘天寿先生曾邀请他去浙江美术学院任教，但他谢绝了。胡老给出的理由很简单，因为他已经答应去景德镇陶瓷学院了，必须遵守承诺。胡老的人格品质由此可见一斑。

1960年，胡献雅先生为人民大会堂绘制巨幅国画，并光荣出席国庆观礼活动，1983年他再度为人民大会堂创作国画。1984年，中国美协、江西省文化厅等五单位在京为先生举办个人书画展。吴作人、蔡若虹、罗工柳、廖静文、刘勃舒等大批著名人士均前来看望先生并出席了先生的个展，蔡若虹先生拉着我的手叮嘱我：胡老是我们国家的国宝，要好好照顾啊！江西省人大常委会主任马继孔、副省长柳斌也前来展厅观展，关切先生的近况。1988年应日中友好协会邀请，经文化部批准，在日本奈良举办了胡献雅、胡克中、胡克平三人画展，得到日本文化美术界人士的高度好评，认为胡老"笔势强健，雄浑凝重，实中国画坛之巨匠，乃中国之人间国宝"。先生的作品多次参加国内外展览，并为大英博物馆、中国美术馆、中南海、中央文史馆、毛主席纪念堂、军事博物馆等处所珍藏。众多的书画作品成为政府出访国外的国礼，成为国内外文人雅士收藏的艺术珍品。作为美术学著名教授，先生深得师生的爱戴，桃林满天下，不少弟子已成为国内外艺坛名家。

作为文化名人，中华人民共和国成立后胡献雅先生历任中国文联委员、中国美协理事、江西省政协委员、江西省人大常委会委员、江西省文联副主席、江西省美协名誉主席、江西省文史馆名誉馆长、江西教育学院名誉教授、江西省书画院名誉院长等职。

1996年4月24日，胡献雅先生在景德镇与世长辞，享年95岁。江西失去了一位德高望重的艺术家、教育家。先生去世

1992年，胡献雅先生和孙宪、孙扬在景德镇

的消息传出后,中央文史馆,江西省委、省政府、省人大、省政协领导,以及社会各界人士,纷纷哀悼这位卓越的人民艺术家。

"白描减笔各精工,托意抒情异曲同,时代精神凭焕发,继承传统树新风。"这是先生20世纪80年代发表的一首论画诗。70多年的艺术生涯,使先生的艺术达到了一个很高的境界,他在中国画、书法、诗词上的成就,让他在国内外享有盛誉。

胡献雅的画作曾在《纽约华侨时报》连载三次,称胡献雅大师是中国老一辈国画家中的佼佼者。日本美术界盛赞胡献雅是中国画坛巨匠、当代八大山人、大写意流派巨匠。胡献雅一生推崇八大山人的绘画艺术,他对八大山人的大写意艺术的继承、创新与发展受到国际画坛的关注和肯定。

著名画家兼美术理论家邓白教授撰文评价胡献雅先生之画汲取了八大山人之精华,又跳出了八大山人之樊篱。南昌青云谱八大山人纪念馆的主建筑物上至今悬挂着先生题写的"高山仰止"匾额,而他无私奉献、超凡卓越的艺术人生,对于后人来说,又何尝不是高山仰止呢?!

(本文原载于江西人民出版社2019年版《江西文史(第18辑)》)

给国画山水初学者的话

山水画是中国画的一个分类，以表现、歌颂大自然美好风光为目的。山水画的历史悠久，南北朝时期，山水画已独立成科，惜仅见于文字叙述，作品未能流存至今。目前我们所见到存世最早的山水画是隋展子虔的《游春图》，从画中能看到画面完整，比例得当，一派春光荡漾的情景，较之过去的"人大于山、水不容泛"已是大进步了，但作为早期的山水画，山石无皴，树木栉比，技法上不够成熟。经唐、宋、元至今，山水画从青绿到水墨，从状物到写意，从有勾无皴到创造出多种皴法、多种设色法，多种风格，呈现出一片繁荣景象。

一个山水画爱好者怎样学习山水画呢？我觉得应先从树石云水的练习入手，熟悉物理，掌握画理，扎扎实实地循序渐进，这里既要学前人的笔墨方法、成功经验，也要到大自然中充分汲取养料，去观察、去写生——师造化。还要多看古今一些好的理论书，包括美术史，"读万卷书，行万里路"，强调的是理论和实践的统一。

学山水画应先把握好树石云水每个单元的画法。比如树，不同的树有不同的特点，在不同的季节，树的形、色又不一样，还得注意树的组合、皴法、点叶、勾叶、近树和远林……所有这些要好好认识，好好表现。山石亦如此，不同地质结构呈现出不同的面貌，如古人画平缓的山丘、土坡，多使用披麻皴画法，层岩断裂处则多用斧劈、折带皴，山脉延绵起伏又多用荷叶皴……随着公路的延伸、交通工具的普及，人们的视野也在不断拓展，很多古人没看过的地貌，我们今天都可看到，所以皴法也是发展的，需要后人不断去补充完善。不要简单地以古人的皴法去套,泥古不化。

树石云水把握得较好了,再综合起来进行创作尝试。犹如一个厨师,先备好各种原料辅料,炒菜时才能做到得心应手。只要学习得法,勤学苦练,不畏艰难,就一定会有所成就,能画出一幅幅美好的山水画。

山水画的工具材料

工欲善其事,必先利其器。笔墨纸砚色等材料的准备和选择也非常重要。

笔 分硬毫、软毫和软硬毫结合的兼毫三大类。硬毫主要以黄鼠狼毛、獾毛、猪鬃等较硬的毛制成。软毫主要以羊毛为原料,也有用鸟的羽毛制的。兼毫以羊毛和硬毫搭配,以硬毫为锋,以羊毫为被,性在刚柔之间。如大、中、小号的"白云笔"。

硬毫常用以勾皴山石用,因性刚、含水量少,画山石易得苍劲有力的效果,勾树干树枝也很好。

软毫常用以染云、敷色、泼墨,因性柔,含水量大,染时不易伤纸,且得滋润的效果,也有画家用软毫直接作画的,对初学者有难度。

北京的"李福寿",上海的"周虎臣",湖州的"王一品",都是笔业的著名品牌。近些年,江西的"文笔"发展很快,农耕笔庄在挖掘传统工艺的基础上生产出"文人新梦""怀素写意""一品石獾"等一批软、硬、兼毫笔,亦属笔中佳品。

虽然对不同的笔有不同的要求,但总的要求是"圆、尖、齐、健"。

每次作完画,要用清水把笔洗净,以保持笔的性能,如可能,购置一个笔架把用完的笔挂起来。外出作画可买块细竹编的笔帘把笔卷在里面,因笔帘透气,且有一定强度,不易伤笔。

墨 分"松烟""油烟"两种。"松烟"系松木取烟,"油烟"则以桐油取烟,加上名贵香料和胶制成。作画多用油烟墨,墨色变化丰富,如有旧油烟墨最好,惜不易得。

磨墨宜重持轻推,不要太快,古人有"磨墨如病夫"之说,磨出的墨细腻,墨色变化多。磨好墨则将墨条从砚中取出,墨条拭干,以免干碎。

安徽歙县、屯溪的胡开文墨厂,上海的曹素功墨厂,均为制墨的著名厂家。

近些年市场上出售的北京"一得阁"墨汁,上海"曹素功"墨汁,安徽的"红星"墨汁均为书画用墨汁,虽然在墨韵淳和、笔触分明方面不如磨墨,但用起来很方便,颇得书画爱好者的喜爱。

每天画完画,砚中余墨宜洗净,以免结垢。

纸 宋以前多用绢作画,自元代起,以青檀树皮为主料,辅以稻草生产的宣纸被选为主要用纸,因纸出产于安徽泾县,通过宣州集散至各地,故有"宣纸"之名。

宣纸有生宣、熟宣之分,生宣用于写意画,熟宣因上了矾胶不洇,用于工笔画。

生宣的吸水性强,掌握了它的特性,画出来的墨色便浓淡参差,富有变化,体现出国画的特有表现力。常用的宣纸分特种净皮、净皮、棉料等。著名品牌有安徽泾县的"红星""红旗"等。好的宣纸能在画后保留自然分出的淡笔触,浓淡关系定得住,不乱串,干后墨不发灰,且渗透力适中。刚出厂的纸太生,初学者不好把握,如可能,放置几年再用或将新纸挂起来"风矾"至半生性则会很好用了。宣纸的尺寸有四尺、六尺、八尺乃至丈二。近些年设备和工艺的调整,出现了更大的宣纸。

此外,皮纸、高丽纸及四川的"夹江宣"也可作为国画用纸。初学者练笔使用毛边纸也可以,但毛边纸缺少墨色变化。

砚 有石砚、陶砚(如山西的澄泥砚)。石砚以广东的端砚、安徽的歙砚为最好。作画用砚不必太讲究,只要易发墨,石质细就可以了,砚池宜大点可以存墨。为防墨干,应选购有盖的砚台。

颜料 国画色分石色、植物色两大类。石色是矿物制成的颜料,有朱砂、石青(分头青、二青、三青)、石绿(分头绿、二绿、三绿)等,特点是不透明,覆盖力强,年久不褪色。石色通常呈粉状,加胶加水调和后使用。植物色呈块状,以清水调开即可。

赭石、朱磦色虽然也是矿物制成,但因其性细腻,覆盖能力不强,可按植物性颜色使用。

植物色有藤黄、花青、胭脂、曙红等色。

市面上出售的多为锡管状国画颜料,系化学合成,效果虽和传统颜料不可相提并论,但因使用很方便、价格低,受使用者喜爱。若其中的赭石太粗,可以用朱磦加墨调出赭石色以代替。

此外,应准备几块白色碟子用以调墨、调色用。装水的笔洗、垫宣纸的画毡也要备好。

用笔、用墨与设色

用笔 方法虽然很多,但归纳一下,主要有以下几个方面:

中锋:用笔时锋在笔道的中间,线条圆润、厚重,画皴法中的"披麻"及树枝多用中锋。

侧锋:笔杆侧卧,笔锋偏在一边,易产生飞白、干涩,有苍劲之感,画山石皴法中的"斧劈"及老树干多用此。

散锋:把笔锋按成散开状,画山石及点乱灌木丛别有趣味。

中国画山水的用线是丰富多变的,要把握好用笔的节奏,如注意轻重、缓急、一波三折等,行笔中转动笔也有助于加强线的表现力。有时可中、侧锋并用,有时聚散锋兼使,不必过于拘谨,根据需要灵活掌握为好。

用墨 从大的方面看,有以下几种:

积墨法:先以淡墨画起,层层相加,层次分明,且每遍均在前遍干后进行，新笔触宜和原先的笔触错位，用得好则表现丰富，浑厚华滋，用得不好易"脏""板"。

泼墨法：用墨用水大胆、泼辣，求得酣畅自然的韵味，但运用不当则易"烂"。

破墨法：充分利用水和墨的交融渗化关系，在画未干之时，或以浓墨破淡墨，或以淡墨破浓墨，或以色破墨，其墨色变化丰富，表现力强，语言含蓄，对拉开层次空间作用很大。潘天寿先生谈破墨时说"须在模糊中求清醒，清醒时求模糊"，乃至理也。

设色 中国画有很多是以水墨直接成画，不上颜色，因为中国画家认为水墨层次里包括所有颜色——"墨分五色"。或略施淡彩，名曰"浅绛法"，或青、绿等石色浓施，谓之"青绿山水"，随着现代人的生活习惯及审美情趣的变化，色彩被作为造型的手段之一充分运用在画面上。

浅绛：指以赭石、花青等为主要用色的画法，待墨稿画完后薄薄施之。或赭石为主调，或汁绿为主调，或花青为主调，并结合其他颜色。

特点：因为颜色呈透明状，既保留了原来的墨韵，又体现了不同季节的色彩变化。

小青绿：常常在墨稿完成后以浅绛色打色底，再用石青、石绿等石色分多次施之，一次不宜太重，以免板滞。如不用浅色打底，石色则显得寡、薄。等干了以后再适当地重勾被石色覆盖的主要线条，提醒一下。

特点：既保留了墨色的结构和韵味，又显得妍丽、厚重。

大青绿：盛行于唐代，宋元后已少用此法。其造型概括、夸张，色彩艳丽，装饰感强。造型空勾无皴或少皴，以植物色打底，以石青、石绿色多次薄薄填之，石色易覆盖墨线，待施完色后以墨线重新勾勒。

以大青绿派生出的金碧山水，则是在石青、石绿色上以泥金重勒轮廓、纹理、楼台亭阁，有金碧辉煌的气度。

中国山水画的设色要求"色不碍墨"。不像西画那样追求对象的光源色、环境色，不宜将不协调的色彩硬凑合在一起，而是在主调中求变化。古代画论中的"随类赋彩"，即指在固有色的基础上合并同类项，使画面既统一，又有变化。

具体对象的表现方法及写生与构图

树法 树是山水画中重要的角色，古人有"山以树为衣"之说。郁郁葱葱的大山，群树环抱的村舍无不给人以赏心悦目、心旷神怡的美感。

自然界的树木种类繁多，画者不必一一区别出科、属，但把握常用树法是必要的。

我们可以把树归纳为两类：

常用树：如柏、松、柳等。誉之为"当家树"，在国画中出现的频率很高。

杂树：是对"当家树"之外树的一种概称。

和其他对象的表现一样，画树也有一些规律，"树有四枝"，即画出树干主体后，前后左右均要注意出枝。并通过"勾皴点染"，进一步深化树的形态和层次。要多到生活中去观察，分析不同树的特征。冬天落了叶的树很能说明干和枝的关系，初学者宜多看，多画。

画树干可以双勾法，细枝以单线直接画就可以了。枝的形态有两种：鹿角枝（即枝条向上，大多数的树均为"鹿角枝"），蟹爪枝（枝条向下，如龙爪槐）。

不同的树干采用不同的皴法。如：松树为鳞皴，柏树为缠皴，柳树为交叉皴，桃树、棕树为横皴……

不同的树有不同的叶。在表现上，松树叶如针状放射排列，梧桐、芭蕉叶很大，可用双勾画法。柏叶因太小，故以密集的小点画出……

前人根据叶的生长排列规律，归纳出点叶法、勾叶法等，画树时可灵活掌握使用。

我们再来了解一下丛树画法。画丛树要注意有前后，有高低，有长短，有粗细，有曲直，有浓淡，有动静，有呼应……把握好了这些规律，则十株百株呼之即出。

山水画除前景中常出现树木外，在中景中也可画些树及灌木以为呼应。

古人云"远树无枝，远山无树"，要求我们在处理不同空间时要注意到树在表现上的变化。画远树不要拘泥于细节，画大关系，不必太清晰，点到即止。

丛竹画法。先勾竿、叶，待干后水墨染之。丛竹外形表现宜概括，近淡远浓再远淡，梢弯。

山石法 山石法是山水画的重要组成单元。在自然界不同地质的地貌，有着不同的特点，加上千万年大自然的鬼斧神工，形成形象各异的景观。画山水者可分别对待，充分表现。

石法：画山石要注意"石分三面"，充分运用勾皴点染的手法，画出山石的变化形态及体积感、质感。

山水画皴法很多，但传统山水画常用的主要有以下三大类：披麻皴及斧劈皴。披麻皴多表现比较平缓、圆浑的山石，性柔。从披麻皴中派生出荷叶、解索等皴法。斧劈皴多表现坚硬、石角峥嵘的山石，性刚。折带皴用笔处于两者之间，表现沉积岩的层状纹理。

天津当代画家孙克纲在表述皴法时归纳为三大类：线皴，如披麻、荷叶、解索、折带、乱柴。面皴，如斧劈。点皴，如米点、散锋点。说得很概括，也易理解。

在大自然中往往表现为各种地貌共存，如山的上部比较平缓，类似披麻画法，下部石廓棱角分明，类似斧劈皴。所以我们应灵活使用皴法，根据需要综合处理。

山法：有人认为把石头层层相垒，山就画好了，这是错误的认识。

山有山势、山脉,延绵起伏,气度大,而石头垒积气不贯,不整体大气。

山有峰、峦、脉、壑、涧,都是山水画表现的对象。另外,从不同的角度看,山呈现出不同的面貌,"山形步步移"。苏东坡的"横看成岭侧成峰"讲的就是这道理。

作为山水画家要学会从多角度观察分析山体结构,从中找到艺术表现的手法规律。有条件可以多到生活中去,先多看看"赤膊山",即树木覆盖较少的山,容易看清结构。

古代和现代均有许多好的山水画作品,可以多看多读,了解这些作品是如何反映以上对象的,比如说山峦,幽涧的整体和局部表现技法及用笔、用墨;各个局部在整幅画中所起的作用;不同山形的组合、变化、产生的美感及节奏。

云水法　关于云水的重要性,古人留下了不少语录,如"山无云不高,无水不活""山以水为血脉"等,可见山水画中云水的重要性。

水无常态,行云如水。

云法:云在山水画中之所以重要,一是烟云本身的魅力,二是山的静、云的动产生的对比丰富了表现节奏,三是对云烟的虚白处理使得构图产生了丰富生动的变化。由于云在山水画中是以"白"出现的,所以画山时要注意"知白守黑",把云的位置留出来。

山和云一黑一白,一虚一实,一动一静,节奏井然。

从云的形态上分,有动云、静云、云海,有各自表现手法。

雾是云的"近邻",从画上的表现来说,云的体积轮廓较清楚,雾则弥漫,无明显的边廓。"雾里看山"——含蓄给人以丰富的联想,画雾中的山水,宜模糊,可把底子打湿后以淡墨层层画出,结构不要画得太实。

水法:古人说,山以水为血脉。水在自然界的形态有瀑、涧、溪、湖、河、海,根据所需环境,或水平如镜,或潺潺流水,或江河日下,或怒瀑飞泻,有了水,山才更有生气,更显幽深,有了水在山间的穿行,山的气脉更显通畅。

生活是艺术的源泉。如果想把水的各种形态、性情表达好,要多到生活中深入观察写生。

屋亭舟桥法：人们喜爱山水画,是缘于对大自然的寄情。有了山水画,人们得以在家"卧游"以陶冶心情。

人们对大自然的热爱还反映在"山有可望可游可居"上。故在许多古代作品中,设山亭而观瀑,构水阁以迎凉……清蒋骥在《读画纪闻》中说"村居、亭观、人物、桥梁为一画之眼目"。这些东西虽在章法及笔墨中占的比重不大,但由于体现出人们活动的生气,有点睛之妙,故不可忽视。一幅山水画中何处设亭,何处构阁,何处行舟,须根据画面需要精心推敲,和意境、章法结合起来考虑,使之浑然一体,不可或缺。

山水写生：中国画家非常重视生活体验和写生,张璪有"外师造化,中得心源"名句,指出生活是艺术的源泉,强调自然美和画家主观创造的统一,经过提炼、升华,作品比现实更美,更典型。

写生不是拍照片,不是如样照搬,而是认真分析对象特征,比较出最佳角度(这个过程也能锻炼你的构图能力)、考虑好对象的取舍,然后再下笔。可以画较完整的,也可以画特写。从慢到快,从简到繁。画山时要注意山脉的走向,山的结构关系及山和植被的关系。画树之前要多观察,从不同角度找到最好的构图,树干和树枝的疏密、趋势要表现好。画水时要考虑山和水的关系以及不同的地理条件下水的不同形态。

工具：炭笔、钢笔、毛笔均可。

山水画构图　中国山水画往往把实景理想化。中国画"六法"中"经营位置",讲的就是构图。构图是画家表现意境的重要手段,一幅好的构图要"经营",要有视觉冲击力。

山水画构图强调运用对立统一规律,画面中注意要有统一、有变化,寓变化于统一中。构图中体现出动与静,黑与白,主与宾,大与小,疏与密,聚与散,隐与现,繁与简,长与短,浓与淡,线与面,色与墨等,即反映出中国绘画美学中的对立统一辩证关系,这种关系处理不好则很难形成完整有序的画面。

我们可以从历代名家的优秀作品中分析构图,找出内在规律,也可以在外出写生组织画面中,锻炼自己的构图能力,还可以从历代画论中学习掌握构图理论。

元代饶自然在画论中提到画山水时有"十二忌",大部分讲的是构图的弊病,如:"布置迫塞,远近不分,山无气脉,水无源流,境无夷险,路无出入,楼阁错杂,浓淡失宜"。对此,千万不可小视。

总之,学好山水画有一个漫长的过程,要循序渐进,每个过程对自己都要严格要求,要重视传统,在传统中汲取营养。多读、多临摹一些古代优秀作品,可以整幅临摹,也可以局部临摹,先临摹小幅的,等掌握得比较好以后再临大幅的,以此来掌握中国画用笔用墨及构图、意境表达的基本语言和规律。创作中国画也是如此,如一开始就画大幅作品,顾此失彼,画面容易漫乱无章。学习传统,但是不要囿于传统,学习传统是为了更好地发展中国画艺术。当今的社会,审美习惯有了很大变化,随着交通工具的便利,人们的视野也更开阔,可以表现的对象也比原来要丰富得多,我们可以在大自然里不断寻找艺术的美感,在实践中逐渐完善自己的表现语言,努力创作不愧于我们这个时代的好山水画作品。

(本文节选自江西美术出版社2004年版孙宪著《山水画法》)

钢笔风景写生形式初探

钢笔作为一种绘画工具，以其携带方便，简洁明快，具有较强的表现力，且作品易于保存，受到画家的普遍欢迎，从而被广泛使用于写生中。

和其他的绘画工具一样。钢笔用于写生须保持自己的特点，这种特点应该是充分发挥好钢笔材质的性能，以线为基本手段，利用组织不同线型所产生的节奏韵律，表达作者的情感和审美取向。

注重钢笔画的形式美，可给作品增添较强的感染力。画家们对生活不同角度的观察，不同的审美情趣，运用不同的手法可形成不同面貌的作品。

这些年我在写生时保持钢笔画的特点的同时，探索着适当汲取中国画语言，使画面产生了较好的效果，被同行称之有独特的韵味。利用钢笔在纸上急缓轻重产生的出水变化，充分运用干湿、粗细、刚柔、动静，以及中国画多变的皴法及其他要素，各种富有变化的线条交错对比、章法的推敲，整与破、黑与白、疏与密，以及画面空白的灵活而慎重的处理，组成一个统一的画面效果。使钢笔画既有钢笔线条的明快又有国画的一些特点，我戏称其为"钢笔写意画"。比如《孙宪速写选集》(1992年江西美术出版社出版，下文称《选集》) 第44页《黄山石笋矼》：山峰由大小不同的几块结构组成，在把握好整体关系的前提下，力求结构的丰富及结构间的对比呼应变化，众多的纵线和横线，湿笔、渴笔的穿插，辅之以几块大小不一的墨块，既让画面趋于统一，又产生了一定的深度，把握住画面重心的平衡而不平均，加强了画面的节奏

黄山石笋矼

庐山秀峰

感,这样山顶即便画在中间,也不会给人呆板的感觉。《选集》第88页《庐山秀峰》:这幅写生把连绵起伏的群山分割成几组,山与山之间以疏密对比的线形强调其山体的凹凸关系;不同密度,不同走向,不同线形的组合,形成诸山整体而有变化的效果。刚劲有力的线条表现出山石的质感、调整弯头钢笔角度产生的柔线表现山上的植被,刚柔相济。主山的下部采用"大虚"的方法和近景的"大实"形成对比,作品从下往上依次产生强、弱、次强、弱的视觉节奏。

吸收中国画手法的钢笔速写,要讲究用笔的变化——锐中有钝,巧中有拙,曲中有直,断中有连,逆、顺笔兼施。

概括、提炼,夸张、变形、工整,是装饰性钢笔写生的基本运用手段,通过艺术处理使自然形象转变为装饰感很强的画面形象。这个过程重视观察、联想,提倡作者在不违反物理、物态本质的规律的前提下,充分发挥形象思维和综合艺术表现力。一幅好的装饰性写生作品有时比一幅写实的作品更生动,这是因为作者在认识、把握对象的时候,提炼、突出、夸张了对象的本质特征,增强了作品的感染力。

在我的钢笔作品中,对用装饰性写生也做了一些探索。比如《选集》第26页《西山龙门滇池》,就是这类作品之一——陡峭的山用几根线条概括,栈道中的山洞以两个不同形状的小墨块相呼应,主体龙门置于峭壁的边缘,即突出所处的环境险峻。画面下部的滇池仅用一根曲线画出来,点缀一小船——运用点、线、面(黑、白、灰)组织出简洁明快的画面。《选集》第10页《飞来峰石窟造像》,面对飞来峰丰富的石灰岩和杂乱的植被,我经过思考后,尝试以装饰手法把山石概括成不同形状,不同面积的几大块,在不破坏整体感的前提下,再用曲线、直线穿插组织山石的细部结构。把山上的树木归纳组织成较活泼的灰调子块状,将前后山石结构串联起来,S形的植被使画面产生了一种静中寓动的视觉效果。

西山龙门·滇池
印象 86.4.4

滇池龙门

杭州飞来峰石窟造像

钢笔画形式有着广阔的天地。欧洲的达·芬奇，比亚兹莱，以及毕加索、马蒂斯、塞尚、高更等绘画大师用钢笔画出了许多传世之作。要认真学习前人经验，结合自己的审美情趣，勤于实践，深入思考，致力于美感意蕴的挖掘，提升钢笔画的艺术感染力，使钢笔画进入一个更高更新的境界。

1993年3月21日夜

风景速写要述及作品解读

风景速写是中西绘画的必修科目。除绘画专业之外,在建筑设计、环境艺术、工艺美术专业中也非常重要。从某种意义上说,风景速写不单纯是一种技法练习和素材收集,还可以培养审美感受、思维敏捷度以及画面大局的把握能力。画家在写生的过程中,可以充分发现、享受大自然的美,寻找自己的灵感,从而画出美妙的作品。

风景速写的主要对象有山川、树木、建筑等诸多内容。不少人因为对风景及其表现认识把握不足,因此感到困惑,觉得难以下笔。有些学画的人虽能下笔画一点,却因笔法、技法不娴而表现力不强,画面效果不好。其实,只要掌握正确的观察、分析方法,掌握一定的表现手法并运用得当,循序渐进,日积月累,就可能成为一个出色的风景速写专家。

工具与材料

工具:铅笔、炭笔、钢笔、毛笔等。

铅笔和炭笔虽携带方便,画起来有浓有淡,层次丰富,但是容易掉色,不易保存。毛笔画线条和层次都非常丰富,但得准备盘子、墨汁及清水等,携带及使用不太方便。钢笔因为其线条黑白对比强烈,明快,作品易保存,工具携带方便,成为很多画家的首选。建议使用弯头钢笔,可以画不同粗细的线条,也可以画块面,也可以结合毛笔、水墨使用。针管笔也有其独到的特点,不妨试试。

材料：速写对纸张的要求不高，一般来说纸只要不洇就可以了。市面上也有很多样式的速写本可供选择。当然，如果掌握了一定的造型表现能力，建议采用质地较厚，表面粗糙有些肌理的高档纸（包括色纸）则更理想。这种大开张的纸在纸品店或美术用品店就可以买到，买回后按照自己需要的尺寸裁好就是。

墨水采用碳素墨水，只要够黑、流畅即可。为了保证写生时墨水流畅，建议每次写生回来要清洗一次笔，以免堵塞笔头。

风景速写的分类

准备好绘画材料后，外出前有条件的话还应该了解所写生地方的历史文化背景，风土人情，找一些这方面的书阅看，或在网上查阅相关的资料。这将深化对对象的认识了解，有助于写生时画面情调的表达。"知己知彼，百战不殆。"不要疏忽这一点——只有更好地了解对象，才能更好地表现对象。

我们可以把风景速写大致分为两大块：即以建筑为主的风景速写和自然风光为主的风景速写。

先说建筑速写。建筑承载着非常多的历史文化气息——不同时代的建筑特征，不同民族的建筑特点，不同地域的建筑特色。再往下细分，则有建筑外形、材料、装饰风格等。在古代还分有不同等级的建筑类别。这些知识，作为一个画家都要了解，以期必要时表现在画面中。另外，从什么角度、以什么构图去画建筑，如何更好地体现对象的特质，更值得我们的画家在下笔前好好思考。

建筑速写还可保存重要的历史信息。三四十年前我所画的很多建筑，如民居、老街等，近些年在城市农村改造中，许多已经拆毁消失了，令人惋惜。因此，当年所画的那些建筑速写，因保存了许多不可复见的历史建筑图像与文化气息而显得珍贵。

再说自然风景。以山为例，有的山是由火成岩如花岗岩等构成山体的，有的山是由石灰岩、砂岩等沉积岩构成山体的，还有不少山主要是土壤构成的，加上大自然千万年的鬼斧神工，形成了不同的山形特点——有的陡峭，有的平缓，有的突兀，有的雍容。还有，因为气候的原因，南方的山体森林覆盖率高，北方则大多山体的植被很少，这些也都构成地貌的差异。当然，这种差异在画家的笔中要考虑体现出来，因为这也是山体的特征之一。

不同纬度、不同海拔的地区呈现出不同的植物。不同的树、不同的季节也呈现出不同的形态。比如松树、柳树、柏树、梧桐等，其树冠、树干和树叶都呈现出明显的特征。还有，南方的阔叶树多，北方的针叶树多。低海拔地区阔叶林比较多，高海拔地区针叶林比较多，还有其间的针阔混交林。这些也都和气候、地质分不开。一个画家需要了解这些知识，从而有利于在写生时准确把握表达对象的特点。

给初学者的建议

面对风景中的诸多对象，很多初学者感到手足无措，不知画什么或者不知怎么画。建议不要急于下笔，要多角度、多方位地观察、比较，尽可能地认识、读懂对象，找出要表现的重点，找到它的形象规律、特点并确定最佳角度。这也是锻炼构图表现的需要。画者也可以在反复比较中培养、锻炼自己的审美能力和构图能力。日积月累，就能养成良好的审美意识和画面把控驾驭能力，做到事半功倍。

初学画者，可以从简单的对象开始入手画，掌握基本的透视关系和造型方法。熟练了以后，开始逐渐处理复杂画面。一幅好的风景写生，应该做到主体突出，主次分明，聚散有致，疏密得法，线条讲究，黑白灰节奏处理妥当，画面整体感和形式感强。

面对复杂的对象,要在观察中明确表现的重点是什么,要认识到"有所得,必有所失"的辩证道理。不要太自然主义,看到什么就画什么,什么都舍不得丢,而是需要什么画什么。对于会冲淡主体、影响画面效果的对象予以弱化,甚至舍弃。

写生时要注意主客体之间关系的协调。主体固然重要,但客体也起着完善画面、调节气氛、丰富节奏的作用,不可忽视,只是不可喧宾夺主,这是原则。下笔前多观察、多推敲,根据对象之间的关系,可以从主体画起,也可以从客体画起。写生时要考虑好相互之间的衔接穿插,相互留有调整余地,但主体应安排在画面醒目的位置。

出于画中内容或完善构图需要,也可以将原本处在画面外的景物移入画面。

在写生中要充分考虑到画面的"黑白灰"节奏关系处理,要慎用黑,尤其是"死黑",黑中要透气。重点要放在"灰"的表现上——主要的东西一般都放在"灰"的范围里面解决。另外,要充分认识到画面空白处理的作用——大小不同的空白不仅使画面的边缘产生丰富的变化,而且在空间表现及情感上起着不可替代的作用——"此时无声胜有声"。

知白守黑。

处理构图不要走思维惯性,作画时要勤于思考,在画不同的对象时要不断体现出画面的新意。

一张速写,画到70%到80%后,应将重点放在考虑画面的调整上:加强或者弱化节奏与对比,调整黑白灰关系等。

一幅速写画完后,应在画面适当的位置,用小字标注写生的年月日及写生地点、写生对象,以备日后查考。落款的位置不要伤及画面。

建议每次写生回来后,把自己的写生重新审读一遍,找出其中不足。要学会查找自己画面中的问题并找到解决的方法,以利于不断提高。平时还要多看、多读一些别人的优秀速写作品,博采众长,可以启发、完善自己的艺术修养,扩大自己的视野及表现领域。

山水画法

祖国大地上有数不清的高山大岭,其中很多山的名字我们都很熟悉,比如说黄山、庐山、三清山、雁荡山、泰山、华山、峨眉山、青城山、秦岭等。由于地质结构及气候的原因,造成了山貌不一样;人们的历史文化延续及遗存,造成文化背景不一样,以至各山都有着不同的文化景观特色。

山是画家乐于表现的对象。

古人云——读万卷书,行万里路。行万里路的意思就是多到大自然中去体验生活。画家应以大自然为师,多观察、多写生,从中找到自己的感觉,从中探索自己的表现语言。

中国画家非常重视生活体验和写生。古代就有"外师造化,中得心源"的名句,指出生活是艺术的源泉,强调自然美和艺术创造的统一。自然中的景物通过画家的感悟、提炼、升华,比现实中更典型,更美。

我们外出写生不像拍照片,不要见到什么画什么,而是有选择的,需要什么画什么。画前认真分析对象的特征,比较出最佳角度(这个过程也能锻炼你的构图审美能力),考虑好取舍然后再下笔。如果时间充裕,你可以画出完整、深入的画面,时间比较短时你也可以简略画,或画特写。本篇中收入的作品,有深入的大场面作品,也有部分是很短时间完成的(有的短到三五分钟)。可供大家参考。

从学习的过程来看,建议从慢到快,从小到大,从简到繁。画到相当的程度,你还可以从繁到简——这个时候的简,反映了画家对对象的深刻体悟,是高度概括而又准确的,是"以少少许胜多多许",体现出速写语言的形式美。

古人云"石分三面",就是说画山石要画出山的体形变化。在中国山水画中常涉及皴法的使用,用不同力度、不同走向的线条或块面组合,画出山石的凹凸肌理及质感。这种表现在初学时有难度,但一旦掌握,对技法的拓展、对画面节奏的调整把握帮助很大,比如皴法还可用于画树、画建筑等,在画速写时可以借鉴使用。

"山形步步移",说的是画家站在不同观察点看同一座山,山的形状会不一样。要学会在比较中找到最佳写生点——最能表现山的气质和结构变化的点。在写生前要多观察、多思考——诸如整体气势、山脉走向、山石结构及植被覆盖等。通过写生,深化对对象的认识,探索和提升自己的表现能力。老老实实以大自然为师,切忌马马虎虎及概念化地写生。根据构图及画面处理需要,在保持大的对象特征下,对影响画面甚至破坏画面的对象,可以选择适当的改动或剔除。

学而不思则罔。

水的画法

水在自然界的形态有瀑、涧、溪、湖、江河、大海等。不同环境下,或水平如镜,或流水潺潺,或惊涛拍浪,或怒瀑飞泻。有了水,山才更有生机,更显得幽深,有了水在山间的穿行,山的气脉更显通畅——"山以水为血脉"。速写时要注意水和周边物体的关系,画出变化,画出协调,画出动势和静态。手法可用空白法(但要注意用周边环境的衬托来表现),或用线条画出水流的方向,线条有长短有疏密,表示出水流的缓急节奏。

好的山水速写作品应该做到主体突出,客体呼应得当。山脉走向在变化中归于画面统一,植物(被)在其中起到丰富画面、拉开空间、完善节奏的作用。空白处理要讲究,做到"空而不空"。

树木画法

树木是风景写生中的重要角色,古人有"山以树为衣"的说法。不长树的山一定是荒凉而少生机的,人们称其为"赤膊山"。郁郁葱葱的大山中,群树环抱、小桥流水,一二村庄点缀其中,给人以赏心悦目、心旷神怡的美感。

自然界有成千上万种植物,用不着我们画家去——表现,但是掌握树木的基本画法是必要的。

树形高大,树干和树枝区别明显的,我们称为乔木——松树、柳树、柏树、杨树、杉树等即是。在风景速写中常常入画。

树形较低矮,树干和树枝区别不甚明显的,称为灌木——杜鹃、夹竹桃、芙蓉、月季、黄杨、刺柏等。画风景中近景和园林小品时可适当搭配入画。

风景写生中,重点可放在乔木上。

要多到生活中去观察、分析不同树的特征(包括干、枝、叶),在实践中找到对象特征及表现方法。

和画其他对象一样,画树要求把树画得有体积感,"树有四枝",就是说前后左右都要有枝。

长满了树叶的树显得生机勃勃,是风景写生表现的主要对象之一。而冬天落了叶子的树入画也很好看。由于枯树没有叶子遮挡,很能说明干和枝的关系,初学者要多观察、多写生。

画乔木时,树干及粗枝可以用双勾法,细枝以单线直接勾就可以了。要注意树干树枝的姿态、走势、特点。有些树干有结疤、树洞,适当地表现出来会显得很生动。不同树的表皮呈现不同肌理(中国画中叫皴),如:松树为鳞状,柏树为绳状,柳树为交叉状。如果画面处理需要,可以适当地表现。树叶则用概括、把握特征的手法去画。

画单棵树之前要从不同角度比较,找到最好的构图,树干和树枝的疏密、趋势,以及画面其他对象的协调都要考虑好。

画丛树时要注意有主次、前后、直偃、高低、曲直搭配。在画理上要做到有疏密,有呼应,把握好节奏关系。

传统画论中有"远山无树,远树无枝"一说。要求我们在画树时处理好前后不同空间,注意到树的大小体积变化。画远树时不要拘泥于细节,把握好大关系即可。

从认识各类建筑及结构特点开始

为了画好建筑速写,我们先大致了解建筑的不同体系。

就世界范围而言,曾经有过大约七个独立体系。其中有的中断或流传不广,成就和影响也就相对有限,如古埃及、古代西亚、古代印度和古代美洲建筑等。只有中国建筑、欧洲建筑、伊斯兰建筑被认为是世界三大建筑体系,又以中国建筑和欧洲建筑延续时代最长,流域最广,成就也就更为辉煌。

中国的古建筑是世界上历史最悠久,体系最完整的建筑体系。中国人民用自己的智慧创造了辉煌的建筑文化。从单体建筑到院落组合、城市规划、园林布置等,在世界建筑史中都处于领先地位,独一无二地体现了"天人合一"的建筑思想。

中国古代建筑是以木构架为特色的、包括飞檐翼角、斗拱彩画、石木砖雕、朱柱金顶及园林景物,形成了独特的建筑艺术。其中宫殿、寺庙一类比较庄严的建筑,往往沿着中轴线一个接一个地纵向布置主要建筑物,两侧对称地布置次要建筑物,布局平衡舒展,引人入胜。屋顶造型分为悬山顶、硬山顶、攒尖顶、卷棚顶、庑殿顶、歇山顶(后两种常用于宫殿)。

中国不同地域的建筑还呈现不同的特色。比如说南方建筑中的马头墙及白墙灰瓦,湘西、贵州地区常见的吊脚楼,西南如西双版纳傣族的干栏式建筑,北京的四合院,以及黄土高原的窑洞、西北的伊斯兰建筑,西藏、川西、滇北的藏族建筑等。

欧洲建筑起源于古希腊、古罗马的建筑风格。古希腊建筑开创了欧洲建筑先河,对纪念性建筑、公共建筑的艺术表现,以及建筑群布局的形成,做出了巨大贡献。古罗马人继承古希腊成就,在公元1—3世纪达到西方古代建筑高峰。11世纪下半叶后,欧洲出现了一种哥特式建筑风格。建筑高耸入云,犹如王者的冠冕,傲视着冥冥众生。15世纪后又产生了带有各国特点的文艺复兴建筑及后来的巴洛克建筑等。巴洛克建筑特点是外形自由,追求动感,喜好使用富丽的装饰、雕刻和强烈的色彩。这种风格在反对僵化的复古形式,追求自由奔放的格调和表达世俗情趣等方面起了重要作用,对欧洲城市广场、园林艺术以至文学艺术等领域都产生过影响。

伊斯兰建筑以阿拉伯民族传统的建筑形式为基础,借鉴、吸收了其他地域或民族的建筑艺术精华。伊斯兰建筑造型主要特征是覆盖主要空间的大小穹顶,8世纪后还有了尖拱和尖穹顶。伊斯兰建筑以其独特的风格和多样的造型,为世界留下一大批具有历史意义和艺术价值的建筑物。

我们画建筑首先要清楚所画建筑的特点,包括时代背景和外形特点,以及主体建筑和周边自然环境、和其他建筑的关系,在反复比较中选择最能体现建筑造型特征的角度。

如果是画建筑群,在认真观察后,确定把哪些作为主体建筑,其余的在画面处理上不可喧宾夺主。要注意画面的整体感。

画建筑的另一个难点是把握好画面透视关系。由于画家站在不同角度,使得建筑物在视觉上会发生很大变化。选好写生角度,理解、把握、运用好透视法则显得尤其关键。一般规律是:近大远小,视平线以上高度的建筑向下至消失点,视平线以下的建筑向上至消失点,垂直线不变。根据画面需要可对透视关系适当夸张,使画面更有纵深感。

除了写生大体量的建筑和建筑群外,对于一些造型好的建筑小品也不要忽略,有些建筑小品画出来可以成为一张很好的建筑画。比如说中国传统建筑中的亭、廊、舫、榭等,特别抒情。

在传统民居中,有些建筑附属物和生活道具很有情调,对深化画面气氛很有帮助,写生时不要忽略了。

我们既可以去各地对传统民族建筑进行写生,也能在国内对西式建筑做一些写生。如庐山有六百多幢各具特色的西式别墅,在上海、青岛、哈尔滨和其他各地也保留了不少西式建筑。

你还可以去国外,对于外国建筑和风景进行写生。异域自然风景和建筑交融在一块,别有一番情调。

至于城市里面大同小异、火柴盒造型的房子,平时也不妨画画——拿来练练手,锻炼处理透视关系及把握外形比例的基本功。

建筑画中的树法

树木在建筑速写中主要起陪衬作用。可以丰富画面的外形、层次、结构、节奏,衬托建筑的体量、高度和历史,甚至可以反映地域(比如椰子树只生长在热带)。遇上造型结构非常好的树木时候,有时我们不妨反宾为主——将建筑作为树木的陪衬。

树的种类很多,有的很好辨别,比如松树、柳树、芭蕉、棕榈。当然也有很多外形区别不太大的,靠叶子和其他细节来区分。画家不用像植物学家那样严格描绘各种植物的细微特点,只要在大的方面宏观把握好就可以了。

画树,一般从树干开始画,注意树的姿态和动势、枝干的穿插。树干树枝被叶子挡住的地方可先预空在那,待后面补画树叶。有的树干表面肌理特征很明显，比如棕榈树、松树，根据画面需要，可以概括地画一点，以不影响整幅画面完整性为前提。树叶可采用概括性的表述，没有必要去数有多少片叶子。画成片的树林要注意处理好疏密、黑白灰节奏关系，不要画"板"了。

　　树和建筑画在一块的时候，要注意建筑物和树之间的有机联系及主次关系，不可各顾各，缺少顾盼。

山石树木建筑速写解读

《十渡古栈道》 十渡位于北京房山,属太行山的余脉。写生对象周边的石头结构关系特别丰富,为了突出古栈道,把右下方栈道边的山石结构都省略了。

莲花峰
一九八〇年四月廿日在鳌鱼峰上观之 何鸿记于黄山

《黄山莲花峰》 这是1980年第一次到黄山写生的作品,也是第一次画石头结构的大山。以黄山为师,仔细观察山体的结构,认认真真,画得很老实。这种严谨态度非常必要,它使我逐步地了解了黄山山石结构关系和规律,为后面的写生打下了较扎实的基础。

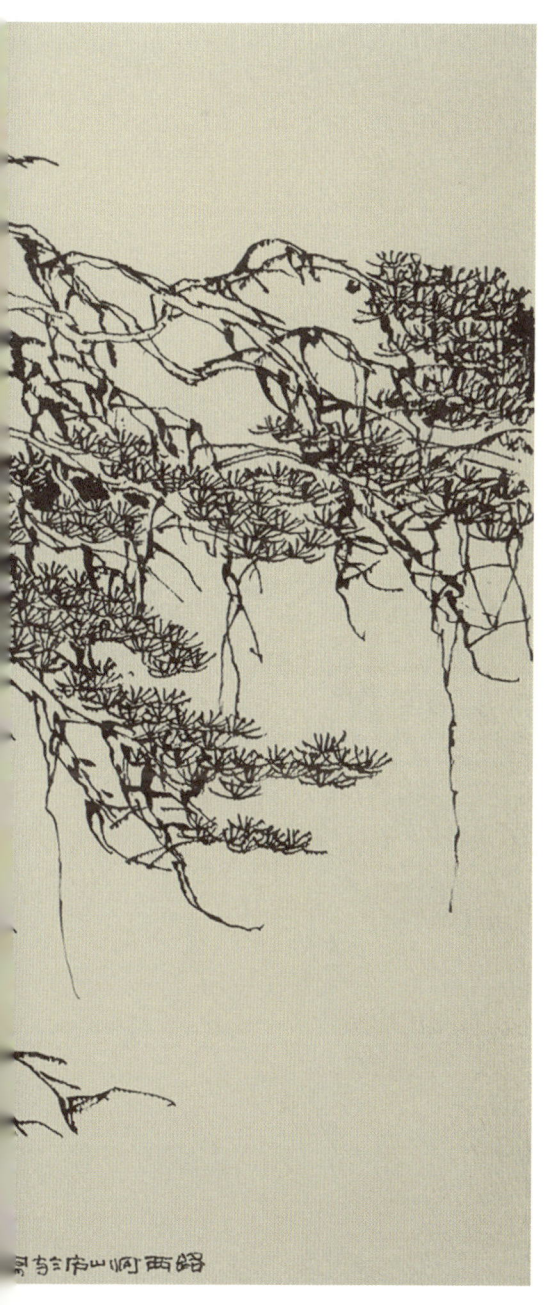

《庐山河东路旁的古松》 相对于黄山松,庐山松的主干和树枝变化更大些,结构转折比较丰富,针叶也比较长,树冠不像黄山松那么平齐,通过比较可以找出庐山松的特点。在画的时候用线要肯定,下笔要有力,在画转折结构的时候用笔不能"滑"。考虑到枝的丰富结构关系,故松干以留白为主,以免在视觉上和枝搅在一块,拉不出层次。

《天都峰顶的古松》 黄山松是松树的一个品种,大多生长在800米以上的悬崖峭壁上,长长的根扎在石缝里吸取养料,耐冰霜,斗风雨,严峻的生长环境培育了它坚毅的性格和多姿的外形。很多文学家、画家都喜欢把它作为描写对象。

黄山松的特点是树冠较平,枝条大多从一边平伸,或向下延伸,松针较短且密集。画黄山松要把握好这些特点。

从1980年第一次到黄山起,黄山松都是我必画的对象之一,30多年了,乐此不疲。

《庐山植物园百年长廊中的树》虽然只画了四棵大树,有的还不完整,但正是这"不完整"让人产生大片树林的感觉。这主要得益于左下方的空白,和左上方边缘密集线条的处理,使人感觉画面的树林向外延伸。

"少少许胜多多许"——速写也体现出这个道理。

《大昌古镇南门外》 大宁河东岸的大昌古镇,有1700年的历史,是三峡地区唯一保存完整的古城。古镇南门外有通往河边的几十级石板台阶,已被磨得十分光亮。青石砖砌成的拱门上,生长着一棵有几百年树龄的黄桷树,根茎扎在拱门的石缝中,生得枝繁叶茂,宛如一个门神护卫着城门。石阶两旁的一对已经残损的石狮子把守着镇门,显出些许落寞和苍凉,似乎在诉说着小镇悠久的历史,提醒人们记住它昔日的辉煌。

2002年12月作者赶在三峡蓄水前,画了一批速写,这是其中的一张。

三峡工程蓄水前,大昌古镇整体搬迁,按原貌在距旧址8公里外的大昌湖旁复建。古镇原址则沉寂于大宁河水之下。

《青城山五洞天山门》 这幅速写采用对角构图。当时下山路过该地,见山门造型朴实无华,和山的"幽"很协调,特别有感觉,故动笔画了这张速写。左上角垂下来的树和藤采用了比较活泼的线条,和主体建筑形成互补和呼应。

《蓬莱阁》 这是一幅不到十分钟完成的速写。先画出山下水城的外轮廓,继而用块面和密集的线画出山体及遍布山体的植被,在山头的突出位置画出主体建筑——蓬莱阁。山体起着承上启下的重要作用:正是山体的"黑",衬托出主体的简洁、高耸。富有变化的黑块和密集的线条较好地表现出山体的转折变化和茂密的植被。

《竹荫下的山寨》 这是作者的较工细写生作品。近处屋面很多细节关系都表现得很充分，摇曳的竹林和屋顶外形上有互补，也形成动静关系，竹林后的几座建筑作为对近景的呼应。画面中的几块大小不一的空白的处理也颇显用心。

《苏州山塘街老桥》 画年代久远的老建筑不要用太直的线。由于年久,很多结构都出现了一点错位,要把这种微妙的关系画出来。桥边的一点攀附植物较好地衬托了桥的沧桑,也使画面表现语言丰富了一些。桥右上方的瓦面画得密集也是为了衬托桥体。

这幅速写画于苏州。

《凤凰古城门》 采用大透视作画，可以产生视觉冲击力强的画面效果，使东门这个主体显得高大突出。但是大透视的对象关系比较难把握。

画前要仔细观察大透视所产生的变化规律（尤其是近景），并把它表现好，不可大意。

《里洲地藏庵的老屋》 这座近百年的老宅坐落在南昌如今的棚户区。墙体的脱落、斑驳,以及瓦上长的小草似乎告诉人们,它今天真的老了。写生时注意不要忽视重要的细节,因为它透出了重要的气息。

《龙胜平安寨》 平时我们写生，限于条件大多画的是平视角度及仰视角度。20世纪90年代来到广西龙胜壮族山寨写生时，在山上俯视画了这张写生，采用装饰性的方法。为了拉开建筑的结构关系，我用了密度不同的线条相互衬托，对其中的主体建筑，做了较深入的表现。次要建筑、尤其是左边的小山体，只做了概括处理。

《土耳其拉斯潘多斯古罗马大剧场》 从残存的遗址仍然可以看出当年大剧场的宏大。在这幅速写中,对象的主要结构关系都记录了,右边看台画外的延伸量则留给读者去想象。

《沱江边的吊脚楼》 依山、傍水,产生了中国建筑的一个分类——吊脚楼。用细碎的直线表现了吊脚楼复杂的木结构。这幅画的黑白灰关系用得比较微妙:屋顶的"大灰"和板壁的"中灰",屋顶的"白"和板壁的"灰",吊脚的长短、疏密,以及衬托吊脚楼的攀缘类植物构成了画面既整体又有变化的关系。

画面中的几块黑的处理,丰富了画面的节奏关系。

《云冈石窟一角》 这是1983年的一幅云冈石窟内部的速写。依山体雕琢的众多佛像让人叹为观止,但全部画出来,必定会使画面太"花"。故把写生重点放在画面的中上部,下部仅画洞门表示窟间的连通,而人作为石窟体量的参照。

这里要说明的是:左边石柱外本是明亮的天,出于主体和画面效果考虑,调整时把天压黑后,画面效果反而更好了。

《三蒜岛上的写生》 画前作者进行了认真的观察。这个浙江沿海的小岛有一些简陋的石屋,由于常年海风的侵扰,渔民不得不在房顶压上石板、石块,否则瓦将被强烈的风刮掉。这里淡水很宝贵,人们不得不将所有能盛水的罐、桶都蓄上雨水,用石板盖上。远处的小船有助于交代环境,故一一画出。

由于细节刻画到位,使这幅速写的生活气息浓厚。

《待修的渔船》 看似不起眼的小船,若选择角度好,也可以画出好画,可以采用夸张透视后一大一小、一前一后、一左一右两条船……

地上石块是对渔船的衬托。

(本文节选自江西美术出版社2018年版孙宪著《风景写生/山石树木》《风景写生/建筑速写》)

胸藏文墨，悠然忘我

——胡辛绘画作品集序

我与胡辛教授相识时间不长但神交已久。30年前她的《四个四十岁的女人》荣获全国优秀短篇小说奖，其时我所执教的景德镇陶瓷学院就掀起了热议话题，记得李菊生兄就颇自豪地对我说：胡辛是我的老同学！又知晓《四个四十岁的女人》中教师柳青和医生魏玲玲的原型都来自景德镇山村——原来胡辛大学毕业即分配到景德镇，一待就是八年！辛卯初秋，我与她在省政协画室偶遇，她原本是为朋友的小孩学画来咨询，我从她的谈吐中觉得她对绘画有感悟，便即兴让她临摹一只我画的家雀，画出的第一只头身比例不协调；但她随即画出的第二只家雀却蛮像样了！于是，我作了一幅兰花让她临摹，当作"家庭作业"，又赠她一幅斗方山水《三清神韵》。然而，她"家庭作业"迟迟未交，原来她仍在教学科研第一线，重压下一时无暇顾及；而我也在教学第一线，忙得不亦乐乎。有时匆匆见面，聊天多于习画，因我们都是安徽人，她的父亲胡江非与我的恩师胡献雅又是知交，我们又都在景德镇生活过好些年，眼下又都执教于高校，于是南昌旧话、瓷都往事、新风时弊，家事国事天下事，扯起来有话逢知己之感。高兴时也舒纸磨墨即兴作画，见她学画一次比一次飞跃进步，更打心底祝贺。她称我为老师，其实难副，在美术上我们只是同学。

光阴荏苒，不知不觉她已年近古稀。在教育、文学、影视上功成名遂的胡辛教授又为自己打开了一扇窗，学习国画之外，于2014年暑假开始涉猎陶瓷艺术,且山水、人物和花鸟全面铺开,"苦"中作乐,且乐此不疲。她创造了"奇迹",短短时间收获颇丰,得到诸多画家学者的认可和赞许,成为横跨文坛和画坛的又一佼佼者。

2015年是她执教47周年、文艺创作31周年纪念,藉此契机,南昌大学为其举办回顾展,江西教育出版社为其出版画册,这当是一件盛事。弟子愈千、著作等身、满壁丹青,同时亦体现了胡辛教授一贯的敢想敢干的勇气、能力和魄力。

实话实说,胡辛教授从来都是最引人瞩目的一个,说话铿锵有力,走路大步前行,做起事来更是风风火火。作为老师,她经常向学生们介绍日本著名导演黑泽明的自传——《蛤蟆的油》,并让研究生们自编自演了短剧公演。黑泽明自言:日本深山里有一种外表丑陋的蛤蟆,人们抓到它后,将它放到镜子前面,蛤蟆看到自己就会吓出一身的油,而这种油恰恰是治疗烧伤烫伤的珍贵药材。黑泽明自喻是站在镜前的蛤蟆,而吓出的一身油应该就是他那些闻名于世的电影。黑泽明的自知,应是自谦和自信。给世人的昭示是不要怕丑,要敢于正视自己,方能攀登高峰。

以情入画,以画载文

中国画与西洋画的区别,窃以为最显著的一点可能就是中国画的文人特质,它包含蕴藏又宣泄了强烈的文人情怀和文人情趣,兴之所至,信笔拈来,往往不拘章法,不求形似,肆意而为,表达的是真性情、高格调。胡辛教授常说,画画是人的天性,每个人都可以拿起笔信手涂鸦,聊以自娱。文人画特质可能更接近于人的天性。胡辛刚刚学画时,其《葫芦八哥》《水清月古》《香远溢清》等作品中的葫芦、八哥、荷叶、荷花、麻雀等,寥寥几笔,率意天真,稚拙中见力度,不落俗套,毫无匠气。让很多人赞叹:这是你画的!? 不得了!

天性使然的文人画,与胡乱涂抹相比更加有内涵有深度,于人重在学养深厚,于画重在格调高雅,它特有的文学性、抒情性与工匠画有所区别,而不仅仅拘泥于程式、笔法。胡辛本是教授、作家,腹有诗书气自华,何况她与美术界颇有渊源,撰写过长篇传记《彭友善传》、长篇小说《陶瓷物语》《怀念瓷香》等,在《文艺报》《江西日报》发表过介绍胡献雅、黄秋园、胡敬修、蔡超、李菊生等为人为画的文章,作为主创摄制并播出过两部9集电视系列片《瓷都景德镇》和《瓷都名流》等。她对画坛大家名作耳熟能详,眼界高,有品位,奠定了她进入画坛的基础。而作家的头脑和对对象敏锐的观察力,更使她的作品虽兴之所至,但又言之有物。纵览胡辛绘画作品,基本每幅画作都寄托着她的情感,以情入画。其有特色题材主要集中于:一是表现祖籍黄山太平,如《梦里黄山》《梦归黄山》《黄山礼赞》《家乡太平》,多以山水画还原故乡印象。二是家乡江西的名山秀水,如《井冈之春》《巍巍井冈亦秀》《庐山之恋》《井冈山上杜鹃红》《秀奇三清山》《芦溪龙虎山》《鄱湖冬韵》《红军长征第一关——瑞金云石山》《兴田记忆》等,这也与她富有江西地域特色的文学创作传统一脉相承,将江西红色文化、绿色文化、陶瓷文化融入绘画之中。三是以女性视角、教师身份表达她身边的人物。胡辛教授以家人为原型创作了《三代女性 走过从前》等陶瓷作品,寄托了其对父母、奶娘以及六姐妹的深厚感情。作为47年教龄的老教师,胡辛常说教师的职业属性已融进她的血液中了。她善为人师,其陶瓷和国画作品《毕业歌——莲子已成荷叶老》极富新意,白发苍苍的老教授与身穿毕业服的学生合影留念,周围环绕着绿已转黄的老荷叶,而成熟的莲子挺立其间,寄寓她干了一辈子的教师事业。学生们面对此作品时,都会兴高采烈地指指点点猜测这人是谁那人是谁,她总是笑而不语,这恐怕是胡辛作为教师最为得意之时。四是对本身文学作品的视觉还原和重构,这也是胡辛绘画创作中最为独特的部分。胡辛教授一直以来秉承着"女人写女人"的创作志趣,从处女作《四个四十岁的女人》伊始,中篇小说《这里有泉水》、长篇小说《蔷薇雨》等都被改编成电视剧,有的小说还被改编成电影,她的作品描绘了一系列栩栩如生命运各异的女性形象。这回,胡辛教授以其小说人物为原型创作了国画和陶瓷作品《四个四十岁的女人》和《蔷薇雨·七姊妹》。以情入画,以文出画,将文学与绘画结缘,极富新意,是她作为作家和画家双重身份所独特的情感表达。

胡辛笔下跳动的斑斓色彩的山水、人物、花鸟让人耳目一新!她创作的《戏梦人生》《听画看音》《桃花源记》《层林尽染》等国画和陶瓷作品体现了自己的独特风格。她多采用戏剧人物、仕女、荷花、蔷薇、梅花等侧重女性化的选题以及追求绚烂繁复、色彩秀丽的风格,不拘泥章法,大胆着墨赋色,浓烈而不失典雅。如她所言:总觉得自己画没有画完,墨没有用够,颜色少了一种。虽说其人物、花鸟的技法上不像专业画家那么老到娴熟,但也能独辟蹊径,平淡天真,自成一体,别有味道。其山水画里浓浓的江南情调喷薄欲出:树木浓郁,繁花似锦,层峦叠嶂,满纸烟云,就像她的文字一样华丽优美,体现了她女性视角下的独特审美情趣。

苦中作乐,怡然自得

47年前,刚刚大学毕业的胡辛就被分配到景德镇的一个山沟里做村小学老师,自此在景德镇一待就是八年,在这里她领悟了"茹苦含辛"四个字的涵义,这也是她的笔名的由来。人的记忆往往会淡忘一帆风顺的经历,而历尽艰辛的磨难却刻骨铭心,"我的八年青春都献给了景德镇",从胡辛日常的言语中更能体会到她对景德镇的刻骨铭心——进而有了对陶瓷的挚爱,也埋下了绘制陶瓷的种子。在她的眼里,"瓷如女人","瓷犹如人的情感,轻轻一碰就会粉粉碎",她是重感情的,细心呵护,容不得丁点碰撞,当然包括她对景德镇、对陶瓷的眷恋。

恍然间,当年的茹苦含辛还历历在目,而胡辛教授已是年近古稀的老人。她被景德镇市政府授予"景德镇市荣誉市民称号",那份对陶瓷的炙热情感更见炽烈。2014年暑天与寒冬,为圆少时梦想,她重走景德镇,回到了曾经工作过生活过的地方,过着"苦行僧"的日子,长期待在地处偏远住宿简陋的浮梁乡村、龙山窑等地,每日粗茶淡饭,潜心学习画瓷,乐在其中,甚至中午都不愿休息一刻。胡辛教授延续她一贯的敢想敢做作派,略试釉上画后,直接入手自己喜爱的釉下彩,甚至绘制烧制难度极大的青花釉里红。当300件大瓶《戏梦人生》放进窑中烧制,她期待着,有点忐忑,又有点兴奋,待窑门打开,瓷器取出,她不禁将脸庞贴在还见烫人的瓷瓶上,不知是母亲痴爱孩子还是孩子依偎母亲。这件作品以青花勾勒,用了釉里红、霁蓝、影青、紫金、黄花釉等釉料和大红、蓝紫、娇黄、深绿、胭脂等高温釉下色料。不敢说把握娴熟,但其彩釉料性的发色、浓淡深浅的搭配等的确叫人眼前一亮。关公、包公、岳飞母子、诸葛亮、白娘子、小青、穆桂英、铁弓缘、拾玉镯……穿越时空,实乃"汇千古忠孝节义笔笔画来漫道逢场作戏,将一时悲欢离合细细品味管叫拍案称奇",既是老百姓喜闻乐见的戏剧人物,又表达了作者的人生观价值观。《毕业歌:莲子已成荷叶老》将李清照词句与教师职业融汇,立意颇高。《三代女性》图文并茂,四张老照片四段真实朴素的解说词,解说词旁的脚印等让人"走过从前",这些不得不让人赞叹她的创新性。她谦称她这是"点墨染青",但正是"点墨染青"中让她摆脱了烦心劳神的俗事俗障,"回首向来萧瑟处,归去,也无风雨也无晴",进入淡定之境界。

2015年是胡辛教授文学创作31周年、执教47周年,此画册的出版,当是江西文艺界和教育界的一件喜事。作为获得全国奖的作协老人、收获颇丰的影视文人和崭露头角的画坛新人,胡辛教授始终立足江西,勤耕不辍,而画册的出版,开启了胡辛教授在艺术创作上的新的一页,也是阅尽人世百态,历经人生风雨后的从容回归。我以为书画家首先应该是个文人,胸无点墨,哪来腕下清风?丹青不知老将至,富贵于我若浮云。相信丹青陶瓷会给年近古稀的胡辛带来更加广阔的天地!

(本文原载于江西教育出版社2015年版《点墨染青——胡辛学画习瓷集》)

艺履录

一、少年记忆

20世纪50年代初,我出生在一个有良好文化氛围的家庭,父亲年少时读过私塾,中华人民共和国成立后在机关工作,写得一手好字,他的毛笔字是我少年时代的范本。母亲是民国女子师范毕业的,所以我身上流淌着他们的血液,也滋生着他们留给我的艺术细胞。记得家里留有爷爷画的一张比较工整的钟馗,拿着宝剑,下面是鬼,跪在钟馗的脚下,钟馗的神情刻画得特别好,一直深刻印在我的脑海中。家里还留有陶瓷大师王步的一幅吕洞宾在竹林的瓷板画和他的一幅竖幅水墨山水,以及景德镇的陶瓷雕塑名家曾龙昇的观音雕塑等作品,可惜这些东西都在"文革"时期毁掉了。

我在家里排行老六,哥哥姐姐的课本是我经常翻阅的书,最喜欢的书籍是关于语文、地理、历史的,这个兴趣一直保持到现在,这些书籍对我画画起着潜移默化的作用。少年时代我感兴趣的书还有《我们爱科学》《十万个为什么》《动脑筋爷爷》《聊斋》,以及很多小人书,看这些书极大丰富了我的想象力。

我喜欢画画最早得益于我大哥。他的画在学校里面出类拔萃,无论是在小学还是中学,美术老师都希望他考美院,但在"文化大革命"前高考时,他还是选择读了理工科重点大学。

我小学时美术课主要学的是素描,有单线的,也有明暗的,有时老师也带我们外出写生,画点建筑、树木之类的景物。中华牌4B铅笔在我们眼里是奢侈品,一支要一角多钱。后来出了6B的铅笔,感觉高级到顶了。有时候我也偷偷用大哥的高级水彩颜料来画张"水彩"过过瘾，我保留了一本我上小学时的图画本，上面的成绩都在90分以上，记得最高一次老师给了98分。

在小学的时候，课外活动丰富多样，有一个美术组，老师把一些喜欢美术的同学都召集在一起画画。美术老师况根娥很喜欢我，并让我当小学美术组的组长。

小学五年级的时候，我参加学校的美术比赛，拿过高年级第一名，六年级的大哥哥大姐姐成绩排在我后面，这在当时是很令人骄傲的事。我是一个比较听话的小孩，平时上课没做过什么出格的事，应该属于乖孩子。妈妈回忆说，小时候只有一次老师家访的时候告状，说在下午上自习课的时候，我到外面看展览去了——是有这么一件事，可这是美术老师带我们去的，可能没有跟班主任打招呼——记得在当时的中苏友好馆（现在的江西省文联）一楼展厅看"西南地区美术作品展"。看到画展上的作品那么好看，顿时对美术有了一种神往，在参观后回校的路上，况老师对我说，孙宪你好好画，以后会成为一个画家的。当时也懵懵懂懂，成为画家会怎么样？我没有多想。

小学毕业正赶上"文化大革命"，进中学的路就暂时搁浅了，无书可读。除了到街上看大字报，看游行，就是看大批判专栏上面的画。在"文化大革命"中我年龄尚小，每天只身躲在家里画画。当时画得最多的是毛主席像，各种各样的毛主席像都画，有素描的，有模仿版画的，另外，也学着大哥刻图章。当时用哥哥的木刻刀在象牙麻将牌上刻，当然不是刻名字，是一些很热门的图形，如毛主席像，还有革命圣地井冈山、延安等，然后把它盖在书上，一种成就感油然而生。

1968年春，学校恢复了招生，我被南昌一中录取。尽管南昌一中是一个老牌名校，但由于"文化大革命"的原因，在中学那段时间，老师不敢教，学生没兴趣学，所以在学业上几乎是空白。只要班上一出黑板报，我就特别高兴地去画上一些画。后来被学校领导看到了，觉得我画得不错,就把我抽到学校的《文革通讯》编辑部去,这是一份用钢板、蜡纸刻的校报,在那里帮助老师刻钢板。中学时间是短暂的,期间还有几次折腾:学校从南昌市迁到南昌县莲塘垦殖场,后又从莲塘迁到梁家渡的南昌蚕桑场,校名也由"南昌一中"改为"莲塘垦殖场五七中学"再改成"南昌蚕桑场五七中学"。1968年4月进校,1969年12月"毕业"分配,既没学到东西,又没有毕业证。在中学这一年多时间,我们被称为"六九届初中毕业生"。1970年1月,班上同学绝大部分被分到安福县的生产建设兵团第七团,因为我有画画特长被留校了。当时不觉得留校有什么好处,同学们分手时依依不舍,此景至今留在我记忆深处不曾忘怀。

这是我参加工作之前的一点回忆。

二、懵懂青春

留校时学校没有开设文化课,我被安排当班主任,在学校待了一段时间,也承担了一点学校的美术宣传工作。1970年3月份,学校要我画了一幅比较大的油画毛主席像,挂在食堂兼礼堂的上方,这也是我唯一的一幅油画。后面又分配到南昌蚕桑场的蚕桑队(1972年底又调回学校),名义上是在蚕桑队参加劳动,但很多时间都被场部借去搞宣传工作。我记得那是1971年底,年仅17岁,被借到省里筹备江西省外贸展览。现在回想起来挺有意思,让一个17岁的小青年去负

1972年,在人民公园园中园写生

责省展览美术设计。当然,当时的展览不像现在要求这么高,把外贸展览搞完了以后,省里告诉我随着接待的外宾增多,要筹备外宾商店,也就是南昌友谊商店,我就被留在那里参加筹备工作,主要是承担美术设计工作。作为接待外宾的一个窗口,友谊商店应该怎么搞,当时领导心里没有底,所以,在1972年2月,省里就安排几个人到上海、杭州等开放城市去参观学习。我作为美术设计者,第一次享受坐火车卧铺到上海这么一个大城市去开眼界的机会。难忘的是在上海友谊商店古玩部,看到很多古代的书画,像任伯年(1840—1895)等近代大画家的作品那里都有,当时我也不知道任伯年是大名家,只是感觉他的画很传神。如今回想起来,发现我对中国画还是很有感觉的。当时想,我要是能画国画多好啊!

既然想了则马上行动。我利用休息时间跑到上海南京路的朵云轩去买宣纸、笔墨,回南昌后,根据当年《人民画报》上面屈指可数的发表的一些国画,如印象很深的李斛的《三峡夜航》等作品,还有在上海友谊商店看到的一些古代绘画,根据自己

《三峡夜航》　李斛　1971年作

的理解、摹临或背临。当时的临摹都是很幼稚的,身边没有老师教,也不了解中国画的基本要素是什么,就是凭着个人直觉,怎么能画得好中国画呢。

文化凋零的"文化大革命"时期想找这类书是非常难的,因为很多都被作为"封、资、修"的书烧掉了,人们有书也不敢外借。1973年我大哥为我借来了一本《芥子园画谱》,后来才知道这是古代非常著名的一本中国画教科书,齐白石、潘天寿等很多大家都是因为看了这本书走上中国画道路的。见到《芥子园画谱》,我非常高兴和满足,里面的图非常精彩,步骤很清晰;教你怎么画一棵树,怎么出枝,两棵树应该怎么处理,多棵树应该怎么处理,不同的山有不同的石头,怎么表现,等等。看后,当时心情颇为激动。

但书毕竟要还给主人,我得给自己留下这一本书的图像,所以我就把书上山水部分的图从头到尾临了一遍,临得有些不够好的地方,又临第二遍。这样即使书还掉了,我还有一个可供参考、可以回味的依据。后来我大哥告诉我,书的主人表示把《芥子园画谱》送给我了,当然我是非常感激的。图是临了,但书上文言文的中国画理、画论作为只读过小学的我很不好理解,有很多字义看不懂,只有在业余时间慢慢啃读。

因为留校,中学的老师都成身边的同事。为此,我常去请教民国时期中正大学文学系毕业的高才生余安民老师,在他的辅导下,我逐步对文言文有了一知半解,也就加深了对画理、画论的认识,学习也有了方向。对画谱文字,我也有过"教条的理解",书中说墨要现磨,水要山泉,我还真到野外去找泉水磨墨,如今想起来好笑。

在当时的南昌,宣纸和国画颜料没有商店可以买到,我就经常请单位采购员到上海出差时顺便帮我买。记得买上海墨厂的"紫玉光"墨条,花了5元钱,而我当时一个月的工资才16元。

白天很忙,晚上别人休息了,我还在画画。第二天早上爬起来,用一个新的眼光看昨晚的画还有哪里不足的加以补充调整。总而言之,当时热情很高,但是因为没有老师指导,路走起来跌跌撞撞的。

1974年3月,一个同学告诉我长春电影制片厂来农场拍外景,里面有一个老师画得好。我一听就非常兴奋,抽时间跑到现场去看他画画。

我第一次看到,周边已看到麻木的环境,在画家的手中,在画家的笔下,竟能够以这么好的形象出现。这一瞬间的触动也使我模仿老师,拿起钢笔开始了几十年的写生实践,这是我画写生的起步。一开始模仿的痕迹比较重,画多了以后,自己的感受在画中也有了一些体现,逐渐还像点样子。我大哥把我的写生作品拿给他同学的哥哥郭蔚球老师看,后来郭老师又转给他的朋友名画家蔡锡林老师看,蔡老师看了以后觉得画得不错,一个知青能这样画,而且画得比较肯定、造型也比较准。他就说如果这个人(指我)下次到南昌来,你把他带

2017年4月,到长春电影厂看望速写启蒙老师于军(左)

笔墨纵横　自成丘壑

到我这来，我指导他。

蔡老师是我遇上的正规美术训练的第一位恩师。蔡老师是1952年参加上海连环画学习班（国画名家陆俨少也在这个班）后调来江西工作，以充实江西美术力量的。20世纪50年代在江西画报社工作，老师在线描、连环画方面有很高的造诣。他教我怎么处理构图，怎么把握线条的质量，还有画面的节奏、疏密，等等。为了使我有直观的感受，他也拿出一些他的作品启发我。我每次回南昌，都会带些近期写生作品请他批评指教，可惜蔡先生英年早逝了。

郭蔚球老师还把我介绍给省文联的李素馨老师，他当时是《江西文艺》杂志的美术编辑，著名美术理论家，看了我的画以后也觉得可教。那几年，每次从乡下回到南昌，李老师都会跟我讲画理画法，还把他"文化大革命"前的一些宣纸、颜料、笔送给我，把他"文化大革命"前的一些书也借给我看，我记得有一本书是傅抱石翻译的高岛北海《写山要法》。李老师安排

1970年，孙宪的恩师、著名画家蔡锡林在黄山

1970年代，孙宪的恩师、著名美术理论家李素馨在成都

我画《江西文艺》上的插图和题花,也发表过我的速写和国画作品。记得1980年,我从黄山写生回来,他在《江西文艺》封底上发表了梁书老先生的一幅《桂林写生》及我的三件作品《黄山松》《黄山莲花峰》《白龙桥》。当年在刊物上面发表作品是没有稿费的。发表我的作品是老师对我的鼓励和肯定,这两位都是我的恩师,没齿不忘。

1974年,画梁家渡火车站下面的农村

在农场中学,我承担了美术、音乐、历史、地理的教学工作。为了让学生比较直观地了解我国地形及美术的色彩关系,我自制教具,用大木板和泥巴制作了中国立体地图,以及色彩配色关系的活动挂图。除备课、上课外,我基本上都用来画画看书,这段时间过得有滋有味。乡下虽然条件差一点,但是毕竟做的还是自己喜欢做的事。

1975年接到通知,要我到南昌县文化馆参加美术学习班,自带被褥。"文化大革命"时期美术学习班是一种特殊的培训模式,大家聚到一起,集体学习,集体创作,老师辅导。当时县文化馆的老师李发昌是江西师范学院美术系"文化大革命"前的毕业生,油画画得好,也有画家气质。我去报到后看到大家都住在一个房间里,地上垫了稻草,大家睡地铺。白天画画,

1974年,画学校周边的小景

  各自先起稿,有画水粉的、画油画的、画国画的。当时好像没人搞版画,大部分是围绕着当时的政治要求画主题画。当时我就画了一张亚非拉人民团结起来的画,觉得比较符合当时的政治氛围,构图中前面亚非拉同胞,一个非洲黑人,一个亚洲的以中国人为代表,一个拉丁美洲棕种人。后面背景是长城,用长城寓意友谊坚不可摧。画好稿子后,参加学习班的朱松就带我去拜访"文化大革命"前的南昌市美协主席、八大山人纪念馆馆长吴振邦先生,吴振邦住在南昌日报社后面的芭茅巷,一栋有点历史的老建筑一楼,门前有花园。这是我第一次见吴老师,也是我小时候仰慕已久的先生。

  吴振邦先生把我画的构思给否定了,说我是凭着概念画的,这是个大题材,不是我的长项。问我到过长城吗?我说没到过。他说长城的结构也不对,不要画这个。然后他就和我讲了美术创作要注意的事情,要我画身边熟悉的,有生活感受的题材。在吴振邦先生家里看到墙上有一张国画花鸟,他告诉我这是浙江美院老教授吴茀之送给他的。墙上还有他自己画的庐山圆佛殿，用了很明快的色调，太阳的光感特别好，是水粉画还是油画我忘了。吴振邦先生把我的画否定后，我就改画中国画，画了一张《高山气象站》，气象站院子里几个人在放探测气球。实际上我是借这个题材画山水画，就像当时方增先、姚耕云、卢坤峰那张《毛竹丰收》国画，也是借题材画竹子。当时学习班的同学，觉得这张画得蛮好，还问我怎么学国画的。回想起来当时应该是很幼稚的，可是那时大家都不怎么画国画，因此我在班上还算突出。

我所在的中学有一个图书阅览室，需要有老师兼着管理。因为涉及学生课外借书，很琐碎，其他老师都不愿管。我主动请缨，在我的管理下，图书室在课外按时开放，同学们在这里找到自己喜欢的书。我也用管理图书的便利，在南昌采购了不少好书，比如怀素的《自叙帖》，汉代的《张迁碑》《曹全碑》等碑帖，范文澜的《中国通史简编》，郭沫若的《中国史稿》《甲申300年祭》《李白与杜甫》等，还有全套的历史小丛书。我也喜欢考古，自费买了考古方面的书，其中有一本书名叫《工农兵考古知识》，这些书当年我都认真看了。

因为稍稍了解和掌握了一些基本的历史考古知识，我散步时在学校周边的山上发现了2700年前的东周遗址，面积有四万平方米，出土的文物有印纹陶、残陶鼎、瓦当、石斧、石锛、石镞、石刀等。报告省博物馆后，省博物馆派人来确认后，定名为"禅师岭东周遗址"。这个报道刊登在当年《江西历史文物》上。后来在学校不远的地方我还发现了大规模的汉代至晋朝时期的墓，是在改造梯田时被推土机推出来的。这个时期的墓砖上面有时代特征很明显的网纹及五铢钱纹，推出来很多殉葬的原始陶瓷，可惜大多破损，我把它捡起归拢，放在中学办公室里，后来我上大学走了，被打扫卫生的人扔掉了，太可惜！

1977年高考填志愿的时候，我最后一个志愿是北大历史系考古专业。如果不是美术专业先录取，我学考古估计也能干出一番成绩。

1975年大哥写信告诉我,浙江美术学院在江西招生,叫我赶快把作品带来,看看有没有可能读浙江美院。我请病假回到南昌,拿着我的画到江西医学院(当时招生老师住在医学院)。美院老师看了我的画,觉得不错,但告诉我:我们浙美在江西招两个人,很遗憾,在你所在的地区没有招生名额。就是说,按照当时规定,不管你画得有多好,所在的地区没有招生指标是没办法录取的。

很有趣的是当年被招的两个人,后面成了我的同事,这是后话。

三、陶院情深

1976年10月,历史翻开了新的一页,"四人帮"被打倒了。

1977年10月,《人民日报》上突然刊登当年恢复高考的消息,就像一股春风,给冰雪桎梏的大地带来了勃勃生机。而我对当年高考并没有抱太大的希望,总觉得对于我是很遥远的事情。但是家里父母和兄长鼓励我,不管能不能考上,你都要去参加考试,没考上也知道自己的差距在哪里。蔡老师和李老师也鼓励我去报考,李老师还说以他对江西美术界的了解,我应该是能考上的。就这样,在父兄和老师的鼓励下,在匆匆忙忙中来不及更多复习,就参加了当年12月份的高考,文化课考完了以后考专业。考文化课在向塘中学,考专业在莲塘中学。考下来文化和专业分数都比较高,被景德镇陶瓷学院录取了,我开始了在大学接受美术教育,打开了我人生的一个重要窗口。

我是提前两天到陶院去报到的,有很多事情要办。我原来录取在雕塑专业,雕塑不开国画课,我提出调到设计专业,调专业的事很快就办好了,学生宿舍我挑了靠窗户的上铺。开学典礼时台上有一个白发苍苍的老先生坐在前排,经主持人介绍,才知道老人就是我神往已久的胡献雅先生。胡老在陶院的地位很高,所有的重大场合,院领导都会把胡老请来。

在陶院感受到的是,老师来自五湖四海,有20世纪20年代初上海美专毕业的胡献雅先生,40年代武昌艺专毕业的宁璘老师,50年代初中央美院毕业的丁千老师、施于人老师、周国桢老师,鲁迅美院的周时图老师,四川美院的黄美尧老师,广州美院的尹一鹏老师,还有浙江美院的赵履安老师等,以及美术系一些"文化大革命"前专业特别好而留校的老师。老师们放弃了优越的条件,自愿要求来景德镇为振兴陶瓷发展、为陶瓷美术培养专业人才,为陶院贡献自己的大好年华。因为老师来自五湖四海,所以学术氛围好,很多艺术观点在这里交流碰撞。加上学生来自全国各地,各个地方的文化交融碰撞,整个系里面的学术氛围特别活跃。

　　我们美术系1977级两个专业学生人数并不多,加起来只有40多人,却来自十几个省市。北边最远到东三省、内蒙古,西边最远到云南,南边最远到广西,东边最远到福建、上海。这么多同学在一起,相互之间有很好的交流,班上的学习氛围好,很少有人浪费时间,大部分人都在教室里面学习、自习或者在校园树林里面背英语单词。当时美术书籍很少,同学相互会借书来抄,有些资料相互交流、临摹。广东的一个同学收集了几百张各国的装饰图案,装订成一个本,我也把它借来全临摹了。上工笔花鸟课,我临摹四尺整张中央美院教授田世光的大作品,居然在教室里临了50多个小时没有合眼,连开水、饭菜都是同学帮我打来的。等画完了,回寝室睡觉,睁开眼不知是白天还是黑夜。在陶院求学时,每逢星期天就背着画板,带着速写本,用塑料袋装几个馒头就到郊外去写生,到菜市场去画各种形态的人物,其中有的同学被卖菜的农民操着扁担追着打,因为旧观念认为画他会把他的魂带走。喜欢搞理论的,三五成群在一起辩论,辩得脸红耳赤。这样一个学习氛围多好。

　　喜欢中国画的,喜欢西画的,喜欢搞装饰画的,除了课堂学习,在课外都有自己的发展空间。陶院教室通宵有电,我和其他几个同学经常晚上在教室里画中国画,有同学父亲是大画家的,把一些原作带了来,我们在教室里面认真临摹到凌晨两三点钟也不觉得困。

我们1977级大学生年龄大的比较多,学外语普遍很吃力,占用了大量专业课时间。我和班长商量:如果把专业丢掉,外语拼命学,学到毕业估计只有高中水平,可我们到大学来主要是学专业的吧?为此,我们成功地说服教务处领导把外语课缩短了。英语老师劝我们:随着改革开放,以后大家出国交流机会比较多。我们和老师开玩笑:我们出国都是带翻译的,搞得老师也无可奈何。当然,我们没预料到几十年以后,安徽讯飞搞了一个翻译器,带着这个"翻译"太方便了。

我们进校不久,美术系搞了一个1977级学生作品展。从教学角度来讲是摸摸底,看学生处在一个什么专业状态,做到教学有的放矢,因材施教。老师看完展览以后感叹"不正常"!也难怪,十年没招生,积压了一批人自然是好中选优。很多同学在入校前素描和色彩都特别棒,有些同学上学前出版过年画、宣传画还有连环画,有不少作品参加过省美展。我接到通知匆匆在教室里面画了一张四尺对开的条屏《松菊图》交卷。之后,有一天我在教室里面画素描,素描老师李良友到我身边拍拍我的肩膀跟我说,孙宪出来一下,外面有人找你。我有点困惑,这个地方人生地不熟的谁找我?他说,胡献雅老先生。我顿感受宠若惊,跑到教室外,慈祥的胡老站在那里笑眯眯地问我:"展厅中《松菊图》是你画的?"我当时很不好意思,特别没底气。胡老接着说:"画得不错,但构图太满了一点。你平时喜欢国画吗?"我说喜欢。"课余你可以把你的画拿给我看看,我来指导你。"这是天上掉馅饼的事,我高兴极了。胡老告诉我,学校安排的房子还没有整出来,他目前还住在为民瓷厂,可以到瓷厂宿舍找他。

初春的一天晚上,我拿着自己的白描、速写,一些山水花鸟,部分临摹的画,如潘天寿的大方块石头上面站了一只老鹰的《鹰石山花》也带去了。来到胡老家,第一感觉是胡老这样一个大家怎么住这么小的房子?我问胡老:"您平时怎么画画?"他说:"我画画的时候就把床上的垫被掀开,在床板上画。"一个德高望重的老先生,大画家,居然在这么艰苦的条件下画画,可是胡老不以为意,非常乐观。胡老看了我的国画,看了我的速写,首先肯定我,然后从中国画的认识上、画理上、学习方法上心平气和地跟我聊起来。说临摹要找一些好的范本,临之前好好读画,尽量理解原画的构图意境笔墨,学别人的长处,也要舍别人的短处,他给我讲一些学习方法。那天晚上我才知道潘天寿先生是胡老在上海美专时的班主任。

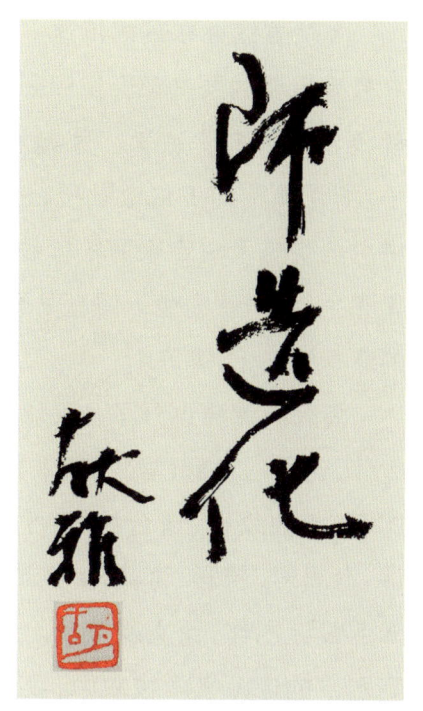

1980年,从黄山写生回来胡献雅先生为孙宪写生册题"师造化"

很晚了,我从胡老家告辞出来,胡老一直送我,直到路的尽头。我回头,他依然屹立在寒风中看着我,这一幕一直定格在我人生的记忆中,无法忘却。

在校期间,我一方面很想请胡老多指教一下,另一方面想到老人家年纪这么大,有点于心不忍,所以我会隔上一段时间才去向胡老讨教。几个月后胡老就搬到学校来了,给胡老安排在筒子楼靠东的三个独立房间,其中一间就做了厨房,一间做了画室,一间是胡老的卧室。过了两年,学校为老教授改善条件,在校园南边建了两栋别墅,给胡老分了一套,胡老不愿去,觉得两个人住那么大的房子是浪费。学院只好在筒子楼的边上给胡老搞了一个小花园,小花园种了凌霄花、万年青、月季、兰花等,花园边给加盖了一个画室。

胡老搬回学校以后,我去请教他的次数也就多了一些。

陶院虽然办在景德镇这一个小城市,但很注意和外面的交流。像南昌有重要的展览都会组织师生去看,车旅费报销。也经常请外面的教授专家到陶院讲学。像美术史这方面,请了黄宾虹先生的关门弟子、浙江美院的王伯敏教授,王伯敏先生是中国美术史泰斗。还请了中央美院美术史专家薄松年教授。陶瓷方面,请过中央工艺美院祝大年先生、张守智先生。雕塑方面,请过大名家唐大禧先生,上海油雕院的章永浩先生,等等。

陶院的课程也分了几大块,一是基础课:有素描(包括静物、人像、人体、速写),色彩(静物、风景),中国画(山水、花鸟、人物),图案(基础图案、单独纹样、适合纹样、平面构成、色彩构成等)。二是专业基础课:有粉彩、新彩、青花、陶瓷造型设计、制图。还有艺术考察,最后是专业设计制作,论文及答辩。专业课除了本校老师外,还请了景德镇高水平的老师来学校教学,我们印象中粉彩课请了李进,青花请了聂杏生、辛青山,都是景德镇响当当的陶瓷大名家。这些老师不但技艺高超,而且教学特别认真负责任,他们的教学对我们影响很大。这几门课,我的分数都在90分以上,青花课老师甚至给了我最高分——98分。毕业后我留校,李进和辛青山两位老师也成了我的好朋友,常有往来。和李进老师合作过几件大的陶瓷壁画作品,李老师在陶瓷人物、动物、花鸟上的造诣和审美水平都很高,在合作中向他学到很多知识。

总而言之,在陶院学习那段日子,特别值得回忆。老师和同学之间亲密无间,我们经常到老师家去,没有隔阂,来往都很亲切。

我们系还会经常举办一些活动,搞一些展览、评比。第一年我们系就办了一个暑期写生作品展,同学们把暑假里画的画都拿过来展,我拿了一等奖,奖品是一本速写本。另一位一等奖获得者是1978级曾鹏同学,他画了带民间装饰味道的国画人物,画得很好。

离景德镇不太远的皖南有一座黄山。当年的黄山知名度没那么高,不像现在全国人民都知道,看着同学带来画册中的黄山,非常向往。

1980年寒假后开学,我和班上范新林、李兵同学商量暑假我们就不回家了,到黄山去写生。两位同学听了我的提议,欣然答应。我们平时把生活费一点点省下,放暑假时每个人身上有60元钱。为了节省费用在黄山多画点,我们决定带干粮。在屯溪街上每个人买了20斤最便宜的0.4元钱一斤的饼干,把售货员都吓住了,以为听错了。另外考虑到肚子要有油水,我们商量每个人准备三个罐头,这样既有油水,又通过饼干解决了填饱肚子的问题。我们还想省下住宿费多住几天,所以把被子和席子都背上了,打算到山上住山洞或者住亭子。忆往昔,当年我们正青春又是多么单纯啊!

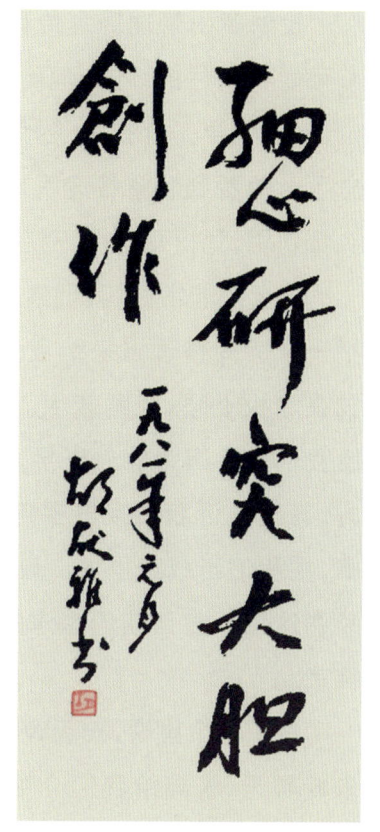

1981年,胡献雅先生赠孙宪句"细心研究大胆创作"

到黄山,看着那么好的景色,大家都很兴奋。把行李寄存起来就上了山,寄存费一角钱一件。第一天我们画得特别过瘾,到天快黑才想到住宿问题——原先的浪漫想法全部落空:黄山管理很严,山洞不让住,亭子也不让住,有戴红袖章的管理人员在那里维持秩序。到黄山温泉区的宾馆一问,所有的宾馆全部客满,这下我们就慌了。此时,我突然想到不久前在《文汇报》上面看过一则报道,黄山管理局有个业余画家叫朱峰,在黄山工作10多年,休息时间就带着画板颜料去写生,非常勤奋也画得很好。我说我们去找他,他也是画画的,看他有什么办法。

找到黄山管理局宣传科,朱峰正好在那里,我们说明来意,问有没有可能找到住的地方,他听了以后有点生气,说这么晚了,肯定没有床位,问我们早干什么去了,怎么不早点解决?我解释画画太投入,所以忘了。他看到我拿着速写本,说:给我看看,看你画些什么东西。他从头看到尾,觉得画得很不错,沉思了一下,要我们住他家去。

朱老师非常好,我们素昧平生,他却能够把我们带到他家里去。他把一个房间整理出来给我们,因为房间是有地板的,两个同学用席子铺在地板上睡,我睡床上。垫被不够,朱老师把他家里的垫被拿出来给我们用。因为他上班早,头一天还给我们交代了生活用品在什么地方,甚至告诉我们家里零用钱放在什么地方,说:钱,粮票不够到这里拿,把我们当成家里人。碰上朱峰这样的老师,我感到非常幸运,也很感谢这位一直让我们想念的老师,过去40多年了,我们至今还保持着往来。

画了一个星期,一天晚上回到朱峰的家里,看到来了两位老人正跟朱峰聊天,朱峰给我们介绍,客人是赖少其先生和他的夫人。又对赖少其先生介绍我们,是景德镇陶瓷学院来黄山写生的学生。我久闻赖少其先生大名,他是一位老革命家,也是赫赫有名的书画家、版画家,被鲁迅誉为"最有战斗力的青年木刻家"。新中国成立初期就主政华东局的文化部门,这个时候担任安徽省委宣传部部长。赖少其先生听说我们是景德镇陶院来的,很高兴,要我们把在黄山的写生拿给他看。我喜滋滋地希望赖少其先生看到我的画以后能多表扬一下,听到他的一些好话。

赖老看了我的画确实给了"画得很好,画得很潇洒,画得很帅,很简洁"的评价。可是说完了以后他把话锋一转说道:"小孙,你这画其实可以在家里画。"我一听有点困惑,为什么?他说:"黄山的特点你没有抓住,黄山的山石结构有什么特点,你仔细分析过吗?和其他地方的山石比较过吗?黄山的树有什么特点,你和其他地方的树比较过吗?

如果你是按照固有的概念去画黄山,怎么能画得出黄山的特征?所以,你要静下心来认认真真地去观察,读懂黄山,认认真真地去表现黄山,找出黄山的特点,抓住黄山的本质特征。"他说:"很多画家到黄山写生都犯过这个错误,一来不仔细观察,就凭着自己原来的惯性画那么几笔潇洒一下,留下一些概念画。比方说周思聪(中国美协副主席,我国著名女画家)到黄山也是犯了像你这样的错误,我也跟她指出过。"老先生这样一讲,我豁然开朗,明白今后的写生中应该怎么样去认识对象,应该以什么样的态度、什么样的手法表现对象。我对赖老表示,从明天开始认认真真地去比较去思考,认认真真地去画好黄山。认识问题解决了,其他都好办,希望通过后续的写生,把黄山的精气神真正表达出来。

第二天开始,我把原来所谓的"概括、潇洒"全抛到一边,真正以黄山为师,从每一块、每一组山石结构,每一棵松树、几乎每一个树枝,都认认真真地观察和表现。这样,经过一段时间的写生,对黄山的山石结构和黄山松的特点有了一个比较清晰的认识,画出来的作品也比较完整、比较深入,才真正有了黄山的特点。和赖老点拨我之前的所谓"潇洒"写生完全不一样了。

以朱峰家为半径,每天清晨蒙蒙亮就外出写生,晚上回到朱峰家里,一个多星期完成了半径内的玉屏楼、天都峰、松谷寺、九龙瀑等景点的写生,大概画了100张。每天来回爬几十里山路,单是天都峰顶我们就登了好几次,因为沿途有太多值得画的地方。像天都峰顶的鲫鱼背,长长的脊背只有40厘米宽,下面是万丈悬崖。为了不影响游人行走,我坐在安全链的外面画莲花峰,现在想起来有点后怕。当时年轻,也不觉得累和怕。这一块儿的资源画完了,我们决定上山住到北海(位于黄山中部)去。告别朱峰时,他给我一些蛇药:"山上的蛇比较多,万一碰上会有危险。你把蛇药带上。"我们每人挑一个担子:前面挑着饼干,后面挑着画具、水壶。水是山泉水,山上的开水很贵,我们喝的基本上全是山泉水。这一点朱峰也给我们交代,下雨的时候你千万别喝山泉水,因为鸟粪那些脏东西通过雨水冲刷下来了,很脏。只有天气好的时候,水才干净才卫生。所以我们在山上的20多天,喝山泉水都比较注意,没人闹过肚子。在山上我们就住在北海,北海宾馆住宿费很贵,每晚要一两百块钱,住不起。我们住在旁边搭建的活动房里面。什么叫活动房?形象点说有点像现在工地的工棚,夏季人多的时候,把房子搭起来,一个房间住几十个人,上下床,每个床位1.5元钱,如两个人合睡一张床就加3角钱,1.8元。这个费用在我们的承受范围内,不算贵。为了省钱,三个人就订了两个床铺。仍然是每天早上出去,晚上回来,在北海的狮子峰、始信峰、石笋矼,西海画了近100幅。这期间也碰到很有趣的事情,我们到活动房后把行李放下来之后,稍事休息,看到两个画家背着画夹进来,作为同行,感觉特别亲切,另外也想向别人学习。我提出能不能看一下他们的写生,回答是不可以,画家的画不好给别人看的。我听后有点尴尬。第二天傍晚,我们带着一天的成果回到住的地方,有几个游客想看我的画,我答应了,那两个画家也跑过来看,可能觉得我比他们画得好,于是完全没有了头一天的矜持,一边夸奖我画得好,一边问我是哪个单位的。我回答,我是环卫所的工人,调休到这里画点画。现在想起来,虽然是调侃,也未免有点小肚鸡肠了。

北海的山很美,山的形状、结构呈现多种变化,更新了我对黄山的认知。西海的石壁气势宏大,我们学着在相对平面的石壁观察到并画出丰富的变化。我们去琢磨西海的山势结构、山和山之间的节奏关系,琢磨山石构成的特点。

北海的树很美,我画了很多松树,因为天气晴朗,结构看得清楚。每棵松树我都画得很仔细,把能表现的全表现出来;枝的穿插,树的外形特征。黄山松和其他松不一样,树冠比较平,松针比较短,因为山形和气候的原因,松树的枝大部分都朝一边长,形态有力,有明显的动势。始信峰上有些松树被雷劈死了,留下光秃秃的枝干,有一种残缺美,它也成了我们写生的对象,因为没有松针的遮挡,它很完整地展示了枝干穿插关系。

在西海,我们领略了云在山谷中生成的全过程,直到很清晰地向我们迎面飘来,那种飘飘欲仙的感觉到现在仿佛还在眼前浮动。

在山上"弹尽粮绝"的时候,我们准备打道回府了。在上山之前留了钱请朱峰老师帮我们订好离山的汽车票,现在囊中所剩无几,只能往回赶。山上的太阳也很火辣,我都晒脱了两层皮。

四、巧遇黄胄

在路边准备画速写本最后一张的时候,从狮子峰树林里来了一群人,走在前面的一人拄着拐杖,脖子上挂着相机。一边走,一边观察,看到周边好看的树就用相机拍一下。待他们走近我一看,非常兴奋,拄着拐杖的是国画大师黄胄先生!黄胄先生来到我身边看着我写生,我请先生给我指点一下。黄胄先生很高兴地和我坐在一块大石头上面,把我这写生本从头到尾看过,问我是哪里人,老师是谁,家在哪里,父母是干什么的,问得很仔细。他沉思了下说:"年轻人能这么静下来,以大自然为师,画得这么深入,画得这么好,非常不容易,很难得。通过写生也能看出你的学习态度,很执着。有些年轻人讲追求什么风格,风格不是追求来的,是自己的学养加上长期的实践,自然、逐渐形成的。要讲风格你这个画就有你的风格。"听到如雷贯耳的大师黄胄先生如此评价我的画,感到很兴奋。站在旁边的黄夫人问我是不是画连环画的,黄老说小孙是画国画的,你看里面的构图和用线。黄胄先生说他回北京以后给我出一本书,让全国工艺美术行业的人通过我这本资料书受益。后面我才知道,黄胄"文化大革命"后落实政策,时任中国工艺美术总公司顾问。他问我什么时候离开黄山,我说马上下山到汤口,明天上午离开黄山。黄胄先生不让我走,说"留下来,我们在一起画",他告诉我,"这次到黄山来写生,主要是想解决人物画的山水配景问题,在一起可以好好向你学习。山水这块原来我没怎么画,补课。"黄胄先生的话让我感动,但他说把我留下来,我就不敢了,因为囊中羞涩,留下来会很难堪。我说已经订好车票了,他说你下山把车票退掉后,上山到散花精舍找我。我说我还有两个同伴,我要跟他们商量一下。黄胄说你去跟同伴商量一下。

散花精舍是北海宾馆唯一的一栋别墅,在梦笔生花的边上。我找到范新林、李兵,把遇到黄胄先生,他希望我们留下来的意思跟两个同学讲了,他们非常高兴,说这个机会太难得了,是好事啊。随即,我们决定把票退掉再次上山。下山途中,我们又遇到了拄着拐杖上山的赖少其先生,我把后来认真画的写生给赖老看,赖老看到我的写生上了正途,也很高兴。我们告别赖老继续下山,待回头一看,老人还在目送我们对着我们挥手。

下山以后请朱峰老师把订的票退了。另外打电报给家里,当时有一种比较快捷的汇款方法叫电报汇款,两天左右的时间即可收到,可我们等不及。朱峰老师把他的钱借给我们,等我们家里寄来钱,就再还给朱老师。

回到北海,我去黄胄先生那里报到,他把一叠钱拿出来:"小孙,这个钱给你,作为对你学习的支持。"我不肯收下,黄胄先生非要给我,为此,我们两人推让了很久,后面他"拼"不过我,就暂时收回了。

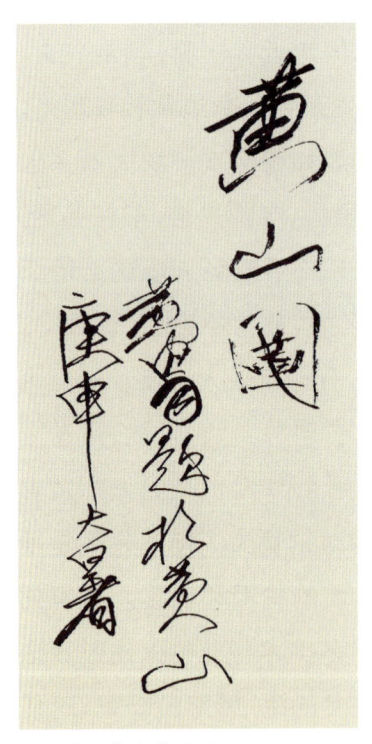

1980年,黄胄先生为孙宪写生册题"黄山图"

黄胄先生帮我们把生活安排好了，我们心无旁骛地又开始了在山上的写生，白天黄胄先生和我们一起画或者分开画，晚上我都会去散花精舍。他交代我："小孙晚上你到我这里来，我的一些经验体会跟你讲一讲，对你会有帮助。"每天晚上我到黄胄先生那里去，他就跟我谈他怎么学画的，他绘画时有些什么思考，有什么值得我借鉴的，包括他想怎样比较好地解决笔墨表现问题，试用画毛驴来练习，他说这是"解剖麻雀"，等等，他都毫无保留地告诉我。

他把他的女儿叫过来，说你看看小孙画的画，你再看看你自己的画。黄胄告诉我，他女儿在广州美院杨之光教授那里学画，女儿耐心不够，画得一半、一小半或者一开笔感觉不好就扔，这样她永远不知道整个过程，马虎。

在山上又画了一个多星期，第二次打算下山了，跟他告别的时候，他又把钱拿出来，且一定要我收下。这个时候他夫人郑闻慧女士在旁边讲，黄胄对他喜欢的学生都会给予帮助，以前也帮过史国良，他的稿费里面会专门留下一笔钱去帮助他喜欢的学生。黄胄还问我有什么要他做的，我说没有。如果提出喜欢他的画，估计他会给我的，宣纸笔墨也都在边上，但我觉得开口要画这个习惯不好。他给我留下地址，说到北京有什么事可以找他，也可以给他写信，他能办的会给我办好，希望我的路越走越好。在我的速写本最后一页的反面，他叫夫人留下了家庭地址：北京三里河南沙沟16楼三门七号。我请他在速写本上题字，他欣然答应，在我的本子上写下"黄山图 庚申大暑黄胄题于黄山"。给范新林、李兵题了"生活是艺术的源泉"。

到山下当天晚上仍住在朱峰家里，我把黄胄给的钱交给朱峰，请他帮我转还给黄胄先生。回南昌不久收到朱峰的信，信中说钱已经还给黄胄先生了，黄胄先生和朱峰谈到我，称赞我画得好并表示对我寄予更大的希望。

五、拜师学艺

1980年暑期过后开学不久，系主任找我谈话，说系里国画师资不足，经过班子研究及我在学校的表现，征求胡献雅老先生的意见后，打算让我提前毕业作为师资留校。另外，胡老年纪大，专业上需要有传承，担任胡献雅教授的助手在胡老身边学习，在生活上也可以照顾胡老。

我写信征求父母意见，两位老人都很高兴，叫我不要恋家，在胡老身边好好学习并照顾老人。

得到我的答复以后，学院把我的在校表现和工作安排上报轻工业部（陶院直属轻工业部）。11月底，经轻工业部批复，我就提前脱离班级，按照胡老制订的计划跟老先生学中国画了。外出参观和每周的学习也是和系里老师在一起。

学校对胡老收助手一事很重视，组织了一场拜师会，院领导、系领导及部分老师代表参加。在会上，校领导讲了话，胡老和我作了表态发言。

拜师会后，胡老列出一年的教学计划，包括美术史、画理、画论的学习，临摹古代名作，写生，考察，创作。拿临摹这块说，对唐代以前的名作要有一个通读，然后指定我临摹五代董源的《潇湘图》，北宋郭熙的《早春图》，元代的《江天楼阁图》，南宋夏圭的《雪堂客话图》，元代黄公望的《丹崖玉树图》，明代沈周的《东庄图册》，清朝石涛的《山水册页》等一大批，要我理解好范画的意境及技法，并根据我临摹的效果一一点评。除此以外，他和我谈美术史，谈诗词，谈学习传统和创新的关系，也谈他几十年中国画研究的体会。谈到指画技法，从高其佩说到潘天寿，胡老还亲自为我示范指画。开了一批书单，都是我要读的书。已是89岁高龄的老人还带我外出写生，从周边的南山一直到湖口石钟山、彭泽龙宫洞。几年以后还带我到庐山、杭州等地写生。我外出考察写生回来胡老会很详细地询问外出写生的收获,也时不时地会考我画的是什么朝代的建筑,它的特点是什么。

　　1981年3月底,学校安排我们班去西北考察一个月,我也趁机和同学一起外出。系里为了节省住宿费,要求同学带被褥,相关接待部门安排同学住在单位。我因为留校了,和带队老师住饭店,只带着一些日常用品和画具。为了去外面多画,王庆生、孙式范同学和我打前站,提前两天走。到九江安排好去武汉的船票后,我们趁机上了庐山,在庐山三宝树、仙人洞、望江亭画了一些写生。下山后又到九江烟水亭里画,到湖北武汉考察佛教文化去了归元寺。到郑州去了嵩山少林寺、中岳庙。在郑州的时候我们住的饭店老板看到来了这么多画画的人,请我们在他的饭店里面给他画壁画,作为报答请全班的

1981年3月和王庆生、孙式范在庐山写生

同学吃了大餐。到西安时，除了考察西安陶瓷厂，还去了一些名胜古迹，像骊山的华清池、半坡博物馆、兵马俑、碑林、大雁塔、小雁塔写生。

期间我还去了一次华山。当时是4月上旬，我穿着衬衣加外套就去登华山了。上午10点开始登山，到晚上5点多钟才到达2000多米高的山顶。地上全是冰和雪，令人冷得发抖，我把所有带的衣服都穿上还是冷。从这以后我40年再没有爬过华山。据说那个地方现在通了缆车，上山应该方便多了。在爬山的途中看到有很多老太太住在山洞里，背着香火，她们是来许愿还愿的，老人一天爬不到山顶，就分两天三天爬，晚上就在山洞里歇。当时的华山有的地方根本没有山路，要靠拉着铁索，脚蹬凹凸的石头爬上去。这些信徒也是太虔诚了。

华山雄伟挺拔，大气磅礴中更显雄浑厚重，所以在山上我几乎不停笔地画，通过画来认识华山的山石结构、认识华山松，也认识华山的人文。在镇岳宫住了两个晚上，第三天下山。下山比上山要容易多了，途中看到比较好的景我就停下来画画，等于休息了，到山下的时候天已经快黑了。我记得山下有一个玉泉院，建筑很漂亮，我又画起来，待画完，几乎伸手不见五指。当天晚上没有火车去西安，我打算走10多里夜路赶到华县住一晚，第二天再去西安。经过一个多小时的奔波，终于疲惫地走到华县，找了家小饭馆吃晚餐。小伙计们看我背着画板像画家，希望看看我的写生，聊天中，说到了我的状况。第二天要去西安，付了钱走的时候，门口两个比较高大的人正在吃饭，对我说"你坐下来等一下"，后面才得知他们是司机，吃完了饭要开车去西安，决定做件好事把我带上。在他们的帮助下，晚上10点多钟，我到了西安的宾馆。路上司机说他20世纪50年代在江西当兵，对江西老表很有感情。走的时候，我问他是哪个单位的，叫什么名字，他只说这是他们应该做的。很感谢这两位司机，可惜不知道他们的名字和联系方式，真想好好回报他们。

4月下旬，我们到了北京，住在中央工艺美院，请美术大家王朝闻先生给我们作了一上午的讲座。王先生很风趣,借助手势讲得很生动,主要是和我们谈民间工艺美术品的内涵审美。带队的黄老师特别有性格,在山东兖州火车站,面对几个山东小伙的横蛮无礼还动手,指挥我们打架,仗着人多势众,把对方打得落荒而逃。这都是生活中的小插曲,从中也可以看出师生之间的亲密无间。

还去了长城、故宫。我第一次到故宫,认认真真地画了宫殿建筑。从北京回来的途中,到了青岛,到了淄博,去了淄川蒲松龄的老家,凭吊了心中神一样的文学大家。

在上海,我们主要去上海博物馆,在一些古代国画精品面前,有时一张画一看就看一两个小时,逐步地分析解读。

在外地考察一个多月后回来,继续在胡老身边学习。在胡老带我学习的这一年里,除了临摹古代作品、看画论和美术史、背古诗、学书法外,还辅导我创作一些习作:有长卷、横幅、条屏,有工笔和写意,还有指画。12月份,系里为我的作品举

1981年5月,在中央工艺美院和王朝闻及同学们合影(第三排右三为作者)

办了一次汇报展,胡老为这个展览题词:"千里之行,始于足下"。我们班上很多男同学都来帮我布展,胡老来看望同学们还和大家合影。来参观汇报展的人很多,除了本校师生外,院党政领导、市美协领导及瓷厂美术设计人员也来了很多,说了很多鼓励我的话。胡老在我的学习鉴定中评价:"达到美术学院本科优秀生的水平"。

陶院经常请外面的专家来学校讲座和讲课,我走上陶院教坛的第一年——1982年,就接待过王伯敏先生,老先生住在当时的留学生楼,人非常好。他问我们系里面谁教山水画,想要跟我聊一聊。

我很高兴,把近期画的一些中国画、写生带给王先生看了,先生对我的中国画作了很多指点。王先生是艺术修养极深的大家,也是黄宾虹——我们20世纪美术泰斗的关门弟子。王先生除了给我讲中国画的一些要素以外,还把黄宾虹用笔用墨的方法,给我做了示范,希望对我有所帮助。他裁好宣纸,一边说一边示范黄宾虹的画法,包括笔法、墨法、构图,整

1981年5月,在泰山写生途中

个示范完了就是一张画,做了点小调整,然后就题上我的名字,说:小孙这个画就留给你做个纪念。

我目前画画用笔肚笔根蘸水的方式,就是王伯敏先生教我的,也是黄宾虹教他的。这样可以把笔上的墨从浓到淡全用完,保存在画上的墨色很丰富。

另外他还给我写了一副嘉勉联:"挥毫重磊落 点染亦关情——孙宪同志正腕。"我把它挂在我陶院的画室里,时时领悟这五字联的含意。

王伯敏先生告诉我,胡老的笔墨功夫非常深厚,尤其是积墨,要我好好学。王先生和胡老两个人在美术系二楼合作了一张画,胡老先画石头,他画竹子。胡老的石头画得苍劲厚实,水墨淋漓。王先生画的竹子潇洒飘逸,清气漫纸。整幅画给人的感觉绝佳。胡老谦让请王先生题款:"献翁写石 伯敏添竹并题。"王伯敏对胡老很客气,觉得胡老是他的前辈,两位在合作的过程中相互谦让,尽显相惜之情。前几年王伯敏先生走了,我很难过,中国画界,美术史论界失去了一个不世出

1981年10月,在陶院画室作长卷

的泰斗。每每想起他对我的教诲,就感觉他老人家在天上看着我,希望我好好努力。愿他老人家在天堂一切安好。

1982年我还接待过中国文联副主席、北京市美协主席尹瘦石老先生。20世纪40年代,他在陪都重庆举办"柳诗尹画联展",柳是柳亚子,轰动一时。国共重庆谈判期间他还给毛泽东画过肖像,也是毛泽东唯一一次当模特。尹先生到景德镇的时候,省美协程其勉老师给我打电话,希望我有时间过去看一下住在莲花塘景德镇宾馆的尹瘦石先生。当天晚上我带着画去看望尹先生,同尹先生来的还有北京画院山水画名家王文芳、南昌画院画家范立礼,几位老师都很谦和,很热情。我问候客人后,把我的画拿给尹先生他们看,请老师指点。尹先生看了以后说我的画受潘天寿的影响,包括字都有点像他的。是的,我很崇拜潘天寿先生,潜移默化之中笔墨都会受影响,尹先生一眼就看出来了。王文芳先生对我的速写作了点评,说我的速写不同走向、不同变化的线太讲究了,有时候要讲究,但有时候可能要随意一点。今天理解他的话,就是说画

1982年,中国文联副主席、北京画院院长尹瘦石在陶院和胡献雅、万昊相谈甚欢

速写不要太有得失心，凭着自己的感觉认真画即可。当时悟得没有那么深。总的来讲，他们对我走过来的路，还是比较肯定的。

告别的时候，我请两位先生到陶院美术系做客，大概是第三天他们来了，第一时间见了老朋友，一个是胡献雅先生，另一个是尹先生在武昌艺专的同学万昊先生，至今还留有三位老先生在美术系的二楼阳台上谈笑风生，回忆过去往事的照片。尹瘦石、王文芳先生还给大家示范画了中国画，胡老也在旁边观摩。尹先生主攻人物画和马，他画的马受徐悲鸿的影响很大。当时在4尺宣纸上画了一匹马，他把马头画就后，笔锋一转就开始画马背。我当时有点担心，因为定位的时候，把马的位置稍微定低了一点，四条马腿中有一个马腿可能要到画外去，下面容不下马蹄。老先生很有经验，画快到纸边的时候，他把马腿虚掉了，不再往下画，这样处理好！所以中国画除了笔墨功夫要扎实外，也要善于处理画的过程中不可预见一些问题，老画家这方面有着丰富的经验。尽管过去了40余年，这个例子还一直印在我的脑海里。王文芳先生画了一张桂林山水，他特点是左右两手开弓，同时画，泼墨泼色然后用线破，画没干就用电熨斗熨干，我也是很难得看到这么一种画法。两位先生都给我留下了非常深刻的印象。可惜当时画的画，不知到哪儿去了。

除此以外，我们还接待了一些其他地方的名家，比如新兴木刻运动的先驱之一王麦杆先生。王先生当年从齐云山写生回来，画的一批作品让我们开了眼界。为了留点念想，我们把他带来一些画印全都盖在自己的本子上。

六、三清写生

1982年4月，我和学校的宁璘老师一起去德兴，看看大茅山区有没有比较好的写生基地。我们和县政府办公室主任聊天时被告知，最近发现了一座山，叫少华山（当时德兴县叫少华山，玉山县那边叫三清山),很漂亮!我问漂亮到什么样子,他说他也不知道,还没开发。当年山上特别荒凉,很多本地的人都不知道这座山。但是县里的人明天要去,我说那好,我就同你们一起去。

第二天,上饶地区的副专员、德兴县的王县长、县政府办公室主任和我几个人去了三清山,县里安排很周到,有人帮忙挑被子和吃的东西。山确实很漂亮,有点像黄山,但是比黄山的植被要丰富得多,种类也多,像山脚的原始森林,有些粗大的树两三个人都抱不拢。走在林间,上面几乎看不到天,路边有不少摩崖石刻,时不时能看到大石头上雕琢的佛像。到山顶以后,晚上我们就住在三清宫边上的阁楼里。天亮时候沿着小路多走多看,特别兴奋,这是一个山水写生绝佳的地方。但如果在这里画上个七八上十天,生活是个大问题。三清宫里面虽有香火,但很少有人来,社会上不知道有这么一个绝佳仙境是主要原因。另外,山路也太长、太难爬了。

我这次是打前站,想着带一个班的学生上山教学,生活怎么办?

陪上山的人中有德兴皈大公社的副书记徐旭,和我交往不错。我提出带学生来山上,能不能帮我解决一下大米和食油的问题,毕竟当时计划经济,没有关系有钱也买不到。徐书记是军人出身,他很爽快地答应了,说带同学来的时候路过他们乡,找一下他。

回景德镇后,我向学校领导汇报,申请我所带1980级的山水课写生就到三清山。系领导开始觉得山太高太偏,条件太苦,教学会很困难。我谈了我的想法,也打消了领导的顾虑。

我把山上考察的情况和班上学生说了,学生们一听去这么好的山都很兴奋。我也告诫他们,写生会很辛苦,还要自己带被褥,要有思想准备。

当时到三清山脚下没有交通车,我到景德镇长途汽车站联系,约好包车。记得当时车站站长和我算了一下:送我们去,回来车要放空,把成本算上,一趟就给260元钱。我要求学生准备好几天的干粮,带好被子、席子,开始了大学教学第一次野外实践课。

司机人不错,我们请他把车绕一下到德兴饭大公社,他很痛快地答应了。徐旭书记给我们批了20斤花生油,批了200斤米,还有几十斤黄豆,这些都是计划价。记得花生油是0.8元一斤,米是0.1元一斤,没要我们油票粮票,这在当时是对我们莫大的照顾。

学生带行李登山已经不轻了,我们雇当地人把买的食材挑上山,每一担15元钱。今天看起来15元钱太便宜,在当年可是一个普通工人半个月的工资。有些女同学体力上吃不消,我们也请当地人把行李挑上山。从山下挑到山顶,沿途很难走,都是原始的路,远不是我们今天到三清山旅游的那种路,有的台阶只是依稀可辨。路上一些地方还残留着积雪,越往上爬积雪越多。

上午10点左右开始爬山。同学们体力不一样,快的大概天快黑的时候就到山顶三清宫了,事先我给他们交代了,先到的同学把饭煮好,把水烧好。体力差的同学,最晚的是午夜12点才到三清宫,我是带队老师,肯定要照顾走在最后的同学,我也是午夜12点多钟才到三清宫。

前面到的同学煮好了饭,煮了一锅黄豆当菜,烧好了水,这些都是前期安排好的,留挑担的民工在山上吃完热饭后摸黑下山,也辛苦他们了。我们在柴火间的阁楼上把被子铺开,男女同学中间用一个床单隔开,这就成了我们这些天的宿舍。每天安排两个人值班做饭,除了带上山的一点菜以外,有些值班同学很聪明,就地找食材,比如竹笋,还有一些其他的野菜就是同学到山上采来的。

当时三清山晚上没电,而山上三清宫里的蜡烛又没人管,我让班干部到那里去拿两根一米多长的粗蜡烛。记得做这个事儿最卖力的是班长何征和宁勤征,取了蜡烛扛在肩上爬到阁楼,那可是在黑暗中给我们带来了光明(如今这两个人一个在浙江是大学教授,一个是国家级工艺美术大师)。每天晚上就对着蜡烛,我给同学讲课、评点作品,向他们布置第二天的教学内容,另外还要和他们强调安全事项。我们在山上就看过比较大的五步蛇盘在那里，一不注意，还真不晓得会出多大的事！山上特别冷，我们有的女同学睡觉冷得哭，只能报团取暖。陶院这些同学很勤奋，每天画画都很积极，也很有激情，总觉得这么好的景画不完。白天我给他们教学示范，也画了不少，包括两张长卷，这些写生如今看起来特别珍贵又亲切。

从三清山写生回到陶院，班上办了一个写生作品观摩展，反响也很好，老师们给了很高的评价。

当时在三清宫前一对姊妹松枝繁叶茂，长得很美。几年后，朋友告诉我，姊妹松死掉了，有人在树下烧香火不小心把树烧死了，很可惜。如今，枯去的姊妹松铁干虬枝屹立在那里，似乎在告诫人们小心用火，善待大自然！

七、泾县故里

1982年5月，是我作为大学老师首次给学生上山水课。上课期间，日本濑户市市长参观团到景德镇，被安排到陶院参观。参观完展厅后，领导还安排市长来观摩我的国画教学。

1982年12月底，系里组织老师分批到上海去看"法国250周年画展"，这也是我第一次比较多地拜读外国大师们的原作，大开眼界。有些历史上赫赫有名的古典画家，像安格尔、大卫等大师的画都在里面。陶院这方面工作做得很好，只要有好的有分量的展览都会组织老师去看，开阔老师的眼界。

在上海期间，我和王朝明老师还有林木森老师到上海画院去看"王康乐画展"。王先生也是黄宾虹的学生，新中国成立前追随黄老多年，很多笔法墨法很讲究，是学黄宾虹的。

在"王康乐画展"上还遇到了在全国影响很大的画家程十发，他作为大画家没有一点架子，我们在一起聊了一下，我用带去的相机给他和王康乐拍了一张合影，回校后照片放大给王康乐先生寄过去了。南昌画院几个画家当时也在那里看展览，我提议上海画院、南昌画院、景德镇陶院的画家来一个合影。之后还跟王康乐先生保持过一段时间的通信。我邀请王康乐先生到景德镇陶院看看，王康乐先生说最近比较忙，还要接受一些媒体的采访，答应在适当的时候一定来景德镇，到我们学校看一看。

在上海参观结束以后，我和王朝明老师就来到我的祖籍地安徽省泾县考察宣纸生产工艺，虽然天天用宣纸，但不知道宣纸是怎么生产的，很想了解这个。

到了县城，我们转班车到乌溪找到红星宣纸厂，递上介绍信。厂领导很热情，安排人陪着我们去看生产流程，厂外山上铺满了生产宣纸的青檀皮、稻草，通过日晒雨淋使其逐渐变白，而不用漂白，然后取植物纤维等，整个生产工艺大概是一年。感觉很神奇，也体会到造宣纸的不易。

陪同人员跟我们讲，宣纸的工艺属于保密的，日本人曾想盗取工艺，没让他们进来。厂长也给我们看了一个批条，国画大师关山月为国家机关画大画，要五张一丈二的大宣纸，需写申请报批。现在生产量比原来大多了，宣纸好买，但是宣纸的质量不如原来了。

记得我刚毕业的时候，在安徽工艺品进出口公司工作的大学同学王庆生帮我买了一刀专供出口的红星特净宣纸，37.5元，特别好用，现在像这种质量的纸很难觅了。街上的"特净"质量远不如过去的好也要2000多元一刀。1982年的宣纸如今在拍卖会上卖到18000元一刀。

在泾县，无论是在宣纸厂，还是我住的酒店、路边的小吃摊，你都能感受到人们的淳朴和热情。这个地方山清水秀，文化氛围很浓，那种感觉特别好。带着这份情感，我在青弋江边画了几幅写生。

原中央美院院长、中国美术家协会主席、大画家吴作人也是泾县人。

可能是书画家特别青睐这个地方，泾县人手上的名家作品特别多。

我到一个人家去聊天,看到没有装裱的李苦禅的精品用图钉按在墙板上,相当随意。如放在我这里,早就当宝了。

八、西部招生

1983年7月至8月,暑期是我比较忙的一段时间。先到广西写生,然后赶到宁夏去参加美术专业的录取工作。

到广西去了柳州、桂林等地。那边的山石属于石灰岩地貌,特点是结构很丰富,有些岩石玲珑剔透,变化多端,大家很熟悉的太湖石就是石灰岩。

当年写生很安静,身边没什么人打扰,不像现在旅游的人多,闹哄哄。我用不同的手法去尝试,大小画了几十幅。

桂林漓江船很宽,比较扁,不像我在江西看到的船。我就问当地人,他们说漓江的水比较浅,如果船窄了,吃水就会深,容易搁浅,所以船宽吃水浅。我在画的时候就注意抓住漓江船特点,从不同角度画,尽可能地留下较完整的资料。

桂林柳州江边一些地方的竹子也很有特点,竹梢弯曲比较厉害,一丛丛的也特别茂盛,这也作为地域特色收入我的画中。

在柳州,我去看望了同学刘界文,他在柳州陶瓷厂工作。厂里主要做唐三彩,厂里美术力量不弱,我这个同学在陶院是很优秀的,还有上海电影制片厂的美工在那里从事美术设计。因为专业的关系大家见面后很亲切,电影厂美工看了我的写生,给予很好的评价。

我们去了刘三姐山歌的发祥地柳州的鱼峰山,刘界文跟我说,那个地方每天有人自发地对唱山歌。因为从小喜欢音乐,感觉刘三姐的歌特别好听,等我们跑去,无奈原生态的山歌一句也听不懂,旋律跟电影《刘三姐》相差甚远,可见音乐家雷振邦改编民间音乐的独到之处与超凡能力。

在广西写生期间,1981级的学生何镇海听说我来了,赶到旅馆来看我。毕业后他分在广西艺术学院,前些年被评为教授,其装置艺术在全国有较大的影响。前几年我碰到广西政协副主席、广西艺术学院院长黄格胜,他对何镇海的为人和专业赞赏有加。1995年我在黄山写生又见到何镇海,特别亲切。他在安徽写生的时候收了一些民间的木雕,也扛到黄山来,感觉收到了好东西,呈现出一脸的幸福感。

从广西回南昌稍作休息两天,我又去参加陶院美术专业在宁夏的录取工作。

其实暑假期间到各个省市参加录取工作,专业老师大都不愿去,占用休息时间。对我来讲,假期无所谓,在家也是画画。学校同意外出招生,只要不影响工作,沿途还可以写生,都按出差对待,这个政策好。

这一年招生我就选了一个最远的地方——宁夏。从南昌乘火车"硬座"36小时到了北京,第二天上午我到徐悲鸿纪念馆去参观,下午从北京坐火车去银川。

卧铺票买不到,只好买硬座。邻座的铁路职工跟我聊天,也许投缘,我们聊得比较多,他就跟我说,他有卧铺的指标,到包头就要下车,卧铺用不上多久,不如把卧铺让给我,我在车上还有近两天两夜时间,他可以为我去找列车长说。后来我就到列车长那里用他的指标补办了卧铺,两天两夜才到达宁夏银川。这位铁路职工人太好了,他是坐硬座熬到包头的。我外出写生,经常会碰到这样的好人。

火车出北京,穿过河北、内蒙古,周边的景观变化越来越大了,沿途的人烟逐渐稀少起来,出现了一望无际的戈壁滩……

到了银川火车站,有人接我到宾馆。区招生办开了个会,讲了一下录取工作注意事项和纪律。录取工作其实并不麻烦,把达到分数线、第一志愿报考我们学校的考生档案领出来,再根据档案中文化课和专业课的成绩择优(尤其是专业考卷,要靠专业老师的眼睛去识别高低)把录取考生档案提出来。录取通知书是我从陶院带过来的,上面已经盖好了公章,只要填上名字,把录取通知书交给招生办就可以,权力还不小。招生期间还有一个小插曲，当我接到招生办转交的档案，发现考生专业考试都不理想，当时我想是不是宁夏这个地方偏僻，美术考生的能力由于地域的关系所以显得比较弱？和我同房的上海机械学院顾老师跟我说他曾到考生档案室，看到报考陶院的还有几份档案掉在柜子下面，我听了以后，就去招生办希望把这几份档案拿出来，他们当时还不承认，我就讲了狠话：如果你们隐瞒了考生的档案，而抛出专业成绩不符合学校要求的，那么宁夏的两个指标作废。

当天我和陶院教务处处长黄球古通电话（当年没有招生办，都是教务处统管），把情况和他说了一下，他也同意我的意见。最后招生办把压在那里的几份档案拿了出来，压下来的几个考生专业都很不错，好中选优，我录取了两个，其中有一个叫索晓玲的考生画得最好，24岁（当时考生超过25岁不能报普通高校）。1984年，我给他们上工笔花鸟课的时候才将名字和人对上，招生过程中的事没告诉她。前几年得知索晓玲大学毕业后考取了研究生，最后在北京电影学院当老师。

我们录取工作和住宿都在老城区。

银川老城区保留了比较多原生态的面貌，有很多感觉新鲜的对象值得我画，我在银川招生期间没事的时候就到街上去写生。街上的玉皇阁、鼓楼非常好。玉皇阁建筑高大巍峨，墙体历经风霜和下面老街铺的建筑气息协调、融为一体。

我用仰视的角度画了幅包括楼和街面的完整的画，主要是记录整体布局，然后上阁楼，画了几幅建筑局部，画得很过瘾，总觉得画不够。阁楼上正好有王文芳的画展，他的作品生活气息浓郁，我认真地拜读学习了。问了一下展厅中北京画院的人，得知王老师住在酒店。去拜访，人不在，给他留下了便条。

钟楼也很好看，相对于玉皇阁，钟楼显得比较秀气一点，我也画了好几张。

我还去了耸立在郊外的全国重点文物保护单位海宝塔，塔的造型独特,为全国仅有。海宝塔始建年代不详,相传为公元五世纪初夏国国王重修,清康熙、乾隆年间均因地震破坏重修,见证了银川的历史沧桑。银川还有一个西塔,又称承天寺塔,是一座平面八角形的楼阁式砖塔,始建于西夏,至今有近千年历史。下面有一个博物馆,规模不大,在里面看到马福祥写的牌匾,榜书写得比较端庄,他曾经是宁夏王,有书法功底。

银川是一个回族人居住相对集中的地方,清真大寺当时在郊外,如果不是做礼拜的日子,清真寺很安静。我记得去过两次,第一次是看他们做礼拜,第二次去写生建筑。清真寺很难画,生怕在结构上出错,四个角各一个小穹顶,中间一个大穹顶,上面一个月亮造型。透视关系很复杂。为避免在关键的地方出错,画之前观察得比较仔细,总的来讲画得还比较满意,清真寺的写生回来以后在《景德镇文艺》杂志上发表了。为了进一步了解风俗民情,我还去了离住地不远的一个农贸市场,银川东西真便宜,比如板车上卖的大西瓜随便你挑,每个才一元,大概有10多斤重。因为北方阳光充足,再加上土壤的作用,瓜特别甜。戴着白圆帽的回族老大爷在那里卖大葡萄,我平生都没有吃过那么甜的葡萄,只要几角钱一斤。买了两三斤,我给他10元钱,他说刚开摊做生意没有零钱找,"你把葡萄带回去。我一天都在这里,你有零钱的时候给我就可以了。"这个老大爷对人很真诚,我找到一个店换了钱,及时把钱给了老大爷。

银川周边的农村建筑都是干打垒的,几乎没屋檐,这是因为那边的雨水不多,也为了更好地采光。我注意到这个特征,画了几幅并根据自己的理解用文字作了记录。小朋友看到我把他们家画下来很高兴,我请小朋友在画上留下他们的名字。小朋友如今也应有五十岁了。

受胡老的委托,在银川的时候我到宁夏日报社探望他当总编的女儿胡海珍(后调任浙江少儿出版社任社长),被告知胡总去石嘴山市出差了。

总之,我把招生以外的时间大部分都用在写生考察上。

宁夏招生办为了让各地来的招生老师休息一下,安排大家到贺兰山小口子景区去游览。车子开了近一个小时,经过戈壁滩来到小口子,里面有一个清真寺,很肃穆。时不时看到有人到这里参观。

贺兰山山石结构也因为植被比较少,山石裸露,结构可画,但是地域特征不太强。我随身带着本速写本,参观完了就在边上写生。有两个人到我的身后看画,其中一个人就问我:画家是哪里来的?我说江西来的,他就说江西老表啊!语气比较亲切,他问了一下江西的百姓生活情况,问我为什么到这里来写生,边看我写生边和我聊起来。我一直在画没有回头看,快画完时他要先走了,对我说:老表啊再见!陪同他来的人拍了我一下说:你知道他是谁吗?我看着背影,个子不高,穿着军装,说不知道。他说那是肖华将军。

肖华是江西兴国走出去的将军,颇有才华、赫赫有名的一个大人物。16岁就担任少共国际师的师长,参加过二万五千里长征。1955年军队授衔时,39岁的肖华成为最年轻的开国上将。先后担任总政治部主任,兰州军区政委,全国政协副主席。我在中学当音乐老师的时候教过他创作的《长征组歌》,气势磅礴。

只怪我当时忙于画画,不知道和我对话的是肖华将军,否则和他好好聊一下,留个合影也好啊。真可惜!两年后的1985年8月12日中央人民广播电台、中央电视台新闻联播中播出:肖华将军在北京逝世,享年70岁。

银川招生结束,我去呼和浩特看望老同学傅建民,傅建民陪我骑单车去了离呼和浩特20里路远的昭君墓。昭君墓没什么太大特征,就是一个小山包,前面一块比较大的碑,碑上刻的是董必武写的一首诗。我只是作为日记的形式画了一下,画得比较潦草,记录它的大概形状。

傅建民陪我到市内的喇嘛庙走了一下,喇嘛庙倒有点特点,当时大召还没有修整,损坏比较厉害,双耳喇嘛白塔造型有特色,在其他藏族建筑中很少见。我当时画了有石狮的破损大殿。席力图召维护得不错,墙面以白色为主,上面有些黄色和

1983年8月,在山西云冈石窟

枣红色的装饰条,里面菩萨塑像什么都是井然有序的,当时到里面烧香的人不太多,不像现在的寺庙人满为患。在那里也画了速写,包括正面、侧面。

我一个人去了清真寺,该寺建于清乾隆年间,建筑规模比较大。我跟他们解释了一下,说看到这里建筑很漂亮,想收集点建筑素材,并且把我速写本中画的建筑给他们看,得到了理解,同意我进去了。我在那里画了好几张画,包括塔楼、清真寺大殿等(做礼拜的大殿造型有点中西结合的感觉)。呼和浩特清真寺建筑和银川的不一样,大门具有中原大屋顶建筑的特点,没有建穹顶,月亮的造型建在五层塔楼六角亭子造型的顶上,他们把这个楼叫"望月楼",比较独特的一类造型,和我原来在宁夏看到的完全不一样。

内蒙古属于北方,但是我去的时候正值夏天,所有的树木都郁郁葱葱,道路两边长长的柳条一直可以飘到你脸上,感觉不到是北方城市。只是街上有不少作为交通工具的骆驼,仿佛提醒我们,这是在遥远的北方。

离开呼和浩特,我进入山西境内去了大同市,是冲着云冈石窟来的。

到了大同市我才知道,其实值得看的地方不仅仅是石窟,这里有上、下华严寺,善化寺,九龙壁,大同的鼓楼和古街也很好。我在石窟停留了整整一天,里里外外还画了不少,留有一个比较清晰的石窟印象。参观石窟的门票至今夹在当年的速写本中,当时门票好像是5角钱。

九、胡老个展

1984年是我比较忙的一年。寒假过后,学校向我交代,省文化厅、省文联、景德镇陶瓷学院和景德镇市文联准备在北京为胡老办个展,要我好好策划,做好准备工作。这是个大好事,作为胡老的弟子义不容辞。自1956年省文化局在南昌主办胡老个展以后,胡老二十多年没有办过个展。

我帮胡老把画拿出来,协助胡老把选好的画归拢,小画大多在景德镇和南昌装裱,有几张大画拿到北京去装裱的,比如捐给陶院的那张6尺整张《不老松》就是在北京裱的。20世纪80年代初,没有电脑设计,展览用的请柬、介绍作者和作品的折页都由我设计,制版的黑稿、上面的美术字也是我手绘的。"文化大革命"时美术字写得比较多,这个手艺一直没丢,以至于请柬上面写出的字,别人误以为是铅字印刷的。请胡老写了"胡献雅画展"五个字,胡老很严谨,写了两条,让我从中选了一条。设计完成后,我到景德镇新华印刷厂守着制版、打样,请胡老最后审定把关。

请柬正面设计,我开始想法是用胡老为八大山人纪念馆画的《竹石鸡雏图》,那张画是胡老的精品之一。胡老觉得不妥,说那张画是八大山纪念馆收藏的,不是这次的展品,如果人家拿着请柬在展厅找不到这张画不好。我最后想了一下,用了胡老一张很灿烂的个人照片。

我和胡老先到南昌。

在南昌时接到电话，中国美协听说胡老在北京办展览，希望加上中国美协作为主办单位之一，这是个好事，说明胡老德高望重，影响大。但请柬已经印出来了，封面四个主办单位用的是红底白字，很难加字。曾经在印刷厂干过的我细想了一下——只有电化铝字可以压住红底，于是选择了金色的电化铝。我又写了"中国美术家协会"几个字，力求和前面几个主办单位字体一样。加班制版后，用热压工艺将电化铝的字烫在主办单位上方，总算把这个问题解决了。

到北京我们坐的是火车，路上要走36个小时。有这么多的时间我正好把到北京后的一些工作细节好好捋一下。

列车长过来问候胡老并安排好用餐，考虑很周到。我们隔壁车厢的江西女排队员到北京去参加训练和比赛，听说车上来了个大画家，都跑过来看望胡老。有头脑转得快的，掏出身边的小笔记本请胡老在上面签个名字作为纪念。当时的样子、那种幸福的表情至今仍留在我的回忆中。到了北京站，中央美院的副院长刘勃舒举着牌子在站台上迎候，搀扶胡老下车。刘勃舒先生是徐悲鸿的关门弟子，在北京的人脉资源很广。他把胡老安排在北京饭店，交代饭店好好接待。我和美术系的干事小陈则被安排住在中央美院招待所。

到北京的前几天，仍在做些准备工作。画展定在王府井的中央美术学院陈列馆。布展方案是中央美院陈列馆馆长沈希诚和我共同商量的，前言是我用毛笔花了一天时间写出来的仿宋体。

展览如期开幕，参加开幕式的有党政军方面的领导、著名画家以及美术爱好者，人流如织。

参加画展开幕式的还有陶瓷学院副院长陆文遂、美术系副主任尹一鹏等院系领导和江西省美协领导王兆荣等。

北京一些朋友及陶院校友也过来看望胡老，新老朋友在一块，其乐融融。大家对胡老的作品给予高度评价。《人民日报》、北京电视台、《美术》杂志等各媒体也都及时作了报道。中国美术馆选了胡老《小园清趣》《芦鸭图》等三件作品作为中国美术馆的馆藏。画展开幕之后，胡老建议到八达岭去爬长城，我们欣然响应。胡老及陆文遂副院长和我等几个人乘车去八达岭。80多岁的老人家爬长城还是那么稳健。我在长城给胡老拍了一些照片，也与陆院长、胡老三人留下了珍贵的合影。

景德镇各家媒体对胡老在北京展览的情况作了报道。

1984年是中华人民共和国成立35周年，省、市美协都在抓创作。我想和别人画法保持一定的差异性。我画了一张工笔《匡庐山居图》：山上郁郁葱葱的的植被，借鉴了一下东山魁夷的那种带装饰手法、含蓄的那种画法。山石稍微概括一点，借助小青绿山水的表现手段，没过分强调皴法，只是通过线条渲染出一些山势的走向、大的转折关系。庐山很显著的一个特点就是山上的别墅比较多，我的画面中也体现了建筑特色，适当考虑了画面疏密节奏关系。画在景德镇展览时反响不错，选送到省里，入选当年的美展。

十、三赴曲阜

1984年8月，我到山东参加招生录取工作。我对山东不算陌生，三年前和班上的同学在毕业前考察时到过济南、淄博、曲阜、青岛。但那一次毕竟是全班集体活动，这次到山东去，是我一个人，相对比较自由。录取工作放在山东省潍坊市。今天人们都知道潍坊有一个国际性的节日叫潍坊风筝节，潍坊还有一个历史底蕴深厚的民间传统工艺——木版年画。潍坊曾经作为中国传统年画的三大基地，年画以很强的地方特色和影响走向全国。

招生这块，有过宁夏的经验，驾轻就熟。招生的间歇时间我去了潍坊杨家埠，街上清一色的矮房子，北方常见的那种造型，所以没有画意。年画研究所集中了一批年画方面的老艺人和传统工艺，在这里看到了很多古代留下来的年画木版，大部分是彩色拼版。有些工人在这里刻版,有些在这里手工印制年画,印制年画有一整套比较严格的流程:先印线版,再分别套不同色版,画面几个颜色就套几个版。在版上刷色,套印……我也是第一次看。

在研究所和一位老工人聊天时,他告知这个研究所很多人都是在木版绘画、刻版、印刷方面的老艺人,政府把他们集中在一块,有相对专业的环境和稳定的生活。我问到他们手工版的价格,很便宜:印一张套色的,便宜的大概就是5分钱,用有光纸印的。如果是印在宣纸上面,最贵的大概也就是两角钱一张,太便宜了。我挑了一些请他帮我印出来,因为我即将返回潍坊,给他留下陶瓷学院地址,留下钱。记得当时给他留了10元钱,后来他把我要的年画印好了并寄来,在信中和我说,这几十张年画共5元多钱,剩下4元多钱,因为邮件里面不能夹带现金,换成邮票一并寄来。多么诚实的老人家,做事讲诚信,踏实。这就是山东人的淳朴和本性。这个研究所后面我没再去过,是不是还存在?随着人们对民间传承工艺的重视,希望他们的事业发展得越来越好!

这些年画我一直保存到现在。有时候拿出来看一看,有很多是老版印的。看到这些年画,就想起当年的事,想起向老艺人学习请教的情景。

在山东期间,我动笔写生对象主要是两个地方,济南和曲阜。济南老火车站是德国著名建筑师赫尔曼·弗舍尔设计的一座典型的德国风格日耳曼式车站建筑,它曾是亚洲最大的火车站,被"第二次世界大战"后西德出版的《远东旅行》列为远东第一站,1992年被拆除。画了好几张,总想把它的特征、把它的内在气质画出来,因为当时的绘画能力有限,画面中有很多不如意的地方,但它的外形,它的大的结构,我做了记录。在济南城里还有很多德式建筑,我在纬二路那一带也画了一批别墅,典型的德国风格,因为没有去过国外,只能通过写生了解西方建筑的特点、造型,俗话说"好记性不如烂笔头",画和不画印象相差太大了。济南待的时间不长,我最主要的行程是去孔夫子的家乡曲阜。

1981年我和班上同学匆匆去过一下曲阜,也画了,但限于那个时候对事物的认知能力和表达水平,以及当时时间紧迫,留下了太多的遗憾。

这一次正好把遗憾弥补一下。

我坐火车到兖州再转班车到曲阜,找一个旅馆安顿下来。这个旅馆设施简单但干净,下面有个食堂,超出时间是没有饭吃的,这一点我倒不太计较。

曲阜三孔是孔府、孔庙和孔林,尤其是孔庙和孔林,可画的资源太多了!

孔庙是祭祀孔子的地方,规模很大,是我国三大宫廷建筑之一。结构像故宫一样,它有一条长长的中轴线,中轴线两边的建筑几乎全是对称的,主要建筑都在中轴线上,从金声玉振坊开始,大中门、奎文阁、大成门、大成殿……都在主轴线上,苍松古柏,森然罗列。在孔庙大门外面还有一座圆形的城,叫万仞宫墙。孔庙建筑大都是明代的,给人感觉非常庄重,可画的对象太多,怎么也画不够。看到这些古建筑,就会联想到它们所承载的厚重历史。因为有这种情感,画起来特别过瘾。我把这里的主要建筑都画了,画得很从容。

当年孔庙旅游的人不多,保护也不像现在这么严格,当时大成殿二十八根龙柱外没有栏杆保护,可以和它近距离接触。

孔庙还有大量的古柏,因为千年来这个地方没有发生过战乱,少有破坏。偶有年纪大的倒下来了也是枝繁叶茂,即便枯萎了,也呈现出一种动态感,一种倔强不屈的精神。各种形态的柏树都是我画的对象。

从县城走上十里路到孔林,孔林是孔府的家族墓地,有坟冢十万余座,犹如一个古墓博物馆。占地3000多亩,围墙长15里,有大量的建筑和大量的柏树。

我早上6点多钟出发,曾想到孔林找个地方解决早餐和中餐,可是这一次打错了算盘,看不到一个食铺……

晚上快7点才拖着疲惫的腿回到旅馆,回程那十里路太难走了。12小时粒米未进,滴水未沾,在烈日下画了整整一个白天。

因为口太渴,回到旅馆第一件要做的事就是"牛饮",喝足水趴在床上不想再动,饿的感觉也顿时少了很多。

我记得那天画了17幅,有大的有小的,有比较完整的,也有局部的,某个建筑或者某棵树。

在曲阜的时间也正是第23届洛杉矶奥运会的比赛期间,记得我在曲阜写生时,拿着袖珍收音机听中国女排比赛实况转播,我们的女排打败了东道主美国女排队,这位"铁榔头"郎平太厉害了。

胡老5月初要到济南参加中国美术家协会第四次会员代表大会,去济南之前准备到杭州故地转一转,并决定把我带上。这样我在1985年的4月29日到5月2日,陪胡老在杭州,我们住在西湖边上的华侨饭店。在饭店办入住手续的时候,看到服务台后面挂着的一张潘天寿的大画,一棵松树横卧在一条溪流的前面,溪流从右上方的山里面蜿蜒流向左下边,这是一张一丈二的大画,在潘天寿的作品中也算大的,是国宝啊!

我在服务台前看了很久,不想离去。

第二天,胡老的女儿胡海珍,安排胡老、师母和我到杭州的周边去一走。我们去了虎跑泉、岳王庙以及灵隐寺,去了龙井、九溪十八涧。杭州我虽然去过几次,但是因为交通不便,也是第一次去九溪十八涧。我们开车钻到山里面去了,在山里面忘记了城市的喧嚣,5月初的山里面空气中还弥漫着湿润的感觉,恬静优美。

每到一个地方,看着有点感觉,我都会掏出笔来画,主要还是画大关系、画主要结构。我把握着不占用太长的时间,免得胡老等我,但胡老倒是多次对我说,不急,慢慢画,时不时地鼓励我一下。

胡老的心情很好,他提议去西湖坐船。在船上胡老看着四周的美景,用带着的小本本勾一些写生稿,即兴吟诗。晚上回到宾馆,胡老把他白天游西湖在船上作的诗,用软笔写在华侨饭店的信纸上送给我了。那首诗是:"不教倦足逐人流,得计湖天放小舟,人在画中还作画,水光山色不胜收。"这个手迹我还一直珍藏着。

胡海珍请我们吃了杭州地道的美食,其中我印象最深的是西湖醋鱼和响铃铛。西湖醋鱼很鲜美,响铃铛是油炸的,很香。我利用午休的时间单独爬了宝石山,写生了宝俶塔和西湖周边的全貌。5月3日把胡老送上去济南的火车以后,我就到萧山去看同学梁跃进,梁跃进在萧山的杭州瓷厂担任厂长,这是一个风风火火很有个性的人。我住在他的宿舍里,白天到厂子里面看一看,晚上我们谈谈艺术。厂子里面还有几个画画的美工,晚上大家在一起聊一些有关中国画的话题,时间很晚了也不觉得。梁跃进想要我给他画张画,于是,在几个人的围观之下,我给梁跃进画了四尺整张的泼墨山水。

我还到萧山周边的乡镇去转了转,萧山的一些小镇很有特色,当时就能看出地方经济比较活跃。整个杭州之行因为时间比较紧,画得深入的不太多,也是由于时间紧,线条画得比较活泼。所以很多事情都有它的两面性,我比较满意灵隐寺的云林禅寺的一幅,疏密关系、左右两边的结构呼应

1985年5月,和胡老在杭州西泠印社

处理得比较好。

5月6日我回到陶院,接受学院任务,开始忙于庐山书画展览的筹备工作了。

十一、匡庐聚贤

匡庐奇秀甲天下。为了征集老一辈书画家和丹青新秀的书画力作藏之于庐山,作为民族文化成果传世后人,庐山管理局决定主办庐山书画作品展览。曾经在景德镇担任过市领导、时任九江市副市长兼庐山管理局局长的陈锦章先生1985年4月下旬到陶院,期望陶院为筹划中的庐山书画作品展览给予专业支援。陶院本来想请胡老先生挂帅,但又考虑胡先生年岁大,最后推荐我去。5月份,我到庐山接手第一届庐山书画作品展的日常组织工作。庐山是一座世界文化名山,在国人的眼里,它有很高的文化价值,把名画藏之于名山,这当然是再好不过的事,但是这个事情怎么做却没有先例。陈局长和我谈了这个事后,我把整个工作进度和要求捋了一下,列了一个比较完整的工作进度表。

考虑到时间紧迫,我把工作进度表倒过来排,就是说9月28日开幕,那么9月28日以前要做的什么事,按照倒序一一列出,完成了的则划掉。当时筹备作品展的除了我以外,还有庐山的画家杨豹、李杏,另外还有两位工作人员。杨豹、李杏也是庐山画院筹备组的成员。王朝明老师拟了一个给全国书画名家的征稿函,王朝明、杨豹等人和我则一块商量后列出我们邀请的书画家名单,名单分布面还是比较广的,大部分是全国知名的书画家。

6月成立书画征集委员会,由江西省顾问委员会副主任狄生担任主任,副省长陈癸尊及省委宣传部副部长周銮书,省文联副主席张涛,省文化厅副厅长刘恕忱,九江市副市长、庐山管理局党委书记、局长陈锦章,景德镇陶瓷学院副院长陆文遂,省美协名誉主席胡献雅,省美协主席康庄担任副主任,陶博吾、梁邦楚、彭友善、王锡良、吴振邦、王朝明、杨豹、孙宪等担任委员。征委会名单也印在征集函上。

除了发征稿函以外,我们对一些书画大家派人上门征集。庐山画家杨豹带了一组,庐山文艺处处长王炳如带了一组,分别走访国内的一些大家,得到了书画家的理解和支持。

在筹备展览的空隙,我经常会拿着速写本到周边转一转,画一些庐山老别墅和周边的环境,积累一些庐山创作的素材。

王炳如处长看我喜欢写生,把日本画家后藤纯男送给他的一本很精致的速写本转赠给我,因为爱惜,我只是在特别有感觉的时候才用。所以在这个速写本上有云南西双版纳、大理、石林的写生,也有黄山、古村西递的写生。

到8月,书画的征集基本结束,征集了153件,一大批著名书画家对庐山的文化建设活动给予了热情支持。省外著名书画家有:颜文梁,于希宁,马西光,王伯敏,王康乐,李剑晨,刘勃舒,卢沉,汤文选,应野平,卢坤峰,杜滋龄,张立辰,刘国辉,黄润华,杨之光,亚明,陆一飞,周京新,俞云阶,郑洪流,崔子范,谢振瓯,许德珩,冯建吴,沈鹏,李真,萧劳,朱乃正,李铎,林锴,钱松喦,程十发,周昌谷,韩天衡,赖少其,赵延年,韩尚义等。江西省书画家也积极为庐山文化建设作出积极贡献,他们中有:胡献雅,彭友善,陶博吾,梁邦楚,康庄,丁千,胡敬修,梁书,吴齐,漆伯麟,崔廷瑶等。

筹展期间,胡老两次上庐山来指导,第一次是胡老和王文选副院长来的,第二次是胡老、师母两人来的。陈锦章局长来看望胡老,陪同胡老到五老峰走走看看。陈局长和胡老说,准备在五老峰的入口处建一个门廊,想请胡老为这个门出一个对联,题一块匾,胡老答应了。沿着山路边走边想,不多久,胡老对陈锦章说,这副对联如何——峰从天外立,人向画中行。绝妙了。回来以后管理局给胡老搭好画台,胡老把对联和匾额都写了。如今这副对联镌刻在五老峰门口,迎接千万游客,告诉人们一个渐入佳境的好去处。另外应庐山管理局的要求,为花径准备立的巨石题了"白司马花径"几个遒劲的草书。巨石后立于花径大门左侧,成为游客喜欢合影的景点。

展览地点放在"芦林一号"——即现在的庐山博物馆。9月28日展览开幕的那天,江西省文化厅副厅长刘恕忱先生、厅艺术处处长胡敬修先生、庐山管理局的领导同志、胡献雅先生、省外的著名画家代表及省内外媒体的同志出席了开幕式。在开幕式结束后,进行了书画表演。展览的作品在活动结束后全部移交庐山博物馆,成为庐山博物馆的镇馆之宝。这也是庐山博物馆一次性收藏数量最多、级别最高的书画藏品。

第一届庐山书画作品展览系列活动中还安排了一个庐山书画讲学,这次讲学的有江西胡献雅先生、上海邵洛羊先生、天津张德育先生、霍春阳先生,还有一个是我。

每个人讲半天课,都安排在下午。在胡老讲课的时候我当助手,在黑板上把一些不易理解的词,一些主要的名句写在黑板上,便于大家理解和做笔记。胡老讲座的最后部分是开笔示范作画,这成为当时讲座的一个规定内容,有理论有实践,直观、生动。邵洛羊先生讲座的内容是谈贺天健的山水画,并且带来了一批他收藏的贺天健山水课稿,最后示范一幅山水。天津张德育先生讲座后画了写意人物,霍春阳先生画了一幅写意花鸟。我讲的内容是历代山水画的发展变革和画家感受生活的重要性,带来了一些我的山水写生稿。边讲边画,通过笔墨示范,让他们更直观地了解山水画语言的进

1985年9月,应邀在庐山进行书画讲学

化。讲座结束的时候，有些学员表示后悔没有带录音机，有的希望能和我保持通信。学员是来自全国各地的美术爱好者，我记得有黑龙江的，有广东、福建的，还有江西本地的，他们有比较强的求知欲。江西师大美术学院和南昌市职工大学美术班都把学生带到山上参加活动了。

　　第二天是中秋节，有朋自远方来，不亦乐乎。庐山管理局在牯岭下的礼堂搞了中秋赏月会，准备了月饼和其他的食物，请来自全国各地参加庐山书画展览和讲学活动的两三百个朋友相聚在一起，赏月并欣赏书画大家的现场创作。胡献雅、邵洛羊等在现场创作了精美的作品，胡老先生画的是红梅，邵先生画的是金桂。

　　展览的报道在《江西日报》《南昌晚报》上面刊登出来，产生了比较大的影响。

　　在庐山期间我们还去了秀峰。我和王朝明老师爬到秀峰瀑布下，去领略瀑布的雄奇。瀑布从天上云层中直挂下来，看不到源头，从这里我真切地理解了李白的"飞流直下三千尺"的诗情画意。

　　在庐山期间，我的工作能力和专业水平得到了认可，陈锦章局长曾经找陶院领导想把我调到庐山，院领导和胡老让我自己做主。

　　面对庐山给予的各种优厚待遇，我委婉地推辞了。10月中旬我完成了在庐山历时近半年的筹展和画展工作，回到景德镇陶瓷学院。

　　庐山管理局给景德镇陶瓷学院写了热情洋溢的感谢信。

　　因为陶院有教学任务，展览之后的工作我就没管没参加。山上的同志来信告诉我走后的一些情况，得知这次活动也留下一些遗憾，一是原来征画函中提到的画册没有编印出版；二是给画家的纪念品质量不理想。

　　我还在想，征画函中提到"给参展的画家来庐山提供方便"，今后的执行过程中要怎么操作？三十多年后的今天，想到这事仍会感到遗憾和难受。

　　1985年9月庐山画院成立的时候，管理局聘请刘勃舒先生和胡献雅先生为庐山画院名誉院长,聘请我和王朝明老师为庐山画院名誉副院长。

十二、川滇写生

陶院美术系老师每人每年有250元写生经费,有的老师因为身体原因或者家里离不开就不用了。李良友老师说他的写生费给我体验生活。1986年的3月下旬,我和广东枫溪来陶院进修的李小聪(若干年后,他被评为中国工艺美术大师)踏上了去西南写生的征途。3月23号从景德镇出发到九江,请九江工人文化宫的油画家张心忠提前买好了去武汉的船票。到武汉先去了归元寺,寺里有个名家画廊,看到李苦禅先生的水墨鸬鹚,笔墨极好,考虑到经费不宽裕,未敢入手。去了1984届学生刘晓霞那里,她在一个中专学校当老师,刘晓霞陪我们去了黄鹤楼,画了几张落成不久的黄鹤楼。黄鹤楼建在龟山上,借助地势,显得非常高大雄伟。在楼上远眺了武汉全貌,想起唐人崔颢写的那首诗:"昔人已乘黄鹤去,此地空余黄鹤楼。黄鹤一去不复返,白云千载空悠悠……"离开武汉,刘晓霞送我上船去宜昌。

1982年在陶院进修的学生汪德良在宜昌,他和我一直保持着联系且关系很好,他是抗美援越老兵。在三清山写生时,我对他有过专业上的指导。

在出发之前,我曾经写信告诉他准备到宜昌落一下,他也很高兴,问了我去的时间。傍晚到宜昌后找了一个离码头不太远的宾馆安顿下来,还没和他联系就找上门来了。汪德良说他去宜昌的旅馆一家一家地问了个遍,晚上才找到我这里,可见这个同学待人的诚恳和热情。他带我们去了西陵峡口的三游洞,有些古建筑很不错,画了几幅作为资料待用。去凭吊了大诗人,唐代白居易、白行简、元稹三个人曾一同游过三游洞,人称"前三游";到宋代,苏洵、苏轼、苏辙父子三人也一同来游过此洞,人称为"后三游"。葛洲坝当时正在建设中,工地上热火朝天,趁着建设中的这么一种氛围,我也画了好几张——有吊车的,有扎钢筋的,有浇混凝土的,画得比较有激情。现回过头来看,线条处理比较活泼,结合钢笔、马克笔,块面和线条互补一下,画面比较放松也比较肯定。再看这些写生,当年一些情景依然历历在目。

在长期的钢笔写生中,我努力探索并逐渐把握其内在规律。

从宜昌坐船去重庆,29日到万县,万县当年大多是老房子,有的房子100多年了,墙面的斑驳、屋顶的烟熏很有历史的沉积感。随着黄昏的临近,白炽灯在居民家中渐渐亮了起来,老房子感觉特别好,随着山势往上建而逐渐增高,有的是青砖房,有的是木板房,不同结构的房子在一起却很协调,且错落有致,富有情趣。

记得在万县见过一座跨度还蛮大的石拱古桥,现在不知怎么样了,还在不在。

第二天天亮的时候船上的喇叭开始提醒旅客,船将过石宝寨。石宝寨位于忠县县城45公里的长江北岸,飞檐走翼,气势雄伟,是世界八大奇特建筑之一,始建于明万历年间,是我国仅存的几座高层木结构建筑中层数最高最多的穿斗式木构建筑。石宝寨离长江很近,船匆匆而过,我用马克笔概括石宝寨所处长江周边环境的关系,稍深入画了石宝寨的多层楼阁。在画上我特别题下"匆匆写之,未尽余意"。

下午4点多钟快到丰都时天降大雨,我在船上倚着栏杆,看着码头边上多层罗列的民居,随着雨势的增大,显得朦朦胧胧的,增添几分神秘。试着把朦胧的"鬼都"感觉画出来,完成了《雨中丰都》这幅写生。和我原来的习惯画法不一样,这幅写生用的是垂直排线条画大关系、大节奏,不过多地追求细节,只注意表达雨的氛围,画中码头台阶点了几个打着雨伞的人。1992年我第一本速写集出版的时候,把它作为一种表现手法编进去了。

我们的船在傍晚的时候停在涪陵码头,要停几个小时。趁着这个时间,我下船到涪陵街上转了一下,涪陵街上到处都是卖榨菜的。晚上还有剩余时间要打发,顺便去夜市逛逛,记得一套藤编沙发,包括一个双人沙发、一个单沙发、一个茶几,才10元钱,确实便宜,足见当时的物质流通不发达。上船休息前,顺便在路边小摊买了几块很好看的三峡石。至于什么时候开船的我倒一下忘了。

30日到山城重庆,船停在朝天门码头。码头周边大多是原生态的吊脚楼,这种房子感觉特别有画意,故一下船就迫不及待地凭着新鲜感觉画了两张:一张是码头边一组建筑特写,另一张是强调重庆山城所处的环境,把山和建筑放在一块,画出重庆作为山城的地理特点。

朝天门码头很大,上去的路比较长、比较陡。记得上了台阶后就是解放路,解放碑。

第二天时间比较充足,我还是在码头边画。朝天门写生资源太多了,在画的过程中认识在不断深化,构图方面也比原来讲究了。天快黑之前,爬上城市的高处用俯视的角度画出了嘉陵江以及嘉陵江边高耸的楼房,主要用的是派克笔,因为它比较有画面感,能够在比较短的时间表现山城庞大的建筑体量。当时一个在旁边看我画画的人问我是不是画油画的,因为他感觉到画面建筑体积关系、楼房之间的处理、构图的走向比较像西画法。我说我是画中国画的,在写生的过程中,根据不同的对象,不同的感受,不妨采取不同的手段去尝试。

我们小时候受过的爱国教育中,重庆有白公馆、渣滓洞。我这次打算和它们近距离接触。

坐班车来到磁器口,登上歌乐山寻访白公馆。白公馆原来是四川军阀白驹的公馆,故称白公馆。墙体、建筑感觉还是原来的样子。门外有一个用木头搭建的高瞭望哨。我爬到瞭望哨上采用俯视的角度画了白公馆的大门,参观了一下白公馆的内部,寻访了黄显声将军和"小萝卜头"住的房间。

渣滓洞附近有不少碉堡。

在这两个地方画了七八幅写生后,我们离开重庆,坐上火车去昆明。

火车经过贵州,记录了一点窗外看到的有特征的山头和畸形的树。有的树干歪歪斜斜细长地往上长,到了树梢上枝繁叶茂,活脱脱一副蝌蚪样。平时多观察多写生,丰富形象储存,搞创作的时候"调兵遣将"则容易多了。

昆明是我的一个中转地,目的地是滇池和西山。在西山龙门,我尝试用点线面的组合较抽象地概括陡峭的山势;采用点线面的组合,把山下的滇池也带进画面。回来以后一些同行看了这幅写生都觉得有新意。西山山腰的真武殿不错,爬累了休息的时候从不同角度画入我的写生本中。

在昆明新华书店觅得王伯敏先生的《中国绘画史》,此书殊不易得,甚喜!

在景德镇的时候我已经从中国地图册上了解到去西双版纳的路线。到西双版纳后我打算先去最远的、靠近老挝、缅甸边境的勐腊县。到那边需要边防通行证,我早早在景德镇就办好了。长途汽车从昆明出发,到西双版纳要将近三天时间,白天出发,到天快黑的时候到了元江。我看到了很多木瓜树。木瓜树原来没看过,跟我原来画的树完全不一样,树形比较有特色,所以赶紧画了一些,画得较轻松。到安定村,看到了满街的木板房。石板铺成的路由于年代久远高高低低的,这是一个非常质朴的环境,有些带阁楼的楼房像汉族这边的大屋顶。进村来还有个山门,山门那边的竹林特别高大,竹梢弯曲下来和在漓江看到的竹林有点相似,在热带的竹子大部分都这个样子。在途中休息的时候,只要可画,我就尽量抓紧时间画。来一趟西双版纳不容易,这是我多少年梦寐以求的地方。

4月5日傍晚住在思茅。思茅百货商店里有很多少数民族衣服上面的花边条,作为资料,我买了上百种,每条大概20厘米长,总共才花了不到2元钱。由于选得比较多,用的时间比较长,售货员也特别有耐心。

6日中午我们就到了景洪,途中在基诺族的村庄休息了一下。基诺族于1979年被正式确认为单一民族。我在休息的时候画了他们的干栏式建筑。

第三天下午到了勐腊县。因为在路上奔波三天,而且走的都是崎岖的山路,我这个从不晕车的人也受不了了,吐得厉害,好在一个多小时后就到了目的地。勐腊县城不大,写生资源很多,当地的人都特别淳朴,在那里听不到街上有人吵架,旅馆房间不关门也从没听说过有哪个旅客丢过东西。我们一间房间当时好像住了6个人,我的行李就放在自己的床边,早上出去写生晚上回来,没有谁去动你的东西,整个社会环境非常淳朴,非常好。

周边乡村都是干栏式木结构房,全是木材打造的。我在写生的时候看到很多破旧的竹楼已经被废弃了。房子底层养家禽或家畜,也有的堆积木柴。木梯上去就是主人住的地方,有住房和客厅,条件好的还有一个阳台,傣族的建筑大多如此。那边木材特别多,谁家要建房子,全村的小伙子都会带着工具来帮忙。

从到达的第二天开始,我对西双版纳建筑、植物以及环境进行写生。为了了解西双版纳的建筑,我还分别画了已经建

1986年4月,在西双版纳

好的和没有建好的,没建好的可以了解这个建筑柱梁的结构排列,这都是了解傣族建筑的好资料。类似的建筑,画了几十张。以前我们说西双版纳傣族建筑都是竹楼,实际上在我20世纪80年代中期去的时候,竹楼已经很少了,为什么?因为竹楼建好了以后使用周期不太长,因为竹子在热带潮湿的地方容易烂,往往用不了几年又得重建。他们就地取材,用山上的木头盖更好、更结实耐用也更加安全的木楼,偶尔能见到真正的竹楼,那也是写生的"稀缺资源",我从不同角度记录下了较完整的竹楼资料。

热带雨林中的很多植物都是我第一次看到,感觉很新鲜。比如西双版纳原始森林中的树特别粗壮高大,且树大都有板状根,树和藤交织在一起,树上有很多寄生植物,有的寄生植物开着很漂亮的小花。画热带雨林除了各种植物本身的特征以外,还要注意一个氛围和节奏关系,我不完全照葫芦画瓢,被对象牵着鼻子走,有时把对象合理组织一下,作整体布局。今天想起来,当时态度是非常真诚的,尽可能地收集更多素材,尽可能地了解、表现对象,当时画面的处理思路及方法也是对的。

在碰到多个对象在一起的时候,我会尽可能地用不同的手法拉开它们之间的距离,显得画面更丰富一些,这是我到西双版纳以后的一些想法和做法。我当时的写生里面有些画得很丰富,把竹子、树木和建筑之间的大关系拉出来,注意到各自在画面中所占的分量。有时候写实类的画多了以后,我也会画些装饰语言的写生,避免感觉迟钝而画"油"了。有时也画些高度概括的画,锻炼自己灵活把握不同处理手法、不同画面效果的能力。西双版纳自治州中勐腊算是经济比较落后的,正因此,保留了更多的原生态,这原生态在我的画面中显得那么朴实无华,那么珍贵。

在西双版纳我们还去了中国科学院热带植物园写生。进植物园不需要买门票,里面有一些高大的热带植物和各种热带花卉供大家参观。我住在勐仑的热带植物园招待所,很简陋的平房,中间是过道,两边都是客房。我入住的时候问服务员:走的时候门怎么锁?服务员告诉我不用锁,我们这里从来没有丢过东西,可见民风之淳朴。因为我对一些热带植物不是太熟悉,所以每画一个新物种,都会画得特别仔细深入,以这种方法了解植物,找到它的本质特征,老老实实收集完整的形象资料。熟悉以后,我就比较概括地面了,有些可能就用符号了,因为我知道它的结构关系,不再在细节上面浪费时间。有很多学画不久的人不熟悉的时候随意概括,往往就抓不到对象的本质特征。

西双版纳民风淳朴,傣族人特别好客,到这里写生不会让你有身在异乡的感觉。

有一次,我在一个当地人的家门口画热带植物,问主人借了个凳子,时间已近中午,热心的主人硬要拉我到他们家吃饭,说大热天画画辛苦,休息一下,我怎么也不肯,在我坚持不肯的情况下,又给我泡好茶端过来。

我在大勐龙写生民居时,征得主人同意,到她们家楼上画些俯视角度的作品。傣族老大妈把家里吃的东西都拿出来,

1986年4月,在西双版纳傣族同胞家做客

还给我泡好茶,既不要钱,也不需要任何回报。当然也看到一些不协调的事情,有些人到那边卖假药,把海星说得天花乱坠,把一些莫名其妙的植物说得天花乱坠,骗了不少钱,骗了不少人。我觉得这是一种耻辱。

平时坐长途车,上车都是要查票的,可我坐汽车去大勐龙的时候竟全程不查票。我当时觉得奇怪,问车上工作人员为什么不查票,工作人员告诉我,上车的人都会买票,不买票的人极少,我们不能因为极少人去冤枉大多数人。

车去勐龙的时候要经过一个很漂亮的笋塔,车没停,我无意中说:"哎呀,可惜了,在这里画一张多好。"司机听到了跟我说,不要紧,今天晚上住下来,明天早上坐他车再过来,不要我买车票。

西双版纳的民风淳朴,各家各户对客人都表现得非常热情,这种热情对于我们来说已经是久违的了。我去的时候正是他们泼水节前后,傣族同胞邀请我到他们家去过年,我高兴地接受了邀请。傣族人吃饭是用手抓的,但考虑到我可能不习惯怕我难堪,全部改为用筷子吃饭。我感受到了傣族的新年那种欢欣快乐的氛围。我用相机拍傣族木楼里面的一些物品的时候,相机上面的闪光灯掉下来,把给我泡茶的一个玻璃杯打破了,傣族同胞生怕我觉得过意不去,安慰我说这个杯子本来就有点破了,我们想扔有点舍不得,这下正好。不让我有任何的内疚和难堪,他们就是这样一个处处为别人着想的民族。

1986年4月,在西双版纳橄榄坝采风

傣族有集市,傣族人叫"赶摆",新年集市上还有一些欢庆活动,比方说放"高升",类似于我们这边的铳。集市上东西琳琅满目,做交易老少无欺。

我在傣族村庄边上写生,一些傣族的小孩就围着我看,"叔叔的画好看,叔叔画得真好!"小朋友叽叽喳喳的。我看他们在吃用芭蕉叶包的像粽子的食物,问他们这叫什么,他说这个叫"好啰嗦",当然这是傣语。"叔叔你吃一个。"看着我吃完了。十来个小娃娃听我说好吃,全跑掉了,等我再一次看到他们的时候是十几分钟以后,每个人都从家里带来了"好啰嗦",往我的画板上面一放又跑掉了,我的画板上面堆了一大堆"好啰嗦"。写生至今将近40年,这些情景经常浮现在我的眼前,真想念当年这些小娃娃。

"好啰嗦"的材料是糯米、花粉和红糖,像我们这里打糍粑一样,把它打成糊状,然后用芭蕉叶把它包成扁形,不像我们包的粽子是锥状,包好以后放到锅里蒸熟。

我们住在橄榄坝粮站的招待所,一个床位只要1元5角钱,粮站里面有食堂,吃饭很方便。有时候炊事员要回去了,让我们想吃什么就自己做,鸡蛋和菜都在边上。我们吃完等碰到他们的时候才把钱给他们,没有一点不放心,也不肯多收一分钱。

粮站站长请我给他们粮站画一幅画,说要把画挂在粮站让更多的人看到我们西双版纳的好风光,给了我20元钱作稿费,20元钱在当时也相当于我小半个月的工资了。

西双版纳只有旱季和雨季,不像我们江西四季分明,这是热带季风气候造成的。在旱季的时候可能几个月也不怎么下雨,在雨季的时候,可能是天天下雨。我们去的时候基本上是旱季,所以有利于写生。唯一感到不太适应的就是洗澡。当地的气候偏热,我每天都要到澜沧江边去洗澡,第一次到澜沧江边洗澡时,我不敢下水,为什么呢?因为傣族的男女同胞是在一块洗澡的,我不习惯,在江边看了一下他们的风俗习惯就回来了。此后,我总是等天黑了再到江边去洗澡。

在西双版纳住了20多天,对周边不同结构的建筑和植被一一做了详细记录,傣族木楼的内部结构、外部结构,竹楼,热带植物的特色,等等。在西双版纳除了画一些比较工整的、帮助我认识植物特点的画以外,也画了一些类似写意的画。如椰子树,到后面对对象比较熟悉了就概括些,甚至只画它的倾斜度,画它和周边建筑及其他植物的关系,有直有竖、有块面有线条,把这些关系画好就可以了。

我在西双版纳画过一幅长卷,把纸接起来有6米多长,是把西双版纳橄榄坝中好看的景连成一块画的,可谓洋洋大观。

总而言之,在西双版纳写生的这些日子过得很愉快。我真心祝愿傣族同胞的生活越过越好。

接下来就是到大理体验生活,写生白族风情了。

出来这么久头发也长了,在路过景东彝族自治县时找到一个理发店,小徒弟过来给我剪发,手艺不好,师傅验收不过关。师傅就亲自动手修正,且不停向我道歉,最后剪头发只收了我2分钱。

在大理白族自治州,我去看望了胡老20世纪40年代立风艺专的学生谢长辛,他是立风艺专毕业以后参军,随部队到云南并留在大理工作的,当时是大理的美协、书协主席。他见到我很高兴,问了胡献雅老师的近况,带我到饭店去吃饭,说看到我就好像看到老师一样,在我离开大理的时候他还来旅馆送我。前两年我们通过电话,交换过作品。在大理,我去了崇圣寺画了三塔,画了苍山,到了洱海,画了一批作品,大理三塔以前我只在邮票中看过,非常高大巍峨的唐代建筑。大理的白族姑娘衣服穿得很整洁,很漂亮,个个都像是阿诗玛。旅馆服务员很客气,房间也干干净净。放下行李拿起速写本就去写生。到古街去转了一下,当时旅游不发达,街上人不多,民风淳朴。我们在野外写生的时候,甚至连鸟也亲人。我记得有一只戴胜鸟跟着我写生,我走它也走,我停它也停,跟着走了一二里路,亲切可爱。

洱海的水很清澈，当地人告诉我这个水可以直接喝，没有污染。水质部门检测水是二级水，七八米深的水底都看得一清二楚。在洱海边上有很多贝壳，上面有很漂亮的花纹。

离开大理，我去了阿诗玛的故乡路南石林——石头森林。这个地方原来是海底，由于地壳上升变成了现在千奇百怪的形状，当地出产贝壳类的化石，都是一两亿年前的生物。石灰岩是岩石中外形结构最复杂的，在这里我发现古代山水画皴法里面"骷髅皴"的原型出自喀斯特地貌。钻进石林，看到这么多千奇百怪的、各种造型复杂的石头和山头，很激动，就拼命画，尽可能多地收集素材，我甚至没有走为游客设定的路线，只是寻找可画的地方。就这样，天快黑的时候迷路了。

在石林迷路是非常可怕的。想象在原始森林里你看不到路的情况下是一种什么感觉？当时晚上很冷，温差比较大，如果找不到出路，晚上就得在里面过夜，慌乱之中突然想到以前教过地理，大致知道几个星座的位置。我爬到高处辨别一下公路在哪个方向，再把公路和天上的星座比对一下，就有一个大致的方向，这个方法救了我。在焦虑摸索中总算看到了马路上汽车的灯光，终于走出石林。

在石林我还去找了"阿诗玛"。1976年10月看过阿诗玛的电影，一个聪明漂亮的姑娘，最后变成了一尊石像，变成了永远耸立在那里的高山。

我有阿诗玛情结，找到"阿诗玛"画了好几张，并和"阿诗玛"合了影。

这一趟西南写生56天，我画了将近300张。

十三、报花万朵

因为我们夫妻两地分居，1987年7月份我调回南昌，在省经委机关报《企业导报》工作。在这之前已经参加了报纸创刊号的编辑设计工作，6月30日晚上报纸出版，还挺有成就感。这个报纸当时在行业内影响很大,被誉为"小政府报",对于企业工作有一定指导意义,对工作中的问题敢于提出批评和建议。首任社长为省经委副主任王文勇,第二任社长是吴远亮,两个社长都特别有敬业精神,很好地把握了报纸的方向。创刊时我国著名经济学家马洪、苏星和前省委书记白栋材都给报纸题词并发来贺信。省长吴官正在春节期间还到报社来看望大家,对报社的工作感到满意。作为第一批办报人,来报社的时候想得很简单,也有点向往,对编报纸有一种神圣的感觉,也想用自己的专业给媒体做点什么,但是这个报纸它有它的特殊性,它不是文艺类的报纸,没有文艺副刊,所以在这里只是画一些插图,题花,更多的是考虑报纸的版式设计。

干一行就要爱一行,努力把工作做好。我担任报纸美编后,把全国主要大报都拿过来分析,看他们的排版特色、优点是什么。报纸除了稿件要有质量以外,版式也是要有个性的。经过一段时间的磨合把版式基本稳定下来,得到了同行的好评。当年是铅字排版,一个个铅字靠手工捡来拼在一起,画版的时候和实际排出的版往往有一些差距,不像今天的电脑排版很方便。版面画小了,就减文字,把文章缩短。如果版面画大了文字不够而出现空白时,插图、题花,还有围花就要跟上去,用相关的图来美化版面。这对我来讲不是难事,以前给很多刊物搞过题图、插图,我的题图还被上海美术出版社编入题花集。在报社工作,我专业估计只用到5%至10%,在工作之外,我还得拿起笔来巩固过去学过的中国画。

尽管报社在省政府大院,上班条件还比较好,但长时间待下去,专业会丢掉。胡老也跟我说教学相长,还是要到学校去。胡老提的这个要求和我在这里工作两年后的不安是相吻合的。我向报社领导提出想调到学校去,领导虽然挽留,但是很理解我的心情,为了我的专业成全了我。

听说我要调走,江西日报希望我调过去。但我既然跳出媒体,就不想再进去了。

在报社工作了两年,白天基本上都在报社,晚上回到家里只能在临时画桌上画画。画的思维因为报社工作会受一些影响。报纸付印时还要到印刷厂去,有时候晚上12点多才回来,所以那段时间画得不多,有时候动动笔,仅仅是处在恢复阶段。那两年因为在报社,也比较难出去写生了,要画也就到公园画点花草、楼台亭阁,只是保持不至于太滑坡。

我记得1990年胡老和师母到我家来做客,看到我墙上的一张画,那是在泼墨的基础上采用湿积墨和干积墨,画面显得比较厚重,墨色比较有变化。胡老讲这张画不错,要好好把它保存起来。等胡老走了以后,我就把这画的优点找一找,以便之后可保持优点。当时的画相对于在陶瓷学院时有点变化,画的目的性、用笔的准确性比原来强了一些。

十四、教学相长

1989年9月,我调到江西教育学院。调到学院有两个好处:第一,中国画成了我的主业,有时间考虑自己的专业了。第二,经常跟学生在一起,教学相长。学生提出的学习中的问题,实际上也是我思考的问题,有些是我实践中解决了的,但是要上升到一个理论高度去表达,而不仅仅是用作品来表达,这也是一个画家和美术教育者的区别。

所谓讲理论就是要讲美术上带有规律性的东西及创作思想。所以胡老当年跟我讲教学相长,就包含这个意思在里面。在和学生的接触过程中我不断地对自己的素养提出要求。在家里读了不少书,像《世界美术史》《中国绘画史》《中国美术史》《中国建筑史》《中国绘画美学史稿》《西方现代美术史》等,还有大批中外艺术家的传记。美术里面其他门类也和中国画有相通之处,能给中国画教学和创作一些启发。

对传统绘画这一块继续关注。传统知识是中国文化的根,学习这块是入门的必要课程,即便到了绘画的高级阶段仍是。到了教学岗位以后,将近20年时间里用工资购买了陆续出版的一套24本《中国古代书画图录》,这是目前关于古代中国画的最大的一部工具书,收集了几万件作品,都是文化部书画专家组在进行书画考证后,确认是真品且是比较好的作品才收入到书里面的。另外像《八大山人全集》《龚贤画集》《袁江袁耀画集》《黄宾虹画集》《潘天寿画集》《傅抱石画集》等,买来以后我都认真读,尤其是我比较关注的一些画法、一些构图和立意会看得比较仔细,看多了加上认真思考,就有一个潜移默化的转变,对历代中国画的发展脉络,会有一个比较清晰的认识。这是我的画作里面始终有传统味道,但又和传统画法拉开距离的重要的原因。

江西教育学院美术、音乐两个专业是对应中小学的课程设置开办的。我调到江西教育学院后,参与建设美术专业,也就是后来的美术系。刚去的时候条件很艰苦,没什么教具,就到浙江美术学院(即现在的中国美术学院)等单位去买石膏像,到附近的农贸市场、土杂商店去买静物,镜框也是我们去了以后采购的,做了一些比较耐用的铝合金镜框,一些资料也是陆陆续续买进来的。当时资料不像现在这么丰富,书店没有这么多专业书,在外出差看到什么好书及时地往回购。

课程的开设、课程表的设计参考当年陶院教学的课程设计加入师范特点,如教材教法等,把课程比例大致确定后,布置相关老师写出教学大纲。

1989年筹备完成的当年,招了一个班,这个班的学生基本上都是在职的,好像当年我们只招了17个学生。

根据学校专业的发展,在师资建设方面,我们陆续招进了一些老师和大学优秀毕业生,有的是美院的硕士毕业生,这些人都是经过我们考察试讲,确实各方面都比较优秀才录取进来的。当时教学氛围很好,老师的积极性比较高,成人学生的学习主动性比较强,学习的目的性也比较明确。这一点是成人师范院校和普通师范院校不同的地方。很多中小学美术老师本身只有中专学历,不达标。到这里完成大学专科的学历,掌握比较扎实的专业知识,以胜任今后的美术教育工作。

第二年我们也只招了一个班,大概20个人。我们控制小班,是为了精心教学,出精品。通过1989级的教学实践,我们的老师也逐渐地适应了高等院校教学。

考虑到教师数量不足和结构上的欠缺,我们还陆续外聘了一些老师来学校担任专业课教学工作,如聘请江西师范大学吴子南教授(美术史),江西省美术家协会副主席胡敬修先生(色彩),江西画院副院长陈一文先生(版画),南昌画院熊德琪先生(工笔人物),花鸟画家郑禹林先生(写意花鸟),外聘室内装修实践经验很丰富的李浪程先生(室内设计)。这些先生的艺术造诣都很深,一些老先生的社会名望也很高,他们为了培养人才,不管是烈日还是刮风下雨下雪,坚持到教室认真上课,学生都很感动,他们担任的课也非常受学生们的欢迎和好评,深厚的专业知识和敬业精神也影响着师生。作为当年系教学管理者,我对他们的付出表示深深的敬意和衷心的感谢!

除了老师的言传帮带以外,画得好的同学在班上也起到"领头羊"的作用。考虑地方中学美术老师学历普遍不达标,有些中学甚至没有美术老师,从1991年开始,学校要求我们扩大招生规模,每年招两个班。考生除了参加省里的统一成人文化考试以外,还要到江西省教育学院参加专业考试。当年安排了素描、色彩和命题创作三项专业考试。来的考生不少,有时录取比例只有20%,竞争比较激烈,能够被录取进来应该说大多数都不错。

在考试命题上我们也是严格把关,系领导个别通知几个老师分别出题,在出题之前跟他们提要求:出题要考虑到哪些方面,它的涵盖面,它的可操作性。题出好后老师自己用信封封好,系领导不过问题目,开考前几个考卷由学生抽取,做到不泄密。在程序上比较规范,也做到公开、公平、公正。

1993年,我们曾经招过两个普通高考的工艺美术班。这是江西省教育厅给的招生指标,为各行业培养美术人才,两个班毕业生都可带编制。很多是高中毕业就直接考过来的,他们的学习方法和之前教的成人班有些不一样,因为年纪比较小,相对来讲老师在教学的时候,要用更多的时间去教他怎么学习。另外一方面,他们的思想相对也比较活跃。我们因材施教,课程设计老师在这方面动了很多脑筋。

因为美术设计专业老师不够,我原来学过设计,在报社两年又几乎天天跟印刷厂打交道,懂得一定的印刷工艺,故也承担广告设计和印刷工艺课程教学,印刷工艺课时不多,把印刷工艺、设计的要求给他们讲明白,避免闭门设计导致印刷衔接不上。当年没有电脑辅助,我要求学生到外面买废旧的画册杂志,用里面的字体和照片通过剪辑来排版,做广告、版式设计作业,培养他们的设计意识,尽管因陋就简,但实际效果还不错。

随着教师队伍的扩大,我不再兼任设计课了,专心上好中国画课程。工艺美术专业到后面改为艺术设计专业,这样它的涵盖面更广,学的东西实用性更强。

值得骄傲的是,我们美术系这批老师整体上都是爱岗敬业的,他们花了大量的时间用在教学上,在教学方法上也很动脑筋。所以我们的专科学生虽然只在学校学两年,但是所学的知识比较扎实,社会适应力比较强。1998年全省中学教师基本功大赛,我们学校的毕业生囊括了初、高中组一等奖,在全国中小学教师技能大赛中,我们的毕业生也拿了一等奖。江西教育学院美术系

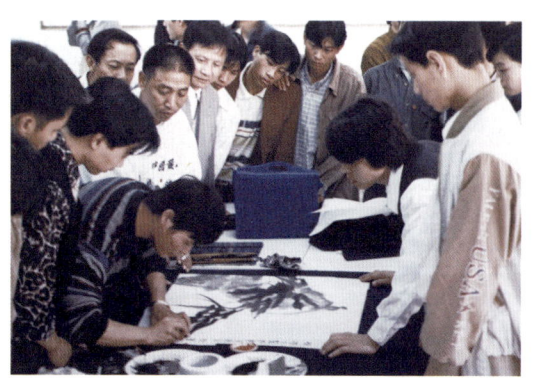

1998年,在陶院40周年校庆活动中作画

的教学成绩得到社会的充分肯定。

《江西省志·文化艺术志》在"美术教育与队伍"一节中写道,江西教育学院美术系为江西美术事业的发展,培养美术新人做出了不可低估的贡献。这是对开办不久的江西教育学院美术系最好的褒奖。

我们会经常组织一些听课活动,老师听课后把一些建议写出来,供任课老师教学时参考,我们也注重学生的反馈,把学生的建议写出来供我们老师参考。总而言之,在教育学院这些年,我们系比较好地践行了教书育人,我们的老师也比较好地做到了为人师表。

1998年,美术系开办了成人美术教育本科专业,2000年联合南昌大学开办普通高等学校艺术设计专业本科。美术系的教学呈现出新的层次,新的面貌。

一句老话:"给学生一碗水,老师要有一桶水。"我在江西教育学院工作了29年,一直到退休。教育学院的教学及工作环境对我的专业提高帮助很大。我更深刻地理解了恩师胡献雅先生当年和我说的"教学相长"的含义。在这里,我保持了原来的习惯,多读画史画论,多看优秀画家,尤其是大师的作品,多深入生活,多思考、勤创作。除了教学中写生课带学生外出写生以外,我经常会利用出差休息时间或者暑期写生,外出的时候总带着一个小本子,只要有可能,只要时间允许,我都会画点勾点东西。有时候时间短来不及,也用相机拍下来,回来了以后再细读,琢磨照片中的结构关系、文化信息。

在教育学院这些年,因为山水课教学的需要,我带学生去过黄山、九华山,去过安徽的古民居西递,去过山东曲阜,去过长江三峡等不少地方。如:去三峡时间是在三峡大坝蓄水前半年,我带同学们主要画143米以下淹没区,大家都画得很认真,留下了一批很珍贵的资料,现在这批写生地大多已经淹没到水下了。为了把外出时间用足,我在离校之前会给学生上一堂课,和他们交代需要准备的画材、外出注意事项,还有介绍写生地的资源和写生重点。有时候安排他们先在家里画一下，熟悉一下工具，临摹些作品。这样在外面写生的时候，他们可以比较快地进入状态。在现场我会给学生作示范，比方说怎么把握建筑的透视，怎么理解它的结构及表现。由于我写生教学和准备工作做得比较充分，所以对学生的带动比较大。我常和学生讲，不要看到什么画什么，而是需要什么画什么。但是有前提，就是一开始你要老实，尊重生活，深入观察，逐步从"必然王国"走向"自由王国"。我会选择几个地方示范，边画边跟他们讲对象中的重点是什么，画面为什么这样处理。这样就比较直观，同学们也比较容易理解，所以学生们后期大多画得很不错。这是我长期从事中国画教学、从事写生教学的一点感受。当然，外出很辛苦。有一次带学生到黄山写生，当时是12月份，冷得手都张不开伸不直。我们基本上是靠干啃方便面，喝凉水，盖着单薄的被子度过在山上的日子，老师跟学生一样。尽管学生平时在家可能稍微娇气一点，但在外面都铆足了劲，想好好地跟着老师学。在山上喝着冷水、干啃了10来天方便面，以至于我后来对方便面几乎不再沾边了。

在外面会碰到很多原来没画过的对象，我就找规律，找它特殊的地方，再找这特殊是由什么元素构成的，画面表达中处理成"黑"还是"灰"？按照思维推理，你可以比较理性地认识你接触不久的、你还不太熟悉的东西，写生难点也是这样一次一次攻克。

这些年写生画了不少画，一个感受就是不要图数量多，以前第一次到黄山时已经有过教训，但有时候还是会犯老毛病。不图多，不概念化，一张画哪怕幼稚一点，但记录得很仔细，它最起码是一个资料，如果表现对象过于概念，缺少对事物本质了解和表现，你画出来连资料性也谈不上。我的写生作品里面就有这样一些价值不大，不完备，用不上的画。所以有句老话："宁吃鲜桃一口，不吃烂杏半筐"。我常跟学生讲，画之前要尽量了解对象，找出它的难点和重点，在构图的时候要谨慎下笔：因为你下笔的那一刻，就决定了你整个画的构图了，故要慎重。下了笔以后表现对象到百分之七八十，把主要东西画完了以后，

1991年11月,在福建武夷山庄

1992年,在北京香山写生

1998年11月,在广西龙胜金江村写生

1999年10月,在雁荡山写生

笔墨纵横 自成丘壑

你转而进行画面调整,而不要过多地依赖对象。为什么呢?因为下面要考虑的是画面的协调性和整体感,锻炼你完善画面效果的能力。不光是写生,实际上也是帮助你在创作中国画过程的时候养成一个好的思维方式,养成一个好的把控能力。

建筑在中国山水画写生中是一个难点,要求对建筑的结构透视比较熟悉,建筑在画面安排中恰到好处,否则就会闹笑话。不同时代有不同时代的建筑特征,不同类型的建筑在结构上也不同。如宫廷建筑和民宅,宫廷建筑一般是走中轴线,两边对称,造型比较庄重。民宅可以相对活泼一点,可以体现主人的个性化爱好。尽管这样,民宅也是有民宅的一些规律和要求的,要画出不同建筑的味道,得了解建筑的基本知识,包括建筑的结构。

我以前买过不少这方面的书,如《中国古代建筑史》《建筑史画》,等等。看了这些书以后对认识不同时代的建筑风格会有比较好的帮助。所以画家艺多不压身,知识积累多,夯实得深厚,画中体现的美感,体现的文化底蕴、文化气息可能更厚实。

当写生建筑和周边环境结合的时候,就要首先明确什么是画面的主体。如果建筑是主体,那么山和周边的环境就要围绕着建筑进行完善,进行丰富,而不是喧宾夺主。这就要明确以谁为主的问题。如果建筑在画面中仅仅是一个点缀,以山石和树木为主,那也得考虑把建筑放在一个相对合理的地方,因为建筑承载着人们的对生活的期望。古人说,一幅画要做到可望可行可游可居,强调人们对山水

2000年11月,在山东曲阜孔林

画的一种精神寄托。所以哪怕是作为山水画的点景,也要把它处理好。

最近10多年我的写生开始新的尝试——钢笔和毛笔相结合。钢笔画有它的优点,线条明快、肯定。我尝试把水墨加进来又有了微妙变化的细节层次,两者的优点结合起来,画面显得丰富了,也缩短了绘画的时间。原来的钢笔画处理灰调子要不少时间,现在我用毛笔淡墨三下五除二就解决掉了。而且毛笔不光解决调子问题,毛笔的笔性,毛笔的变化,在我的写生中也能够充分体现出来。现在我写生,除了一些短平快的用钢笔以外,有些稍微大一点的,只要时间稍微充足,我都会两者结合,取得的效果也确实比原来要好多了。

十五、师法自然

20世纪90年代初,我在老师的鼓励下从过去写生的作品中选了一些比较满意的,想出一本书,对自己也是一个小结,对社会也有个交代。带着这个想法,将选中的100多件写生作品贴在一个大本子上拿到江西美术出版社,当时是倪芳华老师接待了我。她告诉我选题会已经开过了,按常规要等半年或者一年再开选题会,再考虑是否列入出版计划,但看了我这些写生作品以后,她改变了主意:"出版没问题,水平摆在这里,我来给你报紧急选题,走快车道。"后面倪老师打电话告诉我,选题已经批了,叫我着手再好好选一下,选精一些,再充实一些。

1992年暑假,我带着我选好的一些作品到北京请黄胄先生给我把关。那时候炎黄艺术馆刚刚开馆不久,我进去的时候,黄胄先生在大厅茶座和一个比较胖的老先生在聊天,旁边还有几个陪同人员,老先生是上海画院的院长,中国画大家唐云先生,我在旁边听他们聊了一下,唐云先生是过来看黄胄的,了解一下炎黄艺术馆的运行情况。等他们聊了一阵后,我很冒昧地跟黄胄先生讲了我的来意:"我把写生作品带过来了,因为要出版,想请您帮我把关。"

黄胄先生马上就认出我了,他转头对唐云说:"你们先到展厅看一

2002年，和杨先民先生

看，我暂时不陪你了，小孙来了，我看看小孙的速写。"黄胄把我的大本子从第一页看到最后一页，中间还谈了很多感想，谈了他自己也到过我画中一些地方的感受，他对我的这本书也是充满期望的，对我这本书的选编提了一些很具体的建议。

我对黄胄先生说，"您是我学习时很关键的导师，想请您给我题一个书名'孙宪速写选集'。"黄胄先生很爽快地答应说："过三天你到馆里来拿，我先写好。"可是当我去之前给他打电话时，他夫人说黄胄病了在住院，我就不好再提书名的事了。

我尊敬的老领导、轻工部顾问杨先民先生听说我要出书，他问有什么需要他帮忙的，我说本来请黄胄先生题字的，他身体出了状况，能不能请张仃先生给我的书题写书名？"没问题，"杨顾问说，"你把写生作品复印一点给我，我请张仃先生看一看，请他给你题。"我说老人家年纪大，写小点就可以了。不久杨先民先生给我寄来了张仃先生题的字，用六尺整纸写了"孙宪速写选集"六个篆体大字，落款"它山张仃"。老先生通过杨顾问转达了对我的期望："画得很好，继续深入生活，希望出更多的好作品，更上一层楼。"张仃，辽宁省黑山县人，号"它山"，作为20世纪中国大美术家，中央工艺美术学院院长，一生在中国画、装饰画、设计、漫画、美术理论和教育等领域都有杰出贡献，能为我题写书名，这是老先生的鼓励更是鞭策。

西安美术学院院长、中国美协副主席、著名国画大家刘文西先生为我的书写了序言，对我走过的路和取得的成绩给予充分肯定,并提醒我"这是一条寂寞的路"。恩师胡献雅先生欣然题写勉句:"心精力果 卓然有成。"

十六、笔墨气韵

我在江西教育学院教中国画,一开始是教山水画,后来承担了"工笔花鸟",再往后由于课程设置,要培养学生适应今后教学工作的需要,又教他们"写意花鸟"。在山水画方面,一开始我的画法趋于比较茂密,尽可能地多表达,画面的东西比较多,到后面逐步过滤,把杂质去掉,就比较简约一点。也因为表现能力逐渐增强,尽管没有原来那么多茂密线条及块面,但是感觉画的东西反而见多了。

画画不能只用一个思路画下去,所以古人说法无定法,就是没有绝对的一种方法,全靠自己思考怎么去协调,怎么去把控。到后期我画画是泼墨、勾皴点染全揉成一块了,谁前谁后随性:可能先勾线,也可能先泼墨,有时候拿自己比较得心应手的物景先画。在动笔之前会大致确定主题、构图,也会信马由缰画哪儿算哪儿,期间产生了什么灵感就把它变成画面的一部分。就是说事先没有成稿,没有很完整的构图,我戏称为"脚踩西瓜皮,滑到哪儿算哪儿"。实际上我对中国画画面表达、把控还是有一定底气的,这一点我基本上做到了。

在教育学院这些年,我大部分是早上到学校来,晚上11点左右离开学校,特别是在担任系主任那段时间,除了在办公室处理日常事务以外,我很多时间都在教室里。每年

2016年4月,在贵州毕节给小学生上美术课后示范

笔墨纵横　自成丘壑

的中国画选修课会有一个固定教室,我在教室里面和学生一起进行自习,我作画的时候,学生会过来给我当助手,同时可以观摩我完整的创作。在这个过程中,我帮他们分析理论和实践上碰到的问题,学生的专业水平得到提高。所以,教育学院毕业的学生后来很多都考取了美院的研究生。

工笔画这一块,20世纪70年代在学校时学过。在陶院当学生的时候主要是学习北派于非闇,包括田世光、俞致贞这些工笔画大家,陶院留校以后我接触到现代工笔花鸟画大家陈子佛这一路,陈子佛的花鸟画明媚鲜妍,相对来讲更具装饰性。他是在日本留学的,把日本的一些画法融入到工笔中来,比方说撞水、撞墨、撞色,效果都不错,画面装饰感比较强。北派的于非闇主要是继承了宋代的院体工笔花鸟画传统,相对于宋代花鸟画,于非闇先生的色更鲜艳,但艳而不俗,造型准确,画幅也比较大。我看过一张《玉兰黄鹂》,很大的一张画,蓝底色用石色染得那么好,不容易。我把于和陈的画法都带入到我的教学之中。

我在陶院留校后,比较仔细地临摹了不少宋代的花鸟画作品。因为之前学过北派的一些画法,对于解构宋人花鸟一些技法不是很难,临摹的效果也还不错。这些临摹作品都成了学生的示范作品。我的写意花鸟动笔的时间不是太长,大概是1997年,在这之前我几乎没怎么画过写意花鸟,促使我画写意花鸟的原因,是胡献雅老先生的去世。觉得我在胡老身边这么多年,看胡老画了这么多花鸟,了解胡老的一些想法及用笔用墨,为老先生在世的时候我没有画花鸟画后悔,想通过画写意花鸟来缅怀我的恩师、继承他的花鸟画艺术。一开始只是凭

2001年11月,和黄永玉在凤凰县城

着记忆,凭着对胡老作品的理解来探索。写意花鸟作为中国画的一个大类,画好谈何容易！画得即使不理想也是等过了一段时间才会看出来,这叫自丑不觉。当自己有了进步再回头看原来的画,不行！于是再临摹,再画、再找自己的毛病,永不自满。我还像黄胄先生一样去"解剖麻雀",把梅兰竹菊提出来,通过梅兰竹菊的练习,学习中国画花鸟的用笔用墨,然后把技法扩展到画紫藤以及其他的一些花卉,取得了一点进展。总的来讲,我画写意花鸟这一路基本上还是学胡老的,没有形成自己的特色。

几十年来学习传统绘画和探索现代绘画语言,加上在笔墨表现方面的考虑,在写意山水上走自己的路,逐步形成了自己的面貌,我的画逐渐得到社会上的认可,也得到有关专家的鼓励和好评,社会影响面也逐渐扩大。毛主席纪念堂、天安门、中南海和中央文献编辑委员会都收藏了我的作品。一些重要场所也有我的作品,像江西省政府大会议厅,江西省委常委楼,江西省政协主席会议室,滨江宾馆会见厅,前湖迎宾馆大厅,还有国家发改委贵宾厅,毛主席纪念堂贵宾厅,很多大画都是我这些年创作的。

作为从事50年中国画的实践者,我认为一个人要多看到自己的缺点,多找自己的不足之处,多看别人的长处。要虚心,要好学,要有自知之明。其实一个人在画画过程中,如果觉得自己画得很好了,我个人觉得这是一个很可悲的事——那就意味着没有上升空间了。当一个人还能看出自己画的不足和缺陷,说明还有潜力,还有上升空间,他的艺术生命也是旺盛的。

希望我是后者。

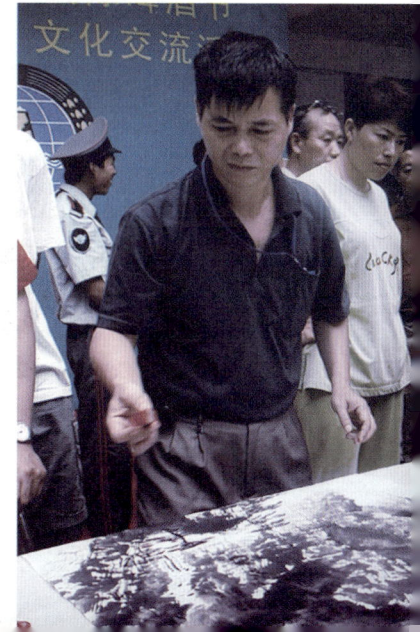

2003年8月,在青岛艺博会

笔墨纵横 自成丘壑

2005年3月,主笔创作的《井冈崛起》由省领导赠送国家发改委,陈放于贵宾室

2012年12月,接受毛主席纪念堂管理局许局长颁发的收藏证书

2009年12月,创作巨幅国画《井冈朝晖》

2013年5月,在毛主席纪念堂贵宾厅《井冈朝晖》国画前留影

2011年6月,在前湖迎宾馆大厅《井冈杜鹃》创作现场

2011年10月,为奥体中心贵宾厅创作中国画《井冈山》

2013年10月,创作大幅瓷板画《井冈山》

十七、参政议政

我是2003年开始担任江西省政协委员的,作为政协委员,我关心的主要是我熟悉的领域,如文化艺术,还有我们的历史建筑及非物质遗产保护,根据自己所关心的领域提出一些提案和建议。

2002年下半年,南昌市准备在城市改造过程中把江西省展览馆(万岁馆)拆了,把北京东路向西延伸。南昌"万岁馆"是全国为数不多的"文化大革命"时期的著名建筑,1968年4月动工,10月外部基本完成,转入内部装修。这座建筑也是全国"文化大革命"期间"万岁馆"建筑中最好的、体量最大的一座,打破了多项江西建筑纪录,所用的材料也全部为江西本地出产。40多年过去了,无论结构还是外墙没有出现质量问题。作为特定历史时期的代表性建筑,江西省展览馆被收入

20世纪90年代初出版的《中国现代建筑史》。听到要拆的消息我很着急,在2003年初江西省两会上,我就城市改造中历史建筑保护这一块写了提案,被列为江西省政协重点提案。在时任省政协主席钟起煌的亲自督办下,问题得到比较好的解决,江西省展览馆建筑被保留了下来,原来上面像打补丁一样的大量广告被清除,后来江西省展览馆顶层加层也拆掉复原了。这个提案影响比较大,《经济晚报》在江西省两会期间用整版作了报道。因为这个提案,除"万岁馆"被保留以外,对南昌市的256座历史建筑也做了档案登记,南昌市的城建管理部门也承诺加以重点保护。

江西省现当代出了很多艺术名家,有些甚至是大家,但是江西省博物馆原来没有注重这一块的收藏,以至于很大程度上出现了藏品的空白,不利于历史的传承。针对省博物馆现当代艺术品收藏匮乏的情况,我2005年写出提案,再次被列为省政协重点提案,省政协副主席刘运来督办。省文化厅作为承办单位,表示对这个问题要加以重视,在今后的工作中加强对现当代艺术家的作品收藏。目前,这项工作进展很好,很多名家作品入藏。

在外出考察视察过程中,我也会比较注意古村、古建筑和城市文化历史这一方面的保护,有时候会到现场察看,给当地政府提出一些比较合理并且具有可操作性的意见。

我向省政协领导建议,华东六省一市中有五省一市政协都有自己的书画社,我们江西也应该有。省政协领导很重视,钟起煌主席、黄定元副主席都亲自过问这个事。

在大家的努力下,2004年江西省政协书画社成立。钟起煌主席担任名誉社长,黄定元副主席担任社长,省政协办公厅主任杨春燕担任秘书长,我担任副秘书长负责书画专业这一块。第一批有十多位画家,聚集了江西省在山水花鸟人物领域的知名书画家,加强了华东六省一市的美术交流,扩大了江西美术书法在省外的影响。那些年我们和外省书画家们的交流非常愉快,通过交流促进了整体水平的提高。通过讲座、笔会及展览,为江西做了不少艺术普及工作。

我记得华东六省一市政协书画交流到江西来的时候,在滨江宾馆办了一个笔会,省外一批画家都来了,江苏来了肖平,浙江来了朱颖人,安徽来了郭公达等。我画了一张水墨画。其中香港书法家协会副主席吴高石是从事篆刻的,水平很高,这十多年给我刻了30多方印章,坚持不要任何报酬。2009年我到香港开会,特意去看望了他,给他带去了一件我的近作。在他的画室谈笑甚欢,他给前去的同事每个人写了一幅书法。吴高石先生给我刻的印章,小的只有1厘米多点,大的边长达到20厘米。他说,孙先生你作大画比较多,给你刻点大印,以为备用。我们相交十多年至今一直保持着友谊。

我到外面参加笔会交流的时候,一般先看他们画,多向别

2015年12月,在广西山区写生

人学习，自己也深受启发。时间差不多了，我才动手。因为我画得还算比较快，勾皴点染混合运用，所以也能按时交卷。有一次，黄定元副主席和我说，你画画的时候，大家都围过来看。我说我画画的时候没注意旁边。黄主席说因为你的画法可能跟一般的方法不一样，他们过来观摩。江苏代表团团长和我说，他们中午吃饭的时候在讨论一个问题：孙宪到江苏来会是什么样？想不到我这个小人物会成为他们中午吃饭讨论的一个话题。

在政协书画交流期间，我还认识了福建的陈奋武先生，和他一见如故。他的开朗，他的诙谐感染着我们。陈奋武先生写得一手好行草，为我写了一幅书法《黄河之水天上来》，作品很大气。他是福建省文联副主席、书协主席，在福建名气很大。

华东六省一市政协书画交流在南昌办了一个联展，组织了一个笔会，江西省政协安排他们去龙虎山和三清山写生。作为江西省政协书画社的画家，我全程陪同在山上住了两晚，他们觉得三清山特别好。

我们还有跨省的文化考察活动，时隔30多年我又去了宁夏，宁夏新城老城已经连成一片，不再像我们当年那样分两个区域，使得我都无法辨认我以前到过的地方。原来清真大寺在郊外，现在已经变成中心城区的一部分，清真寺旁边高楼林立，完全掩隐在城市高楼之中。玉皇阁原来旁边都是低矮的老房子，马路也是古老传统的路。如今玉皇阁边上已经有了几条四通八达的柏油马路，所有的老房子全部拆光，玉皇阁也装修一新，没有当年我看到的老建筑厚重和朴实的感觉。我跟宁夏政协的同志提出想重到贺兰山那边看一看，于是又去了当年的小口子。小口子已经变成一个很好的旅游区了，清真寺也还在那里，可是我却怎么也找不到当年我写生的那些感觉了。回来路上去了贺兰山的双塔，因为时间原因不好让陪同人多等，我也就拍了一些照片，有时间再好好消化，画出一两件作品。

路过西部影视城，游人很多，其建筑显得比较朴实，不错。

十八、未来可期

往事如昨！刚参加工作时,我还是个15岁半的"小青年",转眼间已近古稀,回想过去历历在目,难以忘怀。人生中走过的那些路、经历的那些事,已深深刻在心里,难以抹去。

我少年阶段过着朴素且快活的日子,父母没有指望我们"成龙",没有如今小学生这么多的课程负担和课外作业,学习之外可涂鸦可看课外读物。父母让我们明白做一个"好人"的基本要求。父亲特别敬业,是单位的业务高手,还写得一手好颜体字。20世纪90年代初大收藏家张伯驹的女儿出版《百梅图》,邀请100位书法名家为画题诗,舒同、沈鹏和启功等都参与了,江西是请了我父亲。父亲为人原则性极强,持身中正,一辈子和钱打交道,哪怕一分钱的错账都不放过,更谈不上利用职权中饱私囊。下班后带回家看的报纸,第二天都要带回办公室。他的形象用今天的话来说,一生终保持着一种"范",以自己的行为为子女作出表率。母亲原来是要去读大学的,因为放心不下家里几个孩子,只好放弃。在女子师范学习过的母亲在管理生活的同时会教我们唱歌、识谱、写毛笔字,给我们讲好听的故事,通过故事引导我们认识做人的道理。在培养个人品性方面,我记得母亲经常讲的是"将心比心""己所不欲,勿施于人"。母亲讲的民间故事也丰富了我们的想象力,其中善良的"田螺姑娘"印象跟随了我很长一段日子。还有司马光破缸救人、文彦博灌水取球的故事,引导我们遇事多动脑筋。母亲的艰辛持家,对我们生活的关照,使得哪怕是在三年困难时期,也不至于太狼狈。记得当年半夜我醒来,母亲还在灯下给我们补第二天要穿着上学的衣服,可怜天下父母心啊！母亲对我说过:穿打补丁的衣服不难为情,难为情的是不讲卫生,身上邋遢。在机关工作的父亲的工资不算低,但因家里小孩多,每到月底,生活往往捉襟见肘。尽管这样,平时上学和个人爱好所需大多是得到保证的。

我是幸运的。这个幸运不仅仅是表现在留校上,还有我在学画的过程中不断有贵人相助。

初中毕业后,同学大多去了生产建设兵团,我则因为有美术的爱好而被留校了,懵懵懂懂的我不知领导的好意和照顾,为去兵团的事还折腾了一番。

留校的工作环境当然有助于继续自己的美术爱好。在这几年里,我看了一些书,绘画的摄影的文史方面的,有些小说只能偷偷摸摸看。相对封闭的学校环境,使得我工作之余有时间画画,并参加社会上一些有限的文化交流。16岁画了第一张大幅毛主席的油画像挂在礼堂上方,同年有幸参加南昌国庆21周年彩车设计,我设计的彩车照片还登上了第二天的《江西日报》。17岁借调到省里担任外贸展览美术设计,并作为筹备组成员负责南昌友谊商店的美术设计,我为友谊商店设计的标签因为好看也成了很多商场模仿的对象。第一次出差到上海和杭州参观,因为对上海友谊商店的古今字画特感兴趣而从此走上学习中国画的道路,至今50年不知疲倦。懵懵懂懂觉得大城市和南昌还真是不一样,什么样的文化用品都可以买到,从此对城市的繁华有点向往。20岁的时候参加县里的美术创作学习班……通过这段经历我打开了走向社会的窗口,从此结识了不少画界的老师和朋友,我像海绵一样,在和他们交往中充实着自己。人比人知不足,他们都比我强,我最大的愿望就是画得和他们一样好。和学校相比,社会是个大课堂,可以学好,一不小心也可能学坏,所以得保持上进心,肯学习,肯下苦功。我对中国画的爱好以致后来成为我的专业,也就是始于这段时间。

在我学画的过程中,很多人都伸出了援助之手,尤其是蔡锡林先生、李素馨先生,没有他们的指导,我的专业可能还在门外徘徊,很难想象我能考上陶瓷学院。两位先生除了不倦地指导我美术技法和理论,他们可敬人品也深深地感染了我,恩师这种影响一直作用到现在。

陶院的老师特别敬业,学生们对专业学习也如饥似渴,那可是改革开放以后的黄金时代。我们这批同学大多经历过苦难,十分珍惜来之不易的学习机会。在晚上不停电

1982年,和恩师胡献雅先生

的教室里,半夜两三点钟我们还在兴奋地作画讨论,有时甚至把老师也感动得和我们一块加晚班,在教室给我们示范,相当于课外上课。当年我们和大多数老师的关系处于"师友"之间,没什么隔阂,聊起专业开心得不行。学生有时还会耍点小心眼,请老师们动动笔给我们示范,当然,这些示范品也成了我们的收藏品,可敬的老师岂能不知道我们的用心?只是把它作为对我们勤奋学习的褒奖罢了。

恩师胡献雅老先生对我的教育足以影响我一生。黄胄先生、赖少其先生,王伯敏先生等诸多前辈对我耳提面命,对如何学习中国画及正确认识笔墨内涵和生活的开导也泽及如今。在学习中,我不断地调整自己的新起点,明白自满就是艺术的终结、是无知的表现。"学无止境",在学习中不断攀登,在攀登中获取快乐。

50年的探索,我深刻体会到中国画不仅仅是吃苦耐劳就能画好的,"功夫在画外"。中国画需要深厚的中国文化支撑,要有开阔的视野及东方哲学思维加上画家的悟性。由于历史和个人的原因,我读的书太少,文化底蕴不足,创作时时常感到困惑。今后我要补习,把文化基础打好一些。

中国画有时代性。时代改变,理论和技法也会发展延伸。

上大学之前和大学几年，我临摹过不少古代中国画名作，包括五代董源的《潇湘图》直到清石涛的山水册页，也临摹过当代傅抱石、钱松喦、宋文治、陆俨少等名家的作品，从中学习传统画理，了解不同时代中国画的特征。今天山水画创作不应新瓶装旧酒，要多到生活中去，画自己熟悉的生活。我从1974年开始写生，至今已有48年，写生稿也堆了一柜子，笔墨从早年的幼稚被动，到后面主动强调线条质感和墨韵美感，讲究画面节奏和空白处理，逐渐形成了自己的造型语言，使我用笔用墨、造型构图上更趋于灵活，驾驭能力得到加强，这是"行万里路"给我的回报。

20世纪一批画家怀着强烈的责任心和文化担当，在积极探索中国画之路上取得了不同凡响的成就。如岭南画派、长安画派、新金陵画派画家那不同于古人的笔墨，鲜明的地域特色，告知人们"笔墨当随时代"。傅抱石在长期的生活积累和笔墨探索提炼后，其山水画法逐渐形成美术界广受好评的抱石皴，成为20世纪最伟大的国画家之一。黄胄几十年深入生活，看到好东西就敏锐地把它勾下来，故作品中的形象表现极其生动。他们践行深入生活、忠实于表达自己真切感受的创作理念，加上具有的艺术修养，使其作品呈现前不见于古人，后以启迪世人的面貌，这些艺术大家为我们做出了榜样。他们在艺术上的艰辛探索给我们以启发，值得我们学习和借鉴。

2022年4月于洪都东郊听雨楼

2011年11月,在土耳其写生

2019年,在南丰县军峰山写生

2019年，在贵州乌江源写生

下编

云水氤氲 草木华滋

中 国 画

苍山雨霁

伊斯坦布尔清真寺

积翠千山雨
凉声一壑秋

日落千峰上　云行万壑间

春山一路鸟空啼

东山晴雪

多玛巴切皇宫前的钟塔

东坡诗意

匡庐毓秀

华岳西峰

高雄旗后灯塔

井冈龙潭

匡庐瀑布

飞瀑漱苍岩　山空响逾远

庐山含鄱口

万壑松风

烟云出没有无间

岭树重遮千里目　江流曲似九回肠

青峰有时隐　白云随意还

江南圣境龙虎山

云浮瑶玉色　皓首碧穹巍

月冷凝秋夜　山寒落夏霜

春到高原

篁岭三月

千山云海无声浪

山南雍布拉康

苍岩山福庆寺

忆写昌都雪域

庐山剪刀峡

武当南岩

武当太和宫

踏云羊狮慕

武陵晓烟

秋壑积翠

南望钟鸣处　楼台深翠微

云瀑图

云山清晖

疑是银河落九天

晴雪

岷山雪

漓江雨过

庐山别墅系列之一

早春图

看山还是故乡山

井冈晨曦

萧寺松荫

井冈烟云

井冈山十里画廊

天山牧歌

台湾太鲁阁即景

三清暮烟

暮春图

黄洋界

德天瀑布

齐云山居图

巍巍狼牙山

井冈朝晖

长征第一山
——瑞金云石山

庐山三叠

咆哮的黄河

阿斯潘多斯古罗马剧场

空山秋翠图

泉飞一道带
峰出半天云

昌江之畔

常熟方塔

峨眉双清

黄龙晴雪

孔庙大成殿

绿荫下的美庐

明陵秋色

身到蓬莱即是仙

十渡古栈道

水乡周庄

司马台长城

松赞林寺

苏州网师园

太原晋祠

西子湖畔

星子观音桥

兴坪清韵

宜昌三游洞

速 写

海港写生

龙胜平安村写生

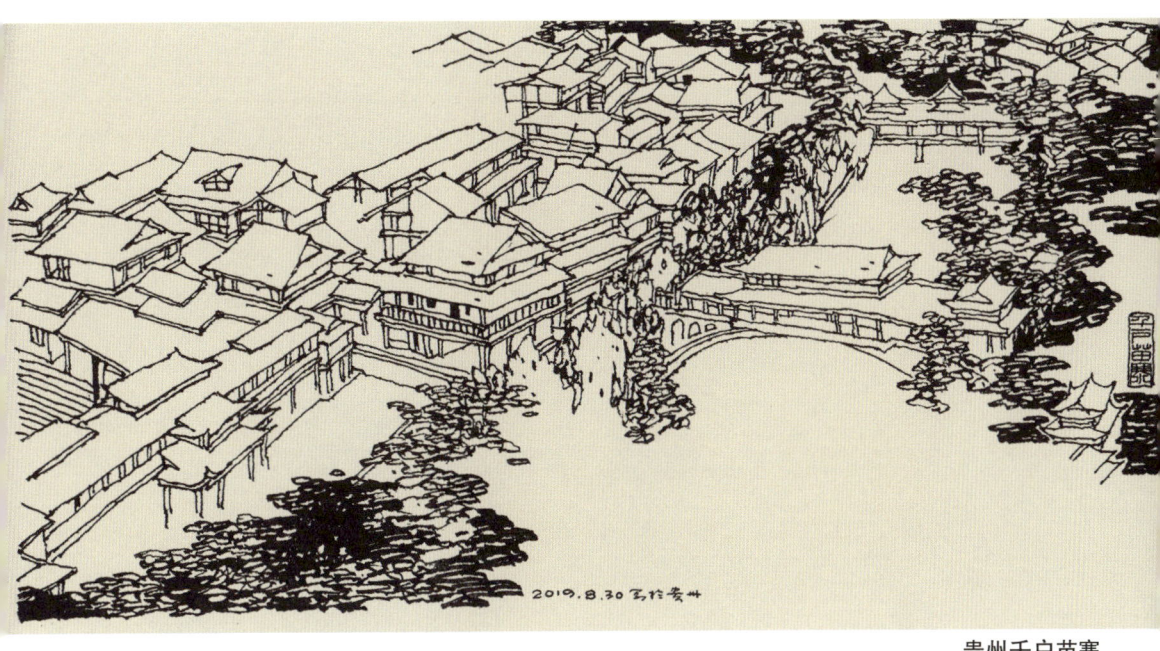

贵州千户苗寨

桔乡南丰潭湖

平安村写生

梵净山红云金顶

2019.8.28 写于梵净山

喀什古城写生

庐山别墅一角

庐山望江亭

曲阜孔庙奎文阁

孔庙大成门

孔林古柏

孔庙大成殿

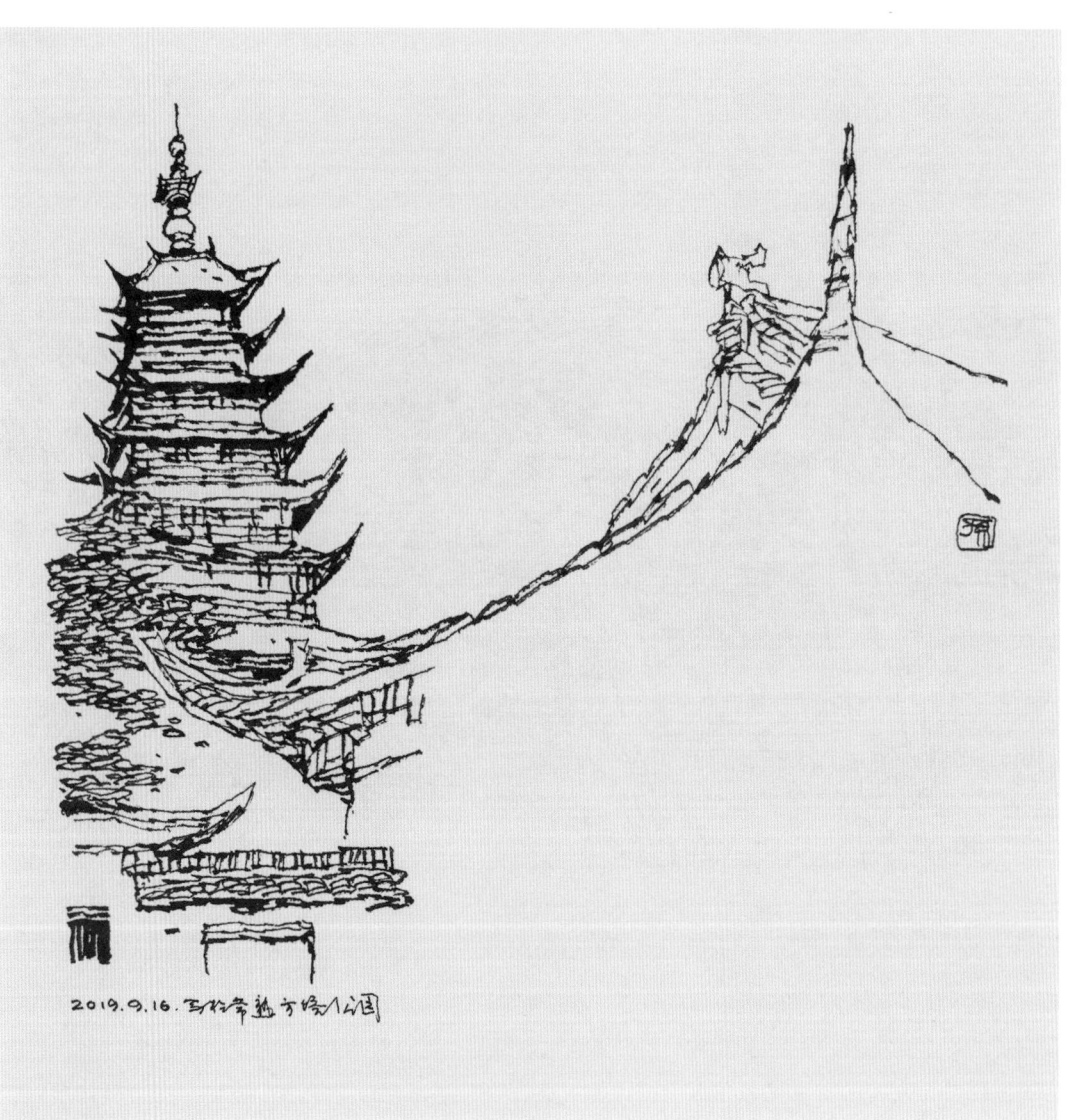

常熟方塔寺

石塘镇石房

青城后山写生

青岛老火车站

三蒜岛速写

三峡神女峰

韶关南华禅寺一角

山西后沟古戏台

苏州光福寺古柏

遂川桃源风雨桥

西递写生

新疆艾提尕尔清真寺

修水箔竹古村小景

雁荡山合掌峰

腾冲银杏村写生

停泊的渔船

雁荡山一角

瑶寨小景

揽云亭下小道

张家界写生

西安钟楼

勐龙笋塔

土耳其路边的小商店

重建中的滕王阁

附　　录

寂寞路上的不懈努力

刘文西

孙宪的速写集就要出版了,他想请我写几句话。

看到一个年轻作者经过自己的刻苦钻研、勤奋努力,已取得这一成绩,并开始为社会所承认,作为一个美术同仁,我向他表示祝贺。

来自生活,有独特个性的作品,严肃认真地创作,不会因为时间的久远而被人们所淡忘。相反地,她将久久地留在人们的记忆中,我们的优秀绘画作品应该是这样。十多年来,绘画的形式风格受西方现代艺术的影响,已从单一的写实模式发展成多种风格样式的局面。但是无论是写实的、抽象的,他们直接地或间接地都受着生活的影响和启迪,仅仅是用了不同的艺术语言,为的是同样一个目的及表达作者对于生活的真实感受。孙宪在时风不断变幻的情况下,明确自己的追求,坚定地走着自己的路,这是需要勇气的。

传统山水画已有千余年历史,其技法在传统中国画中,较人物、花鸟画更为丰富、完美,同时也就更难突破创新。孙宪灵活运用传统中国画的程式符号,钢笔的用线具有毛笔的韵味,充分运用干湿、疏密、黑白等对比关系,造型高度概括,取舍得当,将写实性和装饰性融为一体。在写生记录生活感受的同时,对自己画面构成的形式语言进行着不懈的探索。他的山水写生透出一股现代气息。

扎实深入地学习传统的画理、画法，又从中走出来，形成自己的风格，这需要付出相当艰辛的努力。

这是一条寂寞的路。

（刘文西　中国美术家协会副主席、西安美术学院院长。本文为江西美术出版社1992年版《孙宪速写选集》序）

恢弘壮丽写山河

——评孙宪先生山水画创作

叶 青

中国山水画成熟于宋元时期,并逐渐形成了南北两派。浑厚奇崛与平淡天真两种美学品格的对话构成了山水画的发展脉络。明清以降,推崇笔墨并标榜平淡的南派文人山水影响最大,成就也高。但对于山川自然的探究、写照,对于大千世界的潜心师法,始终是有成就的山水大家们的共同追求。明人董其昌说:"以境之奇怪论,则画不如山水;以笔墨之精妙论,则山水决不如画";清代笪重光《画筌》则说得更明白:"从来笔墨之探奇,必系山川之写照"。近代以来,中国山水画的发展有了更为开放的视野与路径。黄宾虹自述:"尝拟偕诸同志,遍历海岳奇险之区,携摄影器具,收其真相,远法古人,近师造化,图于楮素,足迹所经,渐有属毫,……笼天地于形内,融古今为一炉。"显然,黄宾虹所提出的"远法古人,近师造化"具有更为丰富的美学意蕴和实践取向。当代中国新山水画的探索,为我们提供了更值得总结的实践样板。新山水画将真山真水、个性化视觉感受与传统图式与笔墨相结合,坚守传统又融合中西,为时代呈现了新的技法、新的意境、新的气象。

孙宪先生就是一位在山水画时代创新中有着独到探索并形成了独特艺术风格的著名画家。孙宪早年师从著名国画家胡献雅教授,数十年来潜心山水画研究与创作,在取法古人、师法造化的基础上,致力于兼容南北、融通中西。他将北派山水的雄浑气势和南派山水的酣畅水墨熔为一炉,并吸收西画在透视、光影和色彩上的特点,无论是重峦叠嶂、山川风物,还是古朴村落、田园景观,都能得对象之形貌神采,达到浑然天成的艺术效果。

孙宪先生擅长写地貌特征鲜明的名山大川、风物景观。特别是他的全景式山水给我留下十分深刻的印象。其笔下的井冈山、庐山、黄山、三清山,以及壶口瀑布、雪域高原、浩瀚海天等壮阔景观,抓住自然造化之特点,以酣畅淋漓的笔墨、凝练简括的色彩画出咫尺千里、气象万千的雄浑与深邃。源自北派山水并融入自家心得的皴法,建构起富于个性的山水画形式语言,这种笔墨语言在描绘连绵跌宕的雄奇峰峦时有着很强的表现力;而他擅长的山水间奔涌弥漫的烟云,更凸显了自然山川的深邃博大。观其意境宏阔的山水描绘,即便尺幅并不很大,却都能给人痛快淋漓、满纸灵动的视觉效果。孙宪先生也擅长描绘田园风物、城乡面貌,这些传统山水中较少的景观描绘也给我耳目一新的感受,画家善于突出景观的整体氛围与特征,以融合中西的艺术语言写出对象的风貌。此时,富于质感的笔墨之中油然增添了些许自然、清新的韵致和舒朗的气息。

作为一位山水画家,孙宪在取法古人方面曾下过扎实的功夫。他认真继承前人在山水画领域的成就,特别是对于宋元山水名家的传世名作,进行了刻苦、严格的临摹。他放下自己熟悉的笔墨语言与造型偏好,在一种完全无我或忘我的状态中,沉浸到古人的笔墨体系、山水意境之中,潜心揣摩,其临摹真正做到了形神兼备、几可乱真。这种出入古人、虚心领会前人妙处的学习,使他能在传承之中真正做到取法乎上,从古代经典中获得对中华山水美学精神的领悟。

孙宪更为注重山水景观写生,其笔下精彩纷呈的山川风物,无一不是得自亲身的观察和体悟,故而不仅能得山水景观之形貌,更能得山水景观之精神。画家以敏锐的观察和独特的艺术语言,对自然对象进行精彩的表现。曾见孙宪先生纯以白描手法创作《凤凰古城》写生长卷,展现了画家强大的笔墨和造型功力,如此长卷,从容不迫、跌宕起伏,体现了画家对全局的把握能力和强大消化能力。

山水画要有时代性,要在继承中有创新、有发展,但如何创新、怎样发展,则体现出不同画家的思想方法、美学高度和艺术能力。孙宪遍走各地、潜心写生,绝不仅仅是为了给山水景物留影,而是要在与自然的对话中寻找艺术创新的契机,要突破传统山水的题材、意境,探寻对不同自然风貌的表现能力,要在传统笔墨的基础上找到更为有效、更具优势的艺术语言。终于,孙宪先生的山水画以其宏大的意境、丰厚的美学内涵形成了自己的面貌。他的山水恢弘大气又纯粹而凝练,具有鲜明的时代气息,在北派山水的雄强之中,留有大片空白,或处理为云海蒸腾、元气淋漓,或衬托以明亮简括的色块,却没有生涩之感,在这样的巧妙的交融之中,呈现出自然、清新又壮阔、豪迈的意境之美。这样的山水当然已不能以传统文人山水画来框定,但其笔墨意境之中仍传递出中国山水美学的精神气质。

孙宪写生足迹遍及大江南北乃至世界各地,真正做到了一手伸向传统,一手伸向生活。在几十年的艺术实践中,他有30余件作品入选全国性展览,100余件作品发表于《人民日报》《光明日报》《美术观察》等报刊;多件作品被中南海、毛主席纪念堂、天安门等机构收藏。孙宪先生在山水艺术上的成功探索再一次印证了生活是艺术创作的源泉、创新是艺术的生命这一深刻的艺术规律。当代中国,江山壮丽,人民豪迈。希望有更多的当代美术家,为我们的时代创作出更多气势恢弘、意境壮阔的表现祖国壮美山河的艺术精品。

(叶青　江西省文联主席)

迁想妙得　自成丘壑

——读孙宪山水画法

黎明中

古人对绘画有"六法""八法""六要""六长"之论,何谓最难者？见解不一,有说气韵的,有说章法的,有说笔法的,有说墨法的,都有道理。同是嘉陵江山水,李思训数月画成,吴道子一日挥就,皇上都说"妙";忘机画人物,不假"九朽一罢",落笔便成,皆是例证。综而观之,其实绘画最难的是"个性",是"自成家法",是"使望者息心,览者动色"。能称之为名家者,必是摆脱旧习、超轶前人者。所以,古人常告诫画家切忌摹他人丘壑,李北海常说"似我者病",荆(浩)、关(仝)、董(源)、巨(然)、范(宽)等无不用心挣脱成法,寻求变法。无法之法乃为至法。"无法"即是学习古法,不守成法,敢变他法,创造己法。真正创造了自己的成功之法,才叫"至法"。刻舟求剑,胶柱鼓瑟,摹仿他人,没有出路,是为大忌。

著名山水画家孙宪先生,正是在破这个难题上凸显了不凡的功力。他在景德镇陶瓷学院学习时,师从大家胡献雅。毕业后,谨记恩师教诲,立志求法,苦心孤诣,独辟蹊径,笔耕不辍,矻矻求索,终成一法,进入"信笔为体,泼墨成形"的至法境界,被众多名家誉为"孙宪画法"。

山水画讲求气韵生动,当以气韵为上。初览孙宪之画,不能不被那险峰奇壑所震撼,被那风起云涌所激荡,被那幽涧秀谷所吸引,被那无尽意境生发出想象的涟漪。远视,只见云蒸霞蔚,山势如虹,浩浩汤汤,气象万千。近观,则逸笔草草,纤毫生辉,境显意深,神韵毕透。南宗的淳秀,北宗的雄绝,山水的"五美",尽收囊中。他用高度凝练的艺术语言写出了形神兼备的丰富意境。看孙宪的画,真似"满壁江山作卧游",流连忘返赏不够。

气韵由笔墨而生,笔墨是"六要"中的二要。再看孙宪之笔墨,不能不佩服他的"解牛"之技、"斫鼻"之功、玄机之妙。他神淡气定之后,浸毫舔墨,迅即以笔墨运气力,以气力驱笔墨,以笔墨生精致,笔至形奇,墨破出韵,云霭随笔墨顿生,山川由笔墨峥嵘,洋洋洒洒,风神标举,挥斥方遒,恰似神明降之。在他的笔墨之下,四尺山水弹指即就,丈匹巨幅亦不过天把工夫,见者无不称奇叫绝,有人笑赞:"真如道子再世。"他的笔法独具匠心,下笔沉着果断,运笔风雨疾速,大开大合,大起大落,鬼使神差;时上时下,忽左忽右,婉转翻飞,八面玲珑;中侧散聚,偏正曲直,任笔蹉跎,四面生风;皴擦晕染,丝丝入扣,融汇天然;勾斫丝点,气脉不断,契合无痕。他手中的长锋粗毫,时而雷霆霹雳,恣肆雄狂;时而骏马奔突,劲力疾追;时而蜻蜓点水,细腻曼舞。其神来之笔,寓刚健于婀娜,行道劲于婉媚,往往会将人撩拨得心潮澎湃,激情奔涌。笔无定法,自出手眼。孙氏之精熟笔法,不见于古笔,难觅于今人,更无西洋焦点。他的墨法别开生面,善用活墨,深悟墨道,飞墨之法烂熟于胸。作画时盘中仅有墨汁少许,笔储清水也是点点如金。可一气落墨,则水墨魔幻般相解相溶,浓淡随笔使之,湿干随势取象,有无之间,山出嵯峨,霞飞云涌,黑白灰紫,蔼然气韵。泼墨、破墨、积墨、晕墨、焦墨、干墨、浓墨、淡墨,任由为之,皆融之有味。体现在画面上,则是浓不痴钝,淡不模糊,湿不混浊,枯不涩滞,干非无墨,湿不多水,水墨相生,六彩神具。此种效果在孙宪看来很简单,即多墨浓墨轻下笔,少墨淡墨下重笔。事实上当然没有这么轻巧简单。

绘画强调意在笔先,尤重"经营位置"。再看孙宪之构图,不能不惊异他的胆量、才识和所独创的技法画理。他的山水,胸次勃发,不事经

笔墨纵横 自成丘壑

营,既无草稿,亦无腹稿。遥天云涌,层峦叠嶂,山映朝晖,泉瀑飞泻,苍林森渺,楼宇隐约,景致千里,图藏万象,皆为笔随意发,随机应变,灵感妙裁。然而,却是笔笔殊状,自尔成局,矩矱法度,自在画中。他的"千峰直作乱麻皴",山骨嶙峋似峻石屈铁,石之三面如玉圩缶罅,千山万岩,远岭丘壑,空灵韶秀,一气贯通,处处醒透,绝无矫揉造作之笔,尽显欹侧、峻爽、苍润、劲逸、冲和、幽远之韵,亦是"自成家法"。他虽然笔墨恣肆,敢破旧规,但所依循的仍然是"意在笔先"。只不过他的"意",是意奇、意高、意远、意深。他的"先",不是临文思构、阵前布兵之"先",而是磨砺千万、胸有雄兵、年久积深、"熟外之熟"的"先"。所以,他的构图,无论大小繁简、巨卷短幅,皆能即兴挥毫,不假思索,巧构无邪,反掌之间,落笔即就。起承转合,雄险奇绝,情感意韵,挥洒自如,巧夺化权,浑然天成。真可谓"天资神用"也!

自董源始,中国画讲求神会神胜。孙宪以笔运心,以心生意,以意成形,以形传神,在"自由王国"中当以神会,其画的神胜处也就不言而喻了。

画无定法,物有常理。画之常理乃为哲理,哲理于画内画外无处不在。阴阳、虚实、浓淡、疏密、静动、繁简、疾徐、开合、收放、欹正……皆是绘画必须正确处理的一对对矛盾;理论与实践、绘画与修为、画品与人品,成功与失败……皆是画家应该妥为解决的一个个问题。从孙宪的笔法构图中已可看出,他是处理画内矛盾的高手。例如,他善抓要领,总是从大处着眼,多突出重大题材,主体意识强烈,主题异常鲜明;构图注重宏观气势、走势,强调一气呵成,画面气象宏阔、格局博大。他看重传统技法,认为这个根万不可丢,但又绝不能拘泥成法,抱残守缺。"自然万物千变万化,绘画岂有不变之理?今天的社会生活需要新的山水,今人的视野应当超越古人,画家必须'笔墨当随时代',不能沉溺于披麻、折带、斧劈,而应画出新的山石结构、山水雄姿。"他如是说。在处理理论与实践、得与失方面,孙宪注重奥理冥造,修为心构。他广览中国画史、山水理论、名家传记，融会于胸，故绘画尽得"神助"。他拟迹巢、由，以天地造化为师，足迹遍布大江南北的名山大川、古镇村寨、园林亭榭、仙峰野壑，在其间恣情纵意，吞吐云烟，倾听林涛，拥抱自然，模之记之，凝神漠漠，嗒然遗身。无数融山水之精灵、蕴造化之机缄的写生之作，正是他成名山水的强大基石。

画如人，人如画。孙宪痴情山水，性情磊落，心无旁骛，胸无尘浊，得失于他，无所谓之。他常讲："画家与其说是练画绘画，不如说是炼心画心。"长期以来，他的一心一意，只是教学生做人绘画，只是画自己想画的山水、做自己想做的人，其余皆在身外。试举一例。由于他颇佳的德才，四十岁左右即为大学系主任、教授、享受政府津贴的专家、党派后备干部，而今已近"耳顺"，职务职称依然如故。有人抱不平，他只是笑笑而已："我还是我。"是的，自立志于山水后，无论是教学、写生、创作、读书，他所思考、想象、探索的只是如何将自己的心与情移入笔墨对象，与山水情投意合、相通相融，且尽力造化于手笔、研之于精妙，使技法画理具有独创性、典型性，从而闯出一条中国山水画的新路。这才是他的梦想、他的唯一。为此，他数十年来，夙兴夜寐，殚精竭虑，苦其心力，矢志不移，不屈不挠，穷追不舍。今天，他终于迁想妙得，自成丘壑，其画果然超凡化境，出人意表。尚假之以时日，其"新路"之梦必然成真。谓予不信，毛主席纪念堂、天安门、中南海和江西省委省政府等许多重要场所收藏悬挂的他的巨幅山水以及入展、获奖于国内外重要展事的精品力作，即可为证。

（黎明中　江西省书法家协会名誉主席、江西省政协文史委员会主任。本文刊登于2014年7月《环球人物》文化特刊，2014年11月20日《文化参考报》，2016年1月29日《人民日报》海外版）

品读孙宪山水画作品随感

——"既打进去,又跳出来"的艺术佳作

钱海源

我应邀前往南昌参加《责任与使命——江西美术发展方略座谈会》,这不但使我有机会与老朋友、原江西省美协主席、著名画家蔡超,原江西省政协常务副主席、江西省美协名誉主席、著名山水画家王林森,现江西省美协主席兼江西省画院院长、著名画家杨金星,副主席兼秘书长、著名画家兼美术评论家李晖,老校友、著名油画家陈松茂,著名中国画家熊德琪和著名版画家江克安等再次相聚,而且,我结识了江西省美术界一些新朋友——江西省美协副主席、著名山水画家孙宪先生,就是其中的一位。

我记得在蔡超、王林森和李晖先生向我介绍孙宪时,都众口一词这样说:孙宪主席是我省一位著名山水画家,很有文化素养,在山水画艺术创作方面不断有佳作巨构问世,而且,为人朴实、正直,非常低调。

在我与孙宪握手寒暄后,孙宪送给我一本《孙宪画集》。按照我通常品读画册的习惯,先细读画册首页的《画家艺术简历》,然后再去认真欣赏画册中的作品。因为,这样做的好处是,从品读画家的艺术简历中,就可以大致了解画家的人生和艺术历程,初步认识画家的为人品性、思想风貌、文化素养和艺术成就的高低。

孙宪的艺术简历,文字和我亲见的人一样,朴实、平和。简历称,孙宪多年来致力于山水创作和速写的研究,作品极重气韵,将北派的气势

雄浑和南派的水墨淋漓融为一体,形成了自己鲜明的个人风格,在艺术上得到张仃、黄胄、黄永玉和刘文西等大家的肯定。作品入选全国性展览30余件,其中《白云深处》入选第二届全国中国画展,《黄洋界》入选文化部主办的全国画院优秀作品展,《三清云蔚》入选第十一届全国美展,《江南小景》由文化部选入《中国艺术展》至国外巡展,还有多件作品被中南海、毛主席纪念堂和天安门收藏,被《人民日报》《光明日报》《美术观察》《美术报》《美术大观》和《中国书画报》等刊载。国家邮政局2008年全国发行"孙宪山水画"邮资贺年卡一套共6枚。专题片《孙宪和他的山水画》在江西卫视播出。我觉得简历写得实实在在、真切自然,没有水分,令人信服。

  我不太懂山水画,但我爱看和喜欢欣赏山水画。因此,对中国山水画的变革和发展命运,对这些年来业内论山水画创作的问题,我也是非常关注的。我觉得,谈到当代中国山水画创作,可用"喜忧参半"四个字来概括。所谓"喜"者,是应当承认,当今中国山水画创作,出现了自中华人民共和国成立半个多世纪以来,前所未有的自由宽松的创作环境。老一辈山水画家青春不老,年轻一代山水画家充满了艺术创作的朝气和活力,并不断产生了一些给观众留下美好印象的优秀作品。所谓"忧"者,是当代中国山水画界,出现了类似书法界"流行书法"那样的"流行山水画",如流行的复"四王"之古的山水画风,"克隆黄宾虹"的"黄氏山水画风"。一些标榜"创新"的山水画作品,笔墨运用没有艺术功力,画面干瘪没有生活实感,没有思想情怀,没有艺术美感,没有文化品位。品读那些山水画作品,令人感到倒胃口!一些山水画家对待传统,是否下了真功夫和苦功夫去学习?很值得令人怀疑。如果做不到李可染先生所提倡的"以最大的功力打进去",当然也就不可能做到"以最大的勇气打出来"。有许多事实表明,要在艺术实践中真正认真做到李可染先生主张的学习传统既能打进去,又能打出来,并非一件轻而易举之事。现如今一些山水画家变"师法自然",为"师法前人",把当今在市场卖价好的山水画家的作品,作为模仿与抄袭的范本。还有,这些年来,也许是由于中国画"以尺论价"之故吧,无论是花鸟、人物或山水画,不管题材是否需要,都越画越大,可是,却大而无当,大而空泛。

在当代中国美术界弥漫着浮躁之风的背景下,我在南昌有机会品读到了颇有艺术新面貌的孙宪的一批山水画新作,感到非常高兴。我觉得,孙宪认真做到了李可染先生所提倡的"以最大的功力打进去",他在"师古人",学习宋元乃至明清山水画传统方面,是下了真功夫的。我认为,在孙宪的山水画佳作中,在运用笔墨技巧描绘山石、林木和点景的亭台楼阁中,让人从笔墨上去看很见传统功力,这与他早年在景德镇陶瓷学院读书时,就在名师胡献雅教授的指教下,认真研习宋元明山水画传统是很有关系的。更为难能可贵的是,我们从孙宪的山水画佳作中,又能看到他努力做到了李可染先生主张的"以最大的勇气跳出来"。

能否做到以最大的勇气从传统中跳出来,我认为,这对于中国画家来说是至关重要的。因为这些年来,不少山水画家,从笔墨中确实可以看到有传统的功力,但遗憾的是画面给人留下的印象,似乎只是对古代山水画的仿制和临摹,是像模像样的"古画",而缺乏生活的现实感,缺乏艺术创新的新意,与今天的现实生活,和充满生机和活力的自然山川,毫无内在的精神联系。这可以说是当代某些"流行山水画"所共有的文化内涵干瘪、艺术品位平庸的通病。

在现如今社会上弥漫着人心浮躁,画家们急于用快捷的方式,快速出名和快速发财的时风下,要花费时间,耐得住寂寞,坚持用多年时间坐冷板凳,"读万卷书",认真学传统临摹古画,打进去,不易做到;而舍得花真功夫,"师法自然",不畏艰苦"行万里路",深入生活,跳出来,就更加困难。不少画家进行的所谓"艺术创作劳动",是从中国古人,从西方现代派或当代艺术家们的作品中去"取其精华"。不少宣称"山水画的精品",从作品的图式语言到笔墨色彩都是模仿、照搬别人的东西,哪里还会愿意远离大城市的安乐舒适的生活,到地处偏远的大自然中去深入生活呢,哪里还会从感悟自然中去获取灵感进行艺术创作啊!

孙宪从学生时代开始,就努力养成"师法古人"刻苦学习传统,"师法自然"不断深入生活的扎实的"两手都要硬"的真功夫。

孙宪经常深入名山大川、乡村古镇去写生作画,他的足迹遍留西北高原、南方水乡,在四川的青城山,湘西的凤凰古城,苏州园林,云南边陲和三峡,乃至台湾地区,处处都留下了孙宪的身影。

在南昌参加学术活动期间,孙宪盛情邀请我到他家里去观赏他的画作。我不但看到了在山水画创作方面勤奋耕耘的孙宪,一批以井冈山、庐山和三清山等江西名山为题材的优秀山水画新作,而且还欣赏了他从20世纪70年代初以来所保存的一本又一本速写。在一幅幅生动的速写中,浸润了孙宪的心血和汗水,闪烁着其艺术灵感的光彩。其中许多精彩的速写构图完整,艺术韵味十足,只要从艺术上稍加调整或润色,就可独立而成为一幅幅优秀的山水画作品。

孙宪对我说,恩师胡献雅教授曾告诫他,在学习传统时要注重生活体验,画画要做到有自己的视觉、自己的感受和自己的语言。为此,胡老在80多岁后还多次带他到南山、庐山、石钟山和杭州去写生,恩师的谆谆教诲令他至今难忘。孙宪深情地说:"现在回头来看这些速写,既是一种历史的回忆和精神上的享受,也由此更加缅怀恩师胡老。"

孙宪是安徽泾县人,对名扬天下的黄山情有独钟。从1977年考入景德镇陶瓷学院美术系至今,孙宪先后七次上黄山写生,为了在黄山上多画些速写,经常是饮山泉水,啃方便面,苦而觉其甘。在看孙宪的曲阜速写时,他告诉我,他很喜欢山东曲阜古城的文化气息,曾三次到曲阜写生,对当地的古建筑、古柏尤其喜爱。他回忆第二次去山东曲阜,时值1984年8月酷暑,为画古柏在孔林一待十多小时,因周边无食摊,一天滴水粒米未进也不觉渴和饿。2000年11月,他第三次到孔府、孔庙、孔林等地写生时,当地已下过雪了,但仍是早出晚归十几天。中午大都是喝凉水,吃干粮,画到天黑时才罢笔,可谓是个献身于艺术的拼命三郎。

孙宪坚持"师法自然",坚持深入生活的精神,很值得当代许多中青年画家学习。

在孙宪家里欣赏孙宪的画作,感受到孙宪执着勤勉的艺术劳动态度和精神。我认为,这种态度和精神,不但是我辈一生所认真坚持实践的,而且也是值得在当代中国美术界提倡的。

就美术界这些年来的风气,我觉得评论文章很难写,一些画家只能讲他的好话,不能谈他在艺术上的缺点和不足,否则似乎就会影响他的画在艺术市场上的价格。因而有的画家,将评论家写的文章中提到他在艺术上的缺点和不足,删改成对他的肉麻吹捧,使评论家哭笑不得和蒙羞。也由于这样,一些聪明的评论家为画家写文章,专讲好话,不谈缺点和问题。读那种文章,让人看不到该画家在艺术上到底有什么长处和缺点,使评论家的文章变成套在哪个画家的名下都可以,使评论家的文章变成了在全国通用的"全国粮票"。我对孙宪说,我写你的文章可不能这么写。

我在此文的前面说了,我不太懂得山水画,我只是个山水画的欣赏者和爱好者,为了能写好孙宪这篇文章,我拿着《孙宪画集》和孙宪复印给我的,他在2000的年11月在山东曲阜画的速写,去拜访同住在小洲艺术村的我的老同学,20世纪60年代中期毕业于广州美术学院国画系山水科,师从著名岭南画派大师关山月和黎雄才的著名山水画家熊启雄。熊兄在仔细欣赏了孙宪的山水画集和复印的山东曲阜速写后,高度评价孙宪的山水画说:"孙宪的山水画既有传统的笔墨功力,又有鲜活与灵动的现实生活和时代气息。这是由于孙宪既在学习传统上下了真功夫,又在艰苦深入生活方面打下了扎实的基础"。熊启雄又说:

"中国古代山水画很少画云,孙宪在画云方面有自己的创造和创新,十分难能可贵,孙宪的画有'新黄山画派'的精神和内涵,非常不错。"我告诉他孙宪七上黄山写生的情形,熊启雄连连说:"了不起,不简单!现在很少人能像孙宪这样去做深入生活画速写的功夫了。"

当然,熊启雄也对孙宪的山水画作品坦诚提了一些意见,"山水画像孙先生这样画得灵动鲜活很好,但如能注意加重山势的分量感和厚重感,可能会更好一些;另外,孙先生的云画得有流动感,非常漂亮,让山和山林都动起来了,很鲜活。但如果能更注意整体感,避免云的琐碎感,气势会更大,画面的效果可能会更好一些。"我相信,谦虚低调的孙宪,会认真听取我这位与他是同行的老先生的意见的。

我更相信孙宪的山水画会越画越好,在艺术上会前途无量。齐白石和黄宾虹先生,都是在六七十岁以后,在艺术上成就为中国画大家的。以孙宪的思想和文化素养,以孙宪业已在山水画创作方面取得的成就,我们完全可以相信,孙宪在60岁以后,必将在山水画艺术创作上取得更大的成就!

(钱海源 中国美术家协会理论委员会委员,广东省美术家协会会员,原湖南省美术家协会副主席,国家一级美术师。本文刊登于2013年第12期《艺术中国》,2013年12月26日《文化参考报》,《当代企业家》总第118期)

从容地走自己的路
——看孙宪的钢笔速写

李素馨

孙宪,1954年生,从小喜欢绘画,1969年初中毕业后上山下乡,仍坚持练习绘画,所以在1977年恢复高考之后,进入景德镇陶瓷学院美术系,毕业后留校任教中国画山水画,现为江西省教育学院美术系教授。

孙宪的艺术实践异常勤奋,除了完成学业练习和教学之外,经常带着速写本,走出学院深入生活,游览名山大川。他走了安徽、内蒙古、云南、宁夏、山东、四川等十多个省份的名山胜景。在考察祖国风光人情、古建筑过程中看到了华夏传统文化的绚丽雄伟,并从历代文明创造的奇迹中受到鼓舞,作画更加勤奋。为了多画速写,经常是走路啃饼干,喝山泉,冬天手冻僵了搓一搓仍然坚持画完。在跋山涉水写生的旅途中,曾遇到多位著名画家,并向他们求教。特别使他难忘的是在黄山有幸结识了著名国画家黄胄先生,黄胄非常赏识,说他画的速写很认真,画出了自己的风格,并留孙宪随他一道游黄山胜景作画。经过短暂的请教和学习,孙宪对速写有了新的认识,由过去作画时被对象牵着走的境地解放出来,更注重自己的感受,使自己的速写有了新的活力。可见,绘画不仅是艺术家外在的技巧和操作性的目标,而更是占有了独特的内心蕴涵的视觉形式,所以,它是无止境的。

孙宪专攻国画,钢笔速写尤下功夫。他的钢笔画探索之点伸向物象的结构,描写的对象多是异山怪石,建筑、石塔和寺庙。他画这些物像,与其说是为了客观的塑形和视觉的效果,还不如说是为主观的表情和触觉的效果,所以能给人以一种不同于传统的山水画的感受。他画的速写线的节奏总是具有流动的和连续的,画面不罗列繁琐的事物,饱满而不凌乱,单纯而有层次,疏密有序,线条的盘旋、曲折、顿挫、聚散等的运用都似乎紧扣着画家的具体心律,可见,孙宪在生活中写生时并未机械地记录真山实景的原始面目,而是根据自己对景物的观察和理解,在速写时取之重点,处理结构,运用线型。画面的严谨、或奔放、或写意都能从中感受出发赋物象以灵性,给人们以美的感觉。

  孙宪很少言谈,艺术上进取心强,生活淡泊没有功名之虑。认真探求,博采众长,充实自己,从容地走自己的路,他定然在艺术的探求中取得更大的成就。

(李素馨　资深美术理论家,江西省美术家协会常务理事,《江西文艺》杂志美术编辑。本文原载于2006年版《江西美苑评述》江西省老年文艺家著作系列之十三)

大家孙宪

——我的国画老师

胡 辛

画家孙宪教授是大家,这位大家是我的国画启蒙老师。

孙宪先后执教于景德镇陶瓷学院美术系和江西教育学院美术系,是一个恪守传统师德的认真负责的师者;他又是闻名遐迩的中国山水画大家,一个"一意孤行"寻觅者,立足传统又突围传统之路的创新者。

我画国画起步于66周岁,孙宪老师比我的年纪小整整九岁。我的属相是鸡,他的属相是马。马忠勇奔放志在千里,鸡亦有五德"文武勇仁信",我们都是忠诚之人。

我拜他为师,他不仅仅是引导我画国画的老师,在人品、为人做事诸方面也是我的老师。而他亦喊我"老师",当然是因为我年纪"老",他敬老;我的职业又是老师;还有,是他生命深处对文学的仰视。

我以为我是他的学生中最老者,他却温和地摇摇头,说:胡老师,还有比你长几岁的,也是文采斐然。

我不便打听是谁,但从这句话中可知他对文学的敬重。

他曾理直气壮地说过:我以为书画家首先应该是个文人,胸无点墨,哪来腕下清风?

岁月流逝,不知不觉已是11个春秋,因为老师和我都属于被抽打的陀螺那般玩命忙碌的人,所以,见面相处的次数怕也就是22次。正因为清晰可数,所以印象也就分外刻骨铭心。

一、心有灵犀一点通

我们相识于2011年,农历辛卯。记得是在"五木画展"上,南昌大学影视艺术研究中心广播电视艺术学的师生应邀出席开幕式,并为这次画展做一个电视专题片《五木成森林 真情溢丹青》。

画展很热闹,人来人往,川流不息。握手寒暄,三五合影,喧闹中却有一个中等身材的男子分外沉静,或凝眸画作,或伫立静思,偶尔温和地与人点头招呼。他很朴实,极平常的发型,极朴素的穿着,但那安详淡定中却溢出一种吸引力,我不由得多看了他几眼。他随即友好地笑笑:胡老师吧。我吃了一惊,忙笑问:您?他回答:我,孙宪。

啊,大名鼎鼎,如雷贯耳。

并非溢美之词。因为大画家孙宪的巨幅大画是江西画界一绝。政府部门的大礼堂、大厦宾馆的前堂都能见到他的气势宏伟吞云吐雾独具一格的山水巨画。江西政协主席会议室就有一幅。先见其画,再见其人。而且,此前在采访王主席时,他笑呵呵地提到孙宪,并说他有时作画到夜半,有细节拧住了时,会不管不顾地挂电话给孙宪,孙宪则会兴致勃勃与他探究不停。不过,没想到的是将名字与本人对上号时,他是如此年轻,纯真平常。

于是,我们将镜头对准他,采访他对王主席个展的印象和影响。

第二个没想到的是,看似不言不语的他,口才却好生了得。说话平静从容,逻辑性强,纲举目张。原来他15岁半就留校南昌一中当老师,恢复高考后考上景德镇陶瓷学院,尚未毕业就提前分配留校当了大先生胡献雅的助教,眼下是江西教育学院美术系教授、系主任。难怪。

容不得我们详谈,会务组的人就在召唤我们,摄制组必须紧跟现场。

就这样匆匆两别。

过了些时日,我路过江西省政协大院。有一友人的孩子想学画,问我要买些什么绘画"东东",我哪里弄得清楚?此时忽想到政协教科文卫体委办公室主任招则庆,小招是书法家,我当了两届政协委员,跟他熟,于是就弯进了大院。他也恰好在办公室,我开门见山,说明来意。他一笑:来得早不如来得巧,大画家在此。于是把我带到伏案绘画的男子跟前。那人直起腰——孙宪!这是我们第二次见面。

他放下画笔,立即给我开出少年学画要购置的必需品。写完后,热情的招主任已沏好绿茶,请我们坐下聊聊。

这一聊,我就成了他的登堂入室弟子!

我说,从小就崇拜会画画的人,但我没这天分,小学中学的美术课就是4分,不上不下。但我父亲有很多画家朋友,像名家陶博吾、胡献雅、傅抱石、彭友善、梁邦楚、杨石朗、龚槐陂等;我也与当今画家蔡超、马宏道、方学晓、倪芳华等有过交往,撰写过《彭友善传》,小说《蔷薇雨》《这里有泉水》等中都有画家的形象。听我这么一说,他立马在一张小宣纸上画了只麻雀,让我临摹!这可愁煞我了,我从未在宣纸上作过画呢,但又止不住跃跃欲试。接过他们递上的毛笔,我右手都颤抖不已,战战兢兢画毕,孙宪开心地笑了:糟糕,这只家雀头太大了。我也爽朗大笑,因为觉得握笔时的感觉,蛮刺激的。孙宪又鼓励我:再画一遍。待我画好,他频频点头:不错,蛮像样。哎呀,那一瞬间,仿佛回到了幼儿园、小学的日子,有老师的表扬,开心! 我说:拜孙宪老师为师哈。他也很开心,再画了一幅兰花,说:拜我为师,你就得完成"家庭作业"。而且,弟子尚未赠礼,老师却赠了我一幅水墨淋漓的斗方山水《三清神韵》,山峰陡峭巍然,白云空灵缭绕,笔墨纵横,天机神变。

这"家庭作业"却迟迟交不出来,忙固然是忙,主要是我临摹不来!一笔长,二笔短,三笔破凤眼。我第一笔就僵住了,老师的墨由浓至淡,而我呢,那由浓至淡的节点就是不到位。后来,我们见面时,我说出了困惑,老师听后哈哈大笑:就是我自己再画一幅,由浓至淡也不可能在一个位置呀,又不是机器印刷! 当然,一世兰,半世竹。这得练基本功。画国画,笔要放松,墨须自然、自由自在最佳……蠢蠢的我这才明白学画不是刻意地模仿。

到了老年学国画,不图名利,只图放轻松、淡淡然,随心所欲,天马行空,但不丢"认真"和"虔诚"。

我们见面,很少坐而论道,多是他伏案作画,或坐地挥毫于铺地的大宣纸。我则或站或蹲在一旁看老师作画,一边随意聊天。老师有这种本事,因熟记如流,可一脑两用,画画评谈两不误。但到关键时刻,是满屋寂然,只有笔落宣纸的飒飒声,弦绷得紧紧的。

渐渐地,从画里到画外,从物象到人生。觉得我们还真是有缘。

我们都是安徽人,根在皖南。老师的老家在汪伦的故乡泾县,李白留下千古名诗:"桃花潭水深千尺,不及汪伦送我情"。我的老家太平县,当代作家魏巍有诗:"依偎黄山下,却似漓江水。山清水更绿,悠悠魂梦美。"老乡见老乡,两眼泪汪汪。

孙宪老师入学景德镇陶瓷学院时,第一次新生画展就被大先生胡献雅教授一眼看中。胡老对孙宪,慧眼识俊才。但胡老不仅是看中这小孩的才,更欣赏这小孩为人的忠诚!后学校将小孙提前一年毕业,留校当胡老的助手,走哪跟哪,不是父子,胜似父子。胡老是南昌人,1925年毕业于上海美专,是全国美术协会成立的发起人之一。胡老的国画技艺高超,曾被誉为当代八大山人。胡老热爱家乡,1943年在泰和创办了江西历史上第一所美术专门学校——立风艺专,任校长和教授,同时,受聘为国立中正大学名誉教授。此时,我的父亲从福建音专毕业,也被蔡校长留校,但父亲已成家,不久回赣,任职中正大学,从助教做起;然,胡老却爱才惜才,起用青年,年轻人竟被聘为立风艺专的音乐教授。我父亲也很争气,中国第一部音乐小词典就是父亲译著的,还传播到革命圣地延安。1985年我出差到景德镇,父亲让我去看望胡老,其时,同窗李菊生已在胡老门下任教,李君的画作《润物细无声》《丹青不知老将至》画艺精湛,又蕴含深刻的立意和文学底蕴,让专业者对他这非专业者不得不刮目相看!是菊生兄领着我进门的,师母热情极了,回过头对屋里的胡老喊道:"江非、江非的女儿来看我们啦!"江非是我父亲的名字。从我父亲到菊生到孙宪,胡老器重了一代一代又一代人才!这就是教育家的情怀和胸襟。

李君菊生,虽与我是江西师院中文系上下届同窗,但机缘使我们有段时间同在白马山农场的食堂里干活,他的善良智慧和沉稳细心还是很感人的。拙作《四个四十岁的女人》荣获1983年国家级文学奖时,李菊生不忘校友情,曾骄傲地告知同事们:胡辛是我的老同学!这也是孙宪之所以早早知道我的缘由,当然,更重要的是孙宪自身对文学的爱好和追求使然。

这部小说中四个女人中的两个的原型来自景德镇山村!我从1968年至1976年在景德镇待了8年,后调到乐平5年,总共13年,一个女人的花样年华就留在了这方水土。孙宪呢,从1977年恢复高考到景德镇陶瓷学院至毕业留校,直至1987年12月才调回南昌,他也在景德镇待了整整十年!师生俩轮流着见证了景德镇天翻地覆慨而慷的二十年!仿佛在历史的节点交接着接力棒似的。

如此看来,我和老师孙宪就有好几层的缘分了。

且慢,还有。我们的小学都先后在干家巷小学和三眼井小学读过!我的中学时代六年是在南昌一中度过的。孙宪呢,他在非常岁月上的中学也是南昌一中,只是在系马桩的老校没待多久,就跟随学校下迁到莲塘,不到半年又迁往梁家渡。中学毕业时,大家都分配到生产建设兵团,他却被留校当老师,一直到恢复高考,上了景德镇陶瓷学院。

我们可以称为南昌一中的老校友。

兜兜转转,在我66岁时,成了57岁的孙宪小弟的老弟子。而且,在他的辛勤教诲和鞭策下,三年后,我出版了画册《点墨染青——胡辛学画习瓷集》,孙宪老师为我作序;同时,在景德镇和南昌分别召开了"胡辛执教47周年/从文习艺37周年回顾展",回顾展上师生合绘了一幅8尺宣纸的大山水画,学生画山水,老师绘云。参观者没有不说这幅大山水是整个展览中最好的一幅的。

在并不密集的交谈中,我得知孙宪的父系和母系都是书香世家。孙宪的祖父字画皆佳,孙宪父亲孙懋钧亦如是,新中国成立前在银行工作。1949年5月参加革命,后在政府工作。母亲李家珊则出自江西临川书香之家,外公曾任江西《民国日报》的记者。母亲就读于女子师范学校,颇晓琴棋书画。父母对子女的读书练字管教坚持不懈。我们家呢,也是书香门第。曾祖父是清末光绪年间翰林,祖父时家道已中落,来到南昌裕民银行谋生。父亲三岁时丧母,七岁时丧父,高中毕业后仍进到裕民银行做事,但父亲酷爱音乐,读中学时就进到江西省音乐教育委员会师从赵年魁先生,同学小提琴的还有盛雪(文龙)。我母亲毕业于南昌女中,亦是大家闺秀。非常岁月,两家都有相似的苦难……所以,我们有很多共同的话题,时不时心有灵犀一点通。同声相应,同气相求。

世界很大,世界却又很小。大大寰球,悠悠岁月,茫茫人海,你追我赶,多少人擦肩而过,你却连望他一眼的时间都没有!多少人看似偶然交集,却因彼此的珍惜,成为肝胆相照的知己!人生是缘。信然。

二、山云送我丹青幅

起初,孙宪老师的意愿是要我画花鸟,可能一眼就看出我爽朗豪放有余,温婉细腻不足,缺什么补什么。但是,性格使然,我喜爱追从的仍是老师的大山水。

老师的山水是大主题、大构架、大气魄的大山水,是江西山水画走向全国的大山水。既是中国传统山水画技艺的传承,又有着突破传统的标新立异的创新。

观老师的山水画,无论是放眼整面墙的大画,抑或双手捧读的画册,那气势气魄气场逼人的强大,满纸烟云,浩浩荡荡,扑面而来。你感受到它的分量、重量和力量。

但是,你并无压抑感,仿佛你正在登山,满山云海如瀑,排山倒海般向你涌来,伴随山风呼啸长吟,而你,披襟当风,奋勇攀登从容前行。你领略的是气象万千、气韵生动,当风吹云雾,青峰偶露峥嵘,那又是一番景象,激荡祥和,幽情壮采。当红日喷薄升起,则阳刚壮丽。

笔墨纵横 自成丘壑

孙宪的山水与众不同,自成一派。其特质首先就是"云"。以山水间的云气见长。北国山水的苍茫浑厚豪放气魄,江南山水的婉约秀媚细腻清新,于水墨酣畅泼洒云层变幻莫测间相生相糅,天衣无缝地融汇一处!有人言,孙宪山水"是刚柔阴阳二元之美的纯粹组合"。云舒云卷,云瀑云起,浓浓淡淡,森森细细,云水氤氲,渲染渗透,云中山川更见浑厚苍润,草木尤显华滋润泽。孙宪个人独特的大山水中的"云",从某个视角来看,已从必然王国走向自由王国了。

他画云,你若静立一旁细端详,他似不费力气,信手拈来,纯熟简单,指挥若定;但你看千遍万遍,却很难学到手。他有他的章法,却又扑朔迷离。

我们是否可以这样说:孙宪的大山水,云为媒。这比喻不精准。但所有的比喻都是蹩脚的。知晓的是,照写实景易,而刻画情境难。貌山水形易,取山水质难。孙宪的大山水,画出了情境与质。

至今,让孙宪颇为得意的几幅山水巨画是:2003年为江西省人民政府大会议厅主席台创作的《井冈雄姿》,是他所作的第一幅大画;2005年他在北京主笔的大幅山水画《井冈崛起》,由江西省政府赠送给国家发改委;2006年,省委书记将孙宪创作的《井冈高路入云端》作为省礼赠送给来赣的十一世班禅额尔德尼;2007年孙宪为江西省政协创作巨幅山水国画《井冈朝晖》;2011年完成中共江西省委常委会议室巨幅山水国画《革命圣地井冈山》;2012年孙宪为毛主席纪念堂贵宾厅创作巨画《井冈朝晖》。此外,还有巨幅瓷板画《三清云蔚》……

孙宪有着永恒的浓郁的江西情结,因为生于斯长于斯。在他笔下,井冈山常写常新永无止境。

井冈山水云境中的"云",已深深烙刻上孙氏风格的云海,浩浩荡荡大气磅礴,云蒸霞蔚变幻无穷,仿佛挟持着悠悠岁月的风雨沧桑。一幅幅巨画将他对井冈山的满怀激情抒发得淋漓尽致,而不变的是他对革命圣地真挚深切之情怀。

问君为何能驾驭得如此娴熟自由?因为他对中国山水画的历史了

然于胸:"南北朝时期已独立成科,惜仅见于文字叙述,未见作品。所见到存世最早的山水画是隋展子虔的《游春图》,画面完整,比例得当,一派春光荡漾,较之过去的'人大于山、水不容泛'已是大进步了,但作为早期的山水画,山石无皴,树木栉比,技法上不够成熟。经唐、宋、元至今,山水画从青绿到水墨,从状物到写意,从有勾无皴到创造出多种皴法、多种设色法,多种风格,呈现出一片繁荣景象。"

他对中国山水画一脉的探究,"尚理、尚法、尚意、尚气"的区分,"南北宗"的划分,"骨法用笔、审美情趣与山水实体之形"的差异,皆觉得还应另辟蹊径,以为要对山水形貌特质的提炼深入探研。有学者指出:"孙宪山水画的独创处溯于唐宋画的理法精神而取意于元明画的写意精神,他的山水是来自真山真水特质的高度凝练,是究其理趣以寄其情趣的所在。"言之有理。

孙宪崇尚"外师造化,中得心源",这辈子践行"读万卷书,行万里路"。手不释卷、挑灯夜读是他静生活的常态,而每逢寒暑假,他必踏遍万水千山,寻访古村远寨去写生。所以,他又是一位致力于户外写生的山水国画大家。写生这一理念似来自西方,然而,孙宪以为唐宋绘画也非常注重写实。写生,不仅要对真山真水有精准的描摹,尤其要有对形貌的高度概括能力。

自1974年青年孙宪在梁家渡"跟踪"长春电影制片厂画家于军,见于军将周遭平淡无奇的山野田地老屋画于写生本上后,如醍醐灌顶,豁然开朗,凡俗生活,原来如此美妙!他如法炮制,买来同样的本本和笔,就此不离身边的包包,写生成了他的日常人生的元素。而利用节假日跑名山胜水古城,则成了他人生中的艰苦又华丽的篇章!七上黄山,山东曲阜、山西、陕西、新疆、内蒙古、广西、云南处处留迹。至于江西的山山水水,他几乎跑了个遍!那无尽的艺术灵韵纷纷诞生于没有止境的写生之中。恩师胡老告诫孙宪:要把生活里的活生生水淋淋的东西灵活地运用到中国画里面来,这样最终会形成你自己的独特的风格。

他牢记于心,并传授一届届弟子们。

大山水外,孙宪老师的花鸟亦很有情趣,他的线条功夫是顶尖的。他笔下的兰花、竹子、荷塘、水仙等,在清幽静雅中,透出勃发的生命力,阴柔之美掩饰不住阳刚之力,仿佛也打上了孙氏烙印。

看他的花鸟,总会想起鲁迅先生的诗句:"无情未必真豪杰,怜子如何不丈夫?"

至于人物画,孙宪于非常岁月在家等待升中学的日子里就能画得栩栩如生了。他幽默地说:我们的小学还有"七年级、八年级"!

三、一片冰心在玉壶

人生很短,就像一日之长,朝阳升起,眨眼就日落西山,一辈子匆匆画上了句号。人生又很长,四季风景悠悠而过,播下种子,等着出苗,等着成长,等着开花、结果,咋这么慢呢?但人生之路,最紧要的就几步,稍不留神,就走岔了道。紧要的几步中,若能得到贵人相助,那是"好风凭借力,送我上青云"。

在孙宪的人生之路上,最紧要的几步,总能遇到真正的大家大师,予以指点引导。

譬如长春的于军,他的写生"示范",让孙宪起步时瞄准的是月亮,即使跌落,也还在星辰之间。譬如中华人民共和国成立初期从上海支援江西的画家蔡锡林老师,非常岁月偶然间见到孙宪的画——他的眼就亮了,从此义务辅导他这个小知青,连一点蔬菜鸡蛋都拒收:"我就是觉得你画画有前途!"千里马常有,伯乐难寻!伯乐就在身边,在黑夜里发出温暖的光,照亮着小孙宪。至今说起已去世的蔡老师,他眼眶都濡湿了。

《江西文艺》的美术编辑李素馨老师,他不仅教孙宪画画,还灌输文化知识,如何读画,如何识别各种画派,如何构思构图,如何处理笔墨……让小小年纪的他就懂得"功夫在画外"。

孙宪这辈子最大的恩师是著名画家、大先生胡献雅!十年陶院生涯,胡老对孙宪视同己出,胡老不仅教孙宪绘画,更教他做人。这里无须赘言,看看孙宪这些年为胡老举办的研讨会,为胡老修订年谱,筹备撰写大传,就知道孙宪将胡老的恩情看得比山高比水长。即使是胡老的嫡亲儿孙,可能也做不到这位没有血缘亲的弟子这么好这么周到!

他在黄山巧遇黄胄,黄胄在他的速写本上题写"黄山图 黄胄题",自此有了往来。著名画家、书法家赖少其对孙宪也赤诚相待。著名画家张仃、人物画泰斗刘文西都曾为孙宪的专著专集题写书名,撰写序言,是前辈对后学的奖掖。

他一一铭记于心,始终不忘教诲,奋进在中国山水画的探索之路上。

他将恩师的师德师风传承下来,对学生关爱有加。略举一例,他在江西教育学院执教几十年,保持了这样一个习惯,无论晴雨,还是炎夏寒冬,他每天晚上都要到教室里陪着学生,为的是辅导同学们绘画,直到深夜11点钟以后才骑着自行车回家!试问,有几个老师能做到?偶尔为之,或许可以,但是,几十年坚持下来,唯有强烈的使命感、责任感的真正师者,方可做到。

孙宪就是这样一个名副其实的师者。他不忘初心、牢记使命。

而对我这位第二老的弟子更是呵护有加。

2019年暮春,我随江西美术出版社赴京,在央视摄制世界读书日的读书时间节目。经评审,拙著《瓷行天下》获2018年度中国好书奖。孙宪老师非常高兴,表示诚挚的祝贺,而且立即从网上购了两本《瓷行天下》,让他和大哥先睹为快。即便是中文系专业的,也没我的老师这么急迫和真情,我很感动。他还由衷地、语重心长地说:胡老师,写作才是你的主业。多写好作品是主道。当然,我很希望你在绘画方面也成就卓然,因为你的思维跟一般的画家还是有所不同的。我答:"一意孤行"。师生俩大笑,知心朋友。

回南昌后,省委宣传部举办《文化的力量》联展活动,声势浩大,内容无比丰富,确实也彰显了文化的力量。该活动给拙著《瓷行天下》安排了一场作者签名售书的活动。我看出版社并没有给出免费赠书票,那么，现场是否会冷场呢？没想到，那一天是相当的火爆！亲人家属老友、商校、南昌大学知情的老同事、新老学生等人的来到，让我感到亲情友情的力量，但没想到的是，孙宪老师领了孙宪同门会的学生们来到！这是美术专业的学生呵！当然，这是孙宪老师的人格魅力和凝聚力，惠及同门第二老弟子。止不住热泪盈眶。

我有幸参加过孙宪同门会的几次活动，那是别开生面的年会，虽然只不过是民间活动，但其形式的活泼新鲜、仪式感的隆重热烈、内容的新鲜劲道、情感的真挚深刻，是让人难以忘怀的。不仅加强联盟，增进友谊，而且是做学问，探讨中国画的前程！就是一场别开生面的学术研讨会。

2019年12月26日景德镇胡辛文学艺术馆揭牌开馆。以个人名义命名的文学馆，在景德镇，在江西可能也是第一个吧。文学已然从20世纪80年代的辉煌中心走向了边缘，这个馆从2015年开始筹建至开馆已过了整整五年，其中的艰难曲折，不是一个"辛"字可以了得！即使开馆在即，也还有许多"清规戒律"，譬如，外地来参加开馆的差旅费一律自理，开馆后的午餐，景德镇本地的人不供应，外地的只能在城投大食堂用餐云云，我真是惭愧难当，可一介老朽书生，奈何！孙宪老师却欣然而来，先是天蒙蒙亮就早起，在酷冬的冷风冷雨中等候南昌大学的轿车来接，两个多小时的风雨兼程，来到景德镇龙山湖畔青花坊东边的文学馆时，雨停风止，文学馆外的绿草坪上已聚集了五六百人，大家纷纷称奇，这就叫吉人自有天相，文学自有她的力量。开馆仪式倒也隆重热烈一片欢腾。我呢，又要发言，又要对省领导代表、外省贵宾、不太熟的专家学者作家陶艺家等迎来送往，晕头转向，顾此失彼，好在大人有大量，皆有怜老惜贫之心！孙宪老师属亲人单元，我只叮咛小何特别照应下。但是，孙宪老师也还是与江西日报资深主任卓凡走一路，新区和城投的具体经办者也还真是有意思，居然让吃大食堂的来客排好队，他们一个个点人头数！我事后听说，忙向孙宪老师赔礼道歉，孙宪老师哈哈大笑：这有啥？这叫岁月倒流，我们又回到了读大学到学生食堂排队打饭菜的日子，有滋有味呀。艺术家的情怀吗？

不,是为焦头烂额的我排遣烦恼!让我不要将这些个破事壅塞心头。他说:春有百花夏有月,夏有凉风冬有雪,莫将闲事挂心头,便是人间好时节。孙宪老师呵,贴心的好大兄!

随后,孙宪同门会在上饶举办了他的三个学生马松林、熊敏鹤、徐传友的联展。孙宪老师劝我别去,他觉得我为这个文学馆的揭牌开馆操碎了心,脸呈菜色,筋疲力尽,劝我歇息为主。但我想的是:来而不往非礼也。君子为知己者死。况且是恩师。所以,毅然决然去到上饶。当然,事先说好不发言。谁知三友展开幕时,聪明机灵的主持李璐不管三七二十一,直接就叫我发言。那么隆重的场合,上饶市的领导、上饶师院的领导都在场,我的大脑还真是一片空白!硬着头皮上场,居然说了好长时间,而且笑声掌声不断,还真是我心声的真情流露吧。三友展各自呈现自己不同的艺术追求和风格,效果非常好。从江西教育学院孙宪所带的历届毕业生中成才的不少!教育学院的平台不算高,是地市县各级教师的再教育提高的平台,可孙宪老师的精神孕育了一代代新人,我为孙宪老师骄傲!

我的心里,谋划着要为他拍一部电视专题片,写一部小传。我们团队也早早地就启动了。在他的听雨楼画室,在青山湖畔、湿地公园都拍了大量镜头,但是,七十岁时,我退休了,接下来又是在景德镇和南昌两地办回顾展,又是筹办文学艺术馆,又是写遵命之作《瓷行天下》,又紧接着下达了新任务……而孙宪老师每每也说:胡老师,保重身体第一。来日方长。

然而,岁月催人老。

我想,要做的事还是必须抓紧做。

孙宪老师已在国画领域有了自成风格的一片天地,他既认真继承传统不懈努力,又勇猛拼搏做时代的创新者,既有深厚的文化底蕴,又具高尚的人品德行,我相信老师的人品作品都将写进历史。

2022 年初夏于瑞香苑

孙宪画魂

孙海浪

傍晚我正在伏案写作,忽闻手机提示音响,发现著名画家孙宪教授从微信中给我发来一幅扇面画"海浪",并留言:"今天画了海浪",甚为感动。

我搁下作文之"笔",用手指拨开孙宪画作界面,细细品赏,完全被这幅精美的扇画所吸引,欲罢不能,便开始品赏:此画作以蓬莱仙阁为背景,以海浪造势。画上题款为,"眼前沧海难为水,身到蓬莱即是仙"。

人生沧海,为水最难。只有把心胸融入大自然之中,即"身到蓬莱",便"即是仙"了。这一警言,开悟了人生的难与易:"下下人有上上智"。

这是一千年前一个著名和尚说的。人生在世,爱便是生的奥秘。在这时间无限、空间无际的宇宙里,因爱,便有了芸芸众生;因爱,便有了美好自然。画家在此画中,把小爱扩展至大爱时,平凡之人便会成为贤人、圣人。佛陀、孔子、孟子、老子等,皆为如此。或许,这就是凡人成仙的秘诀!

再来赏析一下这幅"海浪":它以蓬莱阁为背景,从构图至气象、笔墨至韵味均为上乘。山与水的巧妙融合,暗藏着一种禅味。浪花奔流的气势,给人以压倒一切、勇往直前的智慧和力量。尤其是那衬托海浪的大山,虽占扇面中间几乎对半位置,却并不使人感到压抑,反而烘托了蓬莱右侧奔涌海浪的形象。

我爱水。倒不仅仅是因为"上善若水",还因为听母亲说,我呱呱落地之后,她老人家请算命瞎子给我卜卦,说我这五行金木水火土——缺水,便有了"海浪"这个名。从此与水结缘。在我成长过程中,只要触及山水,便有一种特殊情感。

提起我与孙宪先生的相识,或许也是水的缘分。

俗话说,"岁月如水"。把时间流水倒回十几年前。当时,我俩都是江西省政协委员,是文学艺术圈子里的人,便更有机会接触。孙宪给我第一印象,儒生、帅气、文雅、坦率,平易近人。我们有时碰在一起闲聊,谈得最多乃为"诗与画"。有时还在微信圈交流活着的"易与难",探讨生命、死亡、灵魂与鬼神、仙界之类的话题,聊得开心,相互接连点击"强、强、强",或是三四张笑脸,从而获得快乐与满足。之后,或许他一幅"天心圆月"的画作游刃而生;或许我则从孙宪"画语"中捕捉到一朵灵感的火花,草写出一篇有滋有味短文。

或许,这相称作"君子之交淡如水"吧。

记得2015年3月28日下午,我们又在一起聚会,我问他最近有何大作,他默默微笑,算是应答,随即赠我一份对开的《文化参考报·艺术周刊》(文化参考报出版),封面左侧"中国画名家孙宪"几个大字映入眼帘。翻开一看,哇!首页载有陈一文先生的文章《笔墨纵横 天机神变——孙宪山水创作解读》。内页全展示了他水墨山水巨幅画作。这份厚礼,我一直收藏至今。

我喜欢孙宪先生笔下海浪冲击山石的浪漫气势,画家落笔或轻或重,感觉画家笔下苍劲有力,入纸簌簌有声。画家胸有成竹,描绘的是自己胸中的逸气。最突出的仍是既继承传统,又有突破与创新。我赏过孙宪的许多画作,在我印象中,画家挥就的笔墨与宣纸洇水,任意挥洒,大胆泼墨,笔法严谨,给人以一种苍润浑厚之感。

在我与孙宪的交往中,他有句口头禅:"画画,笔墨之先,学会做人。"他1974年曾拜著名画家、长春电影制片厂画家于军,江西著名画家李素馨、蔡锡林为师。著名老画家胡献雅是他心中崇拜的偶像,"当代八大山人"献雅先生,对孙宪的绘画人生与成功影响极大。他常对我说:"这几位老师,都是我前进路上的扶植者与恩师。知恩图报,这是我做人的基本原则。"

当孙宪先生闻知我继长篇历史小说《八大山人》(上下卷,80万字)之后,正在撰写《王勃》(60万字、江西教育出版社,即出)时,他不断勉励、鞭策我:"这是南昌一张最大的文化名片!把大唐文化与江西地域文化巧妙融合,希望早日拜读!"为使该书面装帧锦上添花,我欲请他为此作封面"写意"插图,不料他欣然同意,并几经修改,终于在百忙中圆满完成了此作。

我从微信中收到《王勃》封面插画之后,反复品尝着:封面、封底笔墨兼工带写,诸景连成一片,全景式融人物、楼阁,远山、近水以及花鸟为一体。深远的山水,山与阁绘于右内侧,巍然屹立,高峻雄伟,给人一种沉沉甸甸的感觉;封底水滩、沙石,寥廓数笔,渲染尽致。左右诸景相衬,呈平衡、协调的构图,封面封底诸景连接,紧密自然,笔墨亦不拘一格,使之高远与深远感,自然、贴切,充分体现在景色的内在联系上。虽是一幅小小的封面图,但画家从不计较,一笔一画,笔笔到位。传递给我一个信息:画家待人接物,真诚可信。

然而,以上全景构图与诸景展现,把清秀淡雅的笔墨,全落在王勃身上。画家把书中主人公王勃置于滕王阁左侧高坡上:王勃反剪双手,悠闲地面对一览无余的滔滔秋水,凝思、遐想;长天、远山,低云、孤鹜,轻舟,以及枯树、芦苇、湿滩。远山与近景错综而不杂乱,高山重叠,迷雾飘散,层次清楚明晰,把初唐四杰之首王勃的风采与内心世界,描绘得淋漓尽致,洋溢着豪迈飘逸的气质。充分表现了画家轻松洒脱,独到成熟的画风。

我更喜欢孙宪绘山的线条、笔墨,杂而不乱,遒劲美姿。那苍劲的架势,使人感到人性向上的一种骨气、气节与不屈精神。

欣赏至此,我不禁想起《小雅》诗句:"百川沸腾,山冢崒崩"。

是啊,孙宪之画,此处无声胜有声:青山看不厌,流水趣无限。

探秘大画家孙宪画作,不由大惑不解:孙先生笔下各种题材大幅小幅画作,为何幅幅有气魄,饱含生命力?后来,我从《老子》中发现:"一画者,众有之本,万象之根。"原来,孙宪在笔墨中施下了"道法":"道生一,一生二,二生三,三生万物。"发现画家不仅在绘画,还把"太极无极"的精神要素融入画中,把自己的骨骼、血脉、灵魂与笔墨和合一起,统统纳入他画中山水奇景与人物故事中……

最后,我终于从孙宪笔墨中找到了密码:

孙宪是在用生命泼墨作画!

2017年9月26日半夜
匆匆于滕王阁守拙园

(孙海浪　原江西省作家协会副主席。现为国家一级作家,享受国务院特殊津贴专家。中国作家协会会员、中国电视家协会会员。此文刊登于2017年10月17日《经济晚报》)

胸有幽绝方造境

——孙宪山水画研析

何如珍

"手挥五弦易,目送归鸿难。"东晋大画家顾恺之在论人物画时曾有此慨叹,以为照写实景易,而刻画情境难。若将这句话移植于山水画中,则是貌山水形易,取山水质难。

中国山水画一脉,历时千年的变迁,有所谓尚理、尚法、尚意、尚气等的区分,也有所谓南北宗的划分,但究其根本之别却是骨法用笔、审美情趣与山水实体之形的差异,而于山水形貌特质的提炼却极少深入。因此,不论历代皴法用笔如何穷复变化,其构成形式越至后则越是惊人的一致。唯有少数画家,如倪瓒山水的折带式构成、渐江山水的几何式构成有其卓异处。而孙宪的山水画便在这方面有着自己的独创处。

孙宪的山水画溯于唐宋画的理法精神而取意于元明画的写意精神,他的山水是来自真山真水特质的高度凝练,是究其理趣以寄其情趣所在。

孙宪是位极重视山水写生的艺术家。写生一说虽来自西方,实际却是上承着唐宋绘画注重写实的理法精神,它要求画家对真山水既有着精准的写实能力又需有对形貌的高度概括能力。正是得益于此,在对江南山水的细致体察中,他没有因袭前人的程式化构图,而是在云山深处逐渐领悟到花岗岩类山石错断峭拔的形貌特质,并加以提炼与夸张,以锋锐驳杂的侧面图式来表现其独特处,形成了自己特有的蓬勃无尽的艺术灵韵。

幽渺峭绝之美是孙宪山水的美学主旨。古人云:"幽情壮采,俱在山水。"山水之美有不可胜绝处,如范宽的巨嶂式雄厚之美,米芾的尖角式秀润之美,倪瓒的一水两岸式空疏之美等。孙宪的山水则如山水奇景的特写,忠实于自然之美的某一瞬间,是刚柔阴阳二元之美的纯粹组合。他的画面,以山的峭绝为画之肌骨而薄刃可摧,以云的幽渺为画之血脉而浓酽不化,或千峰劲削中一带氤氲,或云障雾绕中偶露峥嵘,气象宏大而气势促迫,如风雨骤至般令人无处可藏,因此感物处多。

技法效用的简略性与比照性则是构筑其作品面貌的基础。前人说:"运用之妙,存乎一心。"他的山水不求取技法的繁复,而以简便的视效为其美学追求目的,其特点集中反映在山云树法的表现上。在山法上,他多表现山体的侧面,形成多锐角的视效,既有平面化的趋向又有明暗面的比照;又吸收西画的肌理表现效果,以短促集中的散锋皴法,浓淡相施、焦润相间,强烈地表现出山体的棱嶒美,形成简略而层次丰富的效果。在云法上,他多取泼墨技法,下笔纯熟而简净,浓淡墨互为交渗渲染,充分展现出云烟明晦、水滋华润的奇效。在树法上,他则采用高度的程式化表现方式,以枯焦墨横拓出斑驳葱茏的枝干,生动而形象。这些技法与规则的巧妙运用使其画面虚实相生、节奏明了而气韵相谐。

元人汤采真言:"山水之为物,禀造化之秀……自非胸中丘壑,汪汪洋洋,如万顷波,未易摹写。"孙宪的山水得以自成一格,正在于他的"外师造化,中得心源"有不袭前人处。故而山苍树秀,水活石润,于天地之外,心慧之中,别构灵奇。

(何如珍　美术评论家。此文原载于河北美术出版社2010年版《百年中国画家·当代卷·中卷》,国家画院华东师范大学《画院》杂志2011年第8期)

笔墨归真且与造物游

——记著名山水画家孙宪

周 琦

孙宪的山水画浑然天成,他将北派的雄伟气势和南派的水墨淋漓融为一体,在物我两忘的攀登中经山历水,得真山真水之真谛,形成自己独特的艺术语言。而相对于很多美术教育工作者,孙先生对绘画的理解未停留在技法理论上,却更多地执着于人文价值与艺术价值的共性思考中。孙先生为人处事朴实谦逊,他从不追求书斋画案上的"虚我",长期从事写生实践,在痴情于山水、亲和于百姓中涵养出广阔的胸怀、超凡的画意,活在一个实实在在的"真我"中。

致青春痴迷写生

这是一个临近春节的傍晚,我在僻静的画室听孙先生讲他自己的故事。

"小时候,我就喜爱画画,依稀记得父亲老是以崇敬的口气对我说起胡献雅先生,讲先生的画艺如何的好,因此我头脑中留下了这个难忘的名字……"

1969年,孙先生于南昌一中毕业后,被下放至梁家渡边的南昌蚕桑场。在那个年代,艰苦的劳动、贫瘠的生活之余,他把大部分时间投入画画的兴趣中。这期间,他意外地得到一本民国版《芥子园画谱》,欣喜过望,苦习之。1971年底,因为美术特长,他被借调参加江西省外贸展览、友谊商店的设计，半年后返回农场调任五七中学做老师。此时的孙先生，对绘画的认识开始由自学的兴趣转化成梦想的萌动。

1974年，长春电影制片厂派人来南昌拍摄外景，其中有一位叫于军的画家常在农场、山村画景物速写。孙先生知道后，就像"粉丝"一样跟随，如痴如醉地看他现场写生。那些孙先生平日里从没不在意过的老房破瓦、老屋农具，到了画家的速写本里却变得生机盎然，充满笔趣意境，这是他没有料到的。从此，凭借观摩记忆他尝试用钢笔速写，一发而不可收。

第二位教他写生的老师是著名画家蔡锡林老师。蔡老师看了他的习作后非常喜欢，让他每次回省城一定要带画来找他。当时的南昌生活物资极为匮乏，孙先生第一次上门求教时给老师带来一些乡下买的蔬菜，蔡老师看到后非常生气："因为你画得不错，我才非常愿意教你，但不图你的回报，这次菜钱你收下，今后决不允许带任何东西来。"

有一次，著名诗人郭蔚球看过他的写生作品后，觉得应该把他介绍给一位名师——李素馨老师，就这样，孙先生又遇到了一位贵人。李素馨老师在美术的审美功能、美术史论、美术技法方面给予他很大的指导，使他明确了自己未来的奋斗目标（即大的方向）和应该具备的基本要素。李老师还把自己珍藏的关于老一辈画家的书籍借给他看，把那个年代很稀贵的宣纸和毛笔赠送给他。即使在孙先生上大学后，李老师仍然会针对他的学业、功课提出要求，进行点拨，谆谆教诲让孙先生至今难忘。

1977年中国恢复了中断10年之久的高考制度。那年年底的南昌市美术高考中，孙先生在众多考生中脱颖而出，很重要的一点是得益于他的写生功底。当时，各考场的监考老师们对他的速写草稿都特别偏爱，"回头率"极高，并要求他把考卷连同这些草稿一齐交上去。就这样，他得到了意外的"加分"，从而以突出的成绩跨进了景德镇陶瓷学院的大门。当然，他之所以报考这所学院，主要还是因为著名国画

家胡献雅先生在此任教。

上了大学后,每逢寒暑假,孙先生都带上速写本、背起行囊,徒步于群山丘壑中,听松涛、观云海。

1980年暑假,孙先生决定上黄山写生。他和两位同行的同学计划:吃饼干——不耽误时间,喝山泉水——就地取材,住山洞——节省资金。但是,第一次上山画画到黄昏,却发现野外不允许住宿,只好下山,但旅馆已全部客满。情急之下,他想起报纸上曾报道过一位在黄山管理局工作的业余画家朱峰老师的事迹。他们很幸运地找到了他,并得到了他无私的帮助。第一周他一口气画了100多张写生,还巧遇著名画家赖少其、黄胄来黄山采风,与他们结缘。赖少其老师诚恳地提醒他不能浮躁,要静心揣摩黄山特有的岩层构造、松树特征,要一笔一笔琢磨着画。精于人物画的黄胄老师也认为他的写生不错,建议他们别急着走,留下来一块儿写生。就这样,几位同学把买好的车票退掉,在黄胄的安排下又在山上画了十多天。每晚,黄胄和这位年轻人谈自己的专业体会,有时,也虚心地和他探讨有关山水画的技法(此事在画坛传为佳话)。下山后,孙先生通过朱峰老师把黄胄资助他的钱如数归还,并获悉黄胄的回复:我对你抱有很大希望!能得到这位老画家的肯定,孙先生倍感温暖,对未来更有了信心。

欲得山水画真谛必先痴情于真山真水。就这样,经长年累月持之以恒的磨炼,精熟的写生技艺锤炼了他对山水画的构图能力和造型能力,提升了他对绘画对象、绘画本质的认识。今天,他的一部分钢笔写生甚至和他的山水画一样堪称力作。

忆胡老大恩难谢

1980年底,孙先生作为优秀师资留校任教,并幸运地成为著名国画家、教育家胡献雅老先生的弟子和助手。从此,他的命运与这位生命中最重要的贵人紧紧地联系在了一起。

被国内外画坛誉为"当代八大山人"的胡献雅老先生在20世纪20年代初毕业于上海美专,在校时深得刘海粟、潘天寿等先生的器重。他遨游于艺海,成绩卓著,作品曾获加拿大国际展览金奖。他先后在上海、南京、桂林、庐山等地多次举办画展,并得识徐悲鸿、傅抱石,以为挚友。20世纪40年代,他受聘为"国立中正大学"名誉教授,还倾尽家财,创办"立风艺术专科学校"。20世纪50年代调任景德镇陶瓷学院,继续为祖国培养了大批艺术人才。

孙先生之所以与胡老结下不解之缘,要归功于他的一幅小习作。进校伊始,学校举办了一次新生画展,为了完成任务,他信手送去一张《松菊图》。第二天,素描老师李良友先生悄悄地对他说:"胡老先生找你。"他怀着激动、惶恐的心情去见胡老。胡老问:"你就是孙宪?下面展室的画是你的?画得不错,笔墨有味道,只是构图满了点。喜欢国画的话,课外我来指导你。"如今,孙先生说起此事仍激动不已:"此生得一恩师足矣。"

孙先生开始了崭新的学艺生涯。他按照胡老的建议,课外时间系统地学习美术史并大量临摹古典名家作品;周末,邀同学一道,带着冷馍馍、萝卜干,跑十几二十里地去画山水、树石、农舍;面对他的习作,胡老不厌其烦地予以指导。无数个日夜,他们谈汉画像砖、石刻,聊魏晋南北朝的石窟,论唐宋绘画、元人笔墨、清代"四僧"以及诗词、小说……

他对胡老的求真精神极为钦佩。一次,孙先生在西安采风画了一些古建筑习作,胡老看完后一连问了三个问题:画的是什么建筑?哪个朝代的?为什么是这个朝代的?最后一个问题把孙先生问住了。他只好分析画面,根据资料进行比对,才由此及彼地弄明白各个朝代古建筑的典型特征,胡老的这种治学态度和教学方法对孙先生产生了深刻的影响。

胡老曾说:中华文化是一个取之不尽的宝库,要沉下心钻进去多汲取营养，把握民族文化的精髓。但沉溺于古人不能自拔也是不行的，一个时代要有一个时代的精神，今日的画不能形同于古人，否则就失去了时代意义……这些话他至今铭记在心，并努力践行。

1981年，孙先生赴嵩山、华山、西安写生，在北京聆听王朝闻先生美学讲座，赴泰山、曲阜、青岛、崂山、上海写生，随胡老赴石钟山写生、龙宫洞考察。1985年夏，孙先生随胡老上庐山，景区的负责人提出，想在大门前石柱上镌刻一副对联，请胡老出句。84岁的胡老健步走在山路上，细细品味着眼前的美景，略加思考，吟出"峰从云外立，人向画中行"的佳句，随行的人无不叫绝。如今这副对联和胡老所书的李白《望庐山五老峰》已镌刻在五老峰上，给这座世界文化名山增添了厚重的一笔。

胡老对孙先生的影响除了技艺、教学，更有人品人格的熏陶。"他对学生很是关爱。一次，我因卧病在床，没能去他那里。他记挂着，工作之余来到寝室，见我满脸病态又一天没有进食，这位80多岁的老人立刻回家熬了一锅稀饭带上一碗小菜，在没有路灯的情况下，亲自端到我的床沿边……"孙先生忆及此事，已经泪湿眼眶说不下去。

当年，走进胡老的家，除了满壁的书画外，只有一台双桶洗衣机还称得上是家用电器，伴随他终老的房子也是20世纪50年代的"筒子楼"。在孙先生跟随胡老近20年的时间里，他看到胡老一次次婉拒上门买画的客人。然而，早在20世纪30年代，他即以自己的作品举办义卖画展支援抗日；在希望工程、陶瓷艺术节、关爱残疾人的活动中，在教师家里办喜事、学生们毕业时，却都能得到胡老的赠画。这种"吝啬"与"大度"的鲜明反差、对道义情操的坚守不是每一位画家都能做到的。大概是1991年，孙先生奇迹般地发现胡老家中居然有一台21英寸电视机。原来，胡老在陶瓷艺术节上即兴画的四条屏国画被以每幅一万多元的价格买走，组委会打算按通行惯例返给他一笔钱，但胡老坚辞不就。在这种情况下，组委会只好"突袭"送来了这台彩电。

"人是要记恩的,因为我这辈子总有贵人相助,我的经历、我受到的教育是与很多人有所不同的……"一代画坛巨匠胡献雅先生"不计辛勤一砚寒"的师表风范永远铭刻在了孙先生的心里。

拨开云影见峥嵘

当华灯初上、夜色笼罩,寂静的画室宣墨凝香,使人感受到古豫章文脉之气韵。孙先生兴之所至,当场为我们挥毫范画。

他握笔在手,面对宣纸,略作沉思,蘸墨、舔笔。才过几秒,一座险峰斜峙于画幅之中,又过几分,丘壑远岭云雾激荡,水墨灵动、气象万千。随着笔毫轻快而有节奏地弹跃,纸与墨之间立刻有了姻缘似的,墨爱恋于纸、纸缠绵于墨。所谓"妙手偶得",绝佳的景物在偶然与必然中精彩地推演。山、松、云、气,一派洋洋大观的自然风光,引领你心驰神往、画中神游。原来,观看著名国画家的示范演绎能给人这么精彩绝妙的艺术享受,真是难得。

尤其是在云海造势的表现中,孙先生具有的驾驭能力。他谙熟山石、云影的相互关系,关于这一点,我在欣赏大型国画《匡庐毓秀》和《三清云蔚》时深有体会。整幅画的构图与留白甚至取决于云的排布,因为云的气流走向、云的浓淡远近、云的层次明暗而使各种关系得到最合理的"抒情",画面中的山势感、空间感自然而然地得以生动地呈现。我喻之为"云海深处得空灵",或曰"拨开云影见峥嵘"。

他的水墨作品中,《玉山雪》给人水墨淋漓中"屋漏痕"式的痛快!那群山穿云中的白雪皑皑,积雪起伏中的如浪席卷,冷云叠染下峰脊的消隐、托现,傲霜挺立中的清瘦松林,几乎都在孙先生极速的抽象大写意中、在"墨恋纸宣"中一气而成,绝无尘染。如盖世武者手中剑光划过的锋迹,功到留白处"一言不发"却能静听风雪的神音!进入"信笔为体、泼墨成形"的至法境界,这便是被众多名家赞誉的"孙宪画法"。

他的速写作品中,"庐山松"枝干昂扬斜出、"孔林古柏"老嫩相生、"芙蓉镇老屋"饱经沧桑、"虎丘即景"凝练极简……应该是受黄胄先生的影响。多年来,无论是速写还是水墨,孙宪基本上不喜欢"做"效果或出现反复渲染的"板结",他强调水墨自然的韵致,因而,在水墨的"泼"与"收"方面能收放自如、出神入化。

一切"偶得"定是"水滴石穿"磨砺的结果。1992年,江西美术出版社出版了《孙宪速写选集》。自井冈山、庐山到三清山,从山西云冈到云南石林、西双版纳,从呼和浩特到湖南湘西,从安徽黄山、九华到四川峨眉,从山东曲阜到杭州灵隐,从银川钟鼓楼阁到福建武夷山巅,书中记录了孙先生遍及祖国大地的足迹踪影。正如他在速写集后记中所言:"这些年,从事国画山水课的教学,经常深入大自然考察,日而久之,积累了一批速写稿……我用手头的画笔,记录下了自己的感受。在重视传统画理画法的同时,'外师造化,中得心源',逐步深化对客观事物的再认识,把探索的主要之点伸向物象的结构和情调,对速写的技法作了一些探索和尝试……"他"眷恋庐衡,契阔荆、巫,不知老之将至。愧不能凝气怡身,伤砧石门之流,于是画像布色,构兹云岭",孙先生堪称美术界的"徐霞客"。

当夜色与墨色不分彼此,星辰与灯光交相辉映,画室已然诗情画意,在此,我听出了山水之声、山水之情、山水之魂。这时,我忽然发现墙的角落竟然挂有一幅"梅",骨干遒劲曲挺、嫩枝缀满红蕾,如真梅落纸,"暗香"浮动。在我的追问下,孙先生终于把他的《三友图》《小园清音》《金英》全亮了出来。原来,这画室小楼不但深藏着雄浑的"万里山河",更有隽雅的梅兰竹菊、花鸟虫鱼,无论是写意还是兼工带写,尽得胡献雅老先生的真传。孙先生技高品深,这画室别有洞天!

(原载2017年2月《江西画报》)

他坚守着艺术的良心与责任

——记著名画家、教授孙宪

华光耀

"山不在高,有仙则名。水不在深,有龙则灵。斯是陋室,惟吾德馨。"这是唐代大诗人刘禹锡所作《陋室铭》传世名句。懵懂青春时初读,乃一知半解,伴随岁月的递增且遇人遇事之后,自然对文中要义更是多了几分理解,几分领悟。作为高等学府的南昌师范学院(原江西教育学院)虽不如"双一流"大学那样声名鹊起,家喻户晓,但其在美术教育、山水画创作方面的影响力,因为有一位德艺双馨、深受人们喜爱和江西美术界称道的中国山水画大家孙宪教授而声名远播,令人刮目相看。人们常说"我以学校为荣,学校因我骄傲",这在孙宪身上似乎得到了更好的诠释。

孙宪祖籍安徽泾县,是诗仙李白创作《赠汪伦》,留下脍炙人口"桃花潭水深千尺,不及汪伦送我情"佳句之地,与我国著名国画大师吴作人是同乡。泾县还是我国盛产宣纸之地,冥冥之中也许是得此天意,加之从父母身上遗传的艺术基因及良好的家庭文化氛围,蕴养了孙宪从骨子里生长出来的绘画天赋。绘画给他带来乐趣,而他也乐此不疲,异常勤奋,成就了他今天的斐然成绩,引领江西山水画创作走向全国。

我写孙宪教授并非就此探寻他勤奋敬业、教书育人所做出的成就。这些作为,他身为中国美协会员、江西省美协副主席,江西省高等院校学科带头人,江西高校名师、江西教育学会美术专业委员会理事长、江西省工艺美术学会理事长和他所获得的省政府特殊贡献津贴专家、教育部授予他的"曾宪梓教师奖"中早有定论,且中央媒体、地方媒体均有过诸多报道,这里就不赘言。

我不是美术评论家,对其画理、画论、画风不敢妄议,只是作为一个资深好友,一个山水画的爱好者,一个相识相交三十余年的兄弟,谈及孙宪作为一个画家、教授,体现在他身上的中国文人所特有的淳朴、真诚、正直、勤奋、善良、敢于直言的秉性和虚怀若谷的情怀。他耐得住寂寞,守得住孤独,坚持几十年如一日,师法古人,认真学习传统,临摹古画,这从他少年时代一遍又一遍临摹整册《芥子园画谱》开始就可见一斑。这并非易事,而在他就读于景德镇陶瓷学院时就更有所体现。为了临摹中央美院田世光教授四尺整张的工笔花鸟画,居然在教室临摹了五十多个小时,浑然不知是白天还是黑夜,连开水、饭菜都是同学帮他打来的,直到画完了才回到寝室睡觉。即使在今天已取得了骄人的成绩,他亦是如此,从不停歇,这就不易做到了;而且舍得花真功夫,刻苦学习,"读万卷书",又不畏艰苦"行万里路",深入生活,写生作画。他七上黄山、三赴曲阜,足迹遍布大江南北,西北高原、云南边陲、四川青城山、湘西凤凰城、江南水乡、苏州园林、三峡大坝等地都留下了他写生的身影。正如清代山水画家石涛所言"搜尽奇峰打草稿"的写生精神。他以敏锐的洞察力观察自然,并将其转化为自我的主观意念的山水情怀。如发表于《人民日报》的作品《屹立千秋》,发表于《光明日报》并入选第二届全国美展的作品《白云深处》,入选第十一届全国美展的《三清云蔚》,由文化部选入"中国艺术展"至国外巡展的《江南小镇》,选入全国统编中学《美术》课本的《延安宝塔山》等。

著名人物画泰斗刘文西先生在《孙宪速写集》序言中写到"扎实深入地学习传统的画理、画法,又从中走出来,形成自己的风格,这需要付出相当艰辛的努力。"这是一条寂寞的路,而孙宪就是这样一位在艺术道路上苦苦追寻探索的拼命三郎,从不停步。

在和他的交往中,更多能体会到的是他那一颗闪烁着艺术家光辉的良心和社会责任感。有一次,他去一家画店装裱他的作品,画店的老板说,店里还有十几幅孙宪的作品在装裱,并且把已经裱好的那些画拿出来给他看,其中有几张是没有落款,没有盖章的。他看了以后很是惊讶,表示没有委托别人来装裱画。画店的老板说,快装裱好了,下午就会有人来取,你下午过来看看。店老板建议他报案,毕竟孙宪的画价值不菲,但他都没有报案,转身走了。事后有人问他,听说后不会生气吗?为什么不看看是谁呢?他说没有必要,虽然当时有些窝火,但一想到拿他画的人有可能是一个美术爱好者,也许是熟悉的人或者是喜爱他作品的人,如果见面了,是熟悉的人,那他以后还怎么还和我见面?如果是学画画的人,有可能他就不再学画画了,也就从此毁了他自己的艺术前途。他的这种豁达与善良,如一股清流,荡涤人心,让人感动。

孙宪的这份善心可追溯到他的恩师著名国画大师胡献雅先生,"文化大革命"时期胡老大量的名人字画、古籍书册都被抄走了,后来景德镇市落实政策工作组的领导要帮胡老把字画书籍追回来,询问当时有哪些人,胡老却说,不记得了。他们再三追问,胡老都说不记得了。事后,作为弟子的孙宪问胡老,您怎么会不记得呢?胡老告诉孙宪:"我怎么会忘记呢!我不能说啊,我说了,抄去的画也可能会追回来,也有可能毁丢了追不回来,我不想因为这些字画书籍让别人挨整或给别人惹来麻烦,只要画还在世上就可以了。"孙宪从恩师的身上悟到了大善。他选择了不报案、不见面,可谓是异曲同工,又身心相随。

从省政协委员到省政协常委,孙宪始终关心着他所熟悉的文化艺术,对历史建筑、非物质文化遗产的保护,提出提案和建议。早在2002年下半年,南昌市在城市改造过程中,准备把坐落在八一广场的省展览馆拆除,打通北京东路向西延伸。省展览馆是南昌市的地标性建筑，1968年4月动工，10月份基本完工，进入内部装修。其质量与体量打破了江西建筑史上多项纪录，所用建材全部为江西本土出产，体现了江西质量和江西速度，四十多年过去了，无论建筑结构还是外墙都没有出现质量问题，作为特定历史时期的代表性建筑被录入《中国现代建筑史》。听说要拆除时，孙宪非常着急，为此，在2003年江西省两会上，就城市改造中历史建筑保护写出提案，被列为省政协重点提案。在时任省政协主席钟起煌的亲自督办下，省展览馆建筑被保留了下来。他油然感到一种欣慰，把这"画"留在了江西的土地上。

大境界才能出大作品，成大画家，大凡成就卓著者，无不是把个人前途与国家事业联系在一起的。三峡大坝在蓄水前半年，他就带学生们去三峡大坝写生，主要是画143米以下淹没区，做抢救性的史料写生，现在这批写生地大多都已经淹没在水下了，这批写生资料显得弥足珍贵。

感受孙宪就如读他的中国山水画，峰从云外立，人向画中行。他独有的山水画风格，自成一派，大气磅礴，云蒸霞蔚，将雄浑豪放与婉约清秀泼洒于笔墨变幻之间，相生相揉，天衣无缝地融会一处！其人生也是如此，刚柔相济，忠义豁达。我想当年他的恩师胡献雅先生收他为关门弟子，正是看中了他人性中最可贵的忠厚正直与勤奋好学的品格。胡老曾对孙宪说"为人不正，落墨无法"。孙宪没有辜负胡老所望。一个"正"字何以了得，品德修为是一个画家的根。这就是孙宪先生之所以能纵横画坛，以德载画，走向未来，载入史册的根本所在。

（发表于2022年6月"今日头条"；发表于2022年5月31日《江西工人报》第4版"文化品读"；发表于2022年5月31日江西散文网；发表2022年6月9日"网易新闻"）

孙氏山水点缀江西门户

——孙宪融入南北画派泼彩赣鄱风光

刘　媛

裘马轻狂过的陆游,曾在耳顺之年有过"小楼一夜听春雨,深巷明朝卖杏花"忧国忧民愁思。历史越过近千年,在南昌一座僻静的"听雨楼"画室里,作为教授、画家的孙宪也近耳顺,倾听的却是毛笔与宣纸之间的呢喃,闻的是春风送雅香,悟的是在三尺讲台和笔墨方寸之间做出自己的特色。

一、师从胡献雅

孙宪祖籍安徽泾县,是盛产文房四宝的地方,又是"李白乘舟将欲行"的离别之地。

出身于书香之家的孙宪,受父亲和哥哥的影响,从小就与绘画结下了不解之缘,他对传统文化和政治、历史、地理以及音乐、美术等广泛涉猎,即使在农村做知青期间也没有放下画笔,孙宪依然能够清晰地记得,1972年到南昌县梁家渡的他,借调回南昌筹备外宾商店——南昌友谊商店,得到一个出差上海的机会。在上海友谊商店,一幅幅精美的画作深深地吸引了他。"那个时候虽然画了不少画,可依然是一个连工笔写意、浓墨重彩都分不清的门外汉"。看到商店里名家的国画作品,孙宪瞬间就被这份美丽吸引得心驰神往,马不停蹄地去买了宣纸开始学国画。

只要开始,成功永远不会晚。

1974年,孙宪的哥哥给他借来一本《芥子园画谱》,上面详细介绍了如何画山、画树、画水、画建筑……对于从来没有受过系统绘画教育的孙宪来说,这本书无异为最好的启蒙老师。

在全国恢复高考的第一年,孙宪以优异成绩考入景德镇陶瓷学院美术系,并经学院党委、行政研究报请国家轻工部批准,提前一年毕业留校任教,使他有幸成为胡献雅教授的入室关门弟子。提起恩师胡献雅,孙宪陷入追思中,"胡老对我视同己出,常常以自己的言行,教我绘画、做人。"也正是受恩师胡献雅的影响,1989年,孙宪放弃了优厚的机关工作,调入江西教育学院任教,后任美术系主任。

二、山水画自成风格

为了从大自然中汲取养分,孙宪背着行囊,咀嚼干粮,跑遍名山大川,涉足乡间僻壤写生采风。

还是学生时代,孙宪的作品和画风就得到了一些大家的肯定。他曾七上黄山,并巧遇著名画家黄胄先生,黄胄约他长叙,并挽留他同在黄山写生10余天。在黄胄的点拨下,孙宪茅塞顿开,对黄山石峰之奇险,云水书卷之灵动,松冈苍翠之灵秀,有了透彻的感悟体验。

在艺术交往中,黄胄对他的敬业精神倍加赞赏,对他的速写大加褒扬,称之"画出了水平,画出了风格"。临别下山时,黄胄先生硬是塞给这个穷学生几百块钱以资相助,而孙宪下山后又托人把钱还给了黄先生。

之后又因为各种机缘,孙宪偶遇了赖少其、黄永玉等大画家。

江西画院陈一文曾说,孙宪的山水画,既有北派山水的厚重感,又有南派山水的灵动之气,呈现出他自己独有的风格,是独有的"孙家山水"。诚然,孙宪多年来致力于中国画、速写的研究、创作,作品极重气韵,将北派的气势雄浑和南派的水墨淋漓融为一体,形成了鲜明的个人风格,得到张仃、黄胄、黄永玉、刘文西等大家的充分肯定。

孙宪是位极重视山水写生的艺术家,细品孙宪的山水画与花鸟画,着意营造幽远空灵的意境,有一种恢宏敦穆的沛然气度,重笔墨、重内涵、重意境、重创新。幽渺峭绝之美是孙宪山水的美学主旨。他的山水巨作《井冈雄风》画出了坚实的山体,各种形态的烟云,主峰在云障雾绕中偶露峥嵘,动静结合,虚实结合,突出了井冈山的雄伟气势。他画的另一幅画《高雄旗后灯塔》重点表现海边激荡的浪花和远处悬崖上屹立的灯塔所形成的鲜明动静对比,气象宏大而气势促迫,如风雨骤至般令人无处可藏。

三、画作点缀江西门户

近十年来,孙宪作品入选全国性展览31件,其中作品《白云深处》入选第二届全国中国画展,《黄洋界》入选文化部主办的全国画院优秀作品展,《三清云蔚》入选第十一届全国美展,《江南小景》由文化部选入《中国艺术展》至国外巡展。另外还有多件作品被中南海、毛主席纪念堂、天安门收藏。

2003年,孙宪为江西省人民政府大会议厅主席台创作巨幅中国画《井冈雄姿》。2005年,江西省人民政府领导在北京将孙宪主笔的国画作品《井冈崛起》赠送国家发改委,现陈列在国家发改委贵宾厅。2006年时任省委书记孟建柱将孙宪国画作品《井冈高路入云端》作为省礼赠送给来赣的十一世班禅。2010年孙宪应邀为南昌前湖迎宾馆完成《井冈杜鹃》《三清烟云》《云居山图》三件巨幅国画,同年完成巨幅山水瓷板《三清山》。2012年应邀为毛主席纪念堂贵宾厅创作巨幅国画《井冈朝晖》。

无论是巍巍井冈山还是群峰竞秀的三清山,一件件精美的作品,向来宾展示着秀美江西的风采。一位位来宾看着红的花,绿的树,清澈的水,巍峨的青山,流连忘返。孙宪说:"前湖迎宾馆,政府楼堂,作为江西最重要的门户，都承担起宣传江西的窗口职责，自己能够获邀绘制国画，对一个画家来说是无上的荣耀。"

2012年，为纪念毛泽东诞辰一百二十周年，中央办公厅决定在毛主席纪念堂设立"井冈山"等4个厅。3月，中央办公厅毛主席纪念堂管理局向孙宪教授发函，邀请他为井冈山厅绘制巨幅井冈山主题的国画。接受任务后，用时8个月，孙宪笔下气势磅礴的巨幅国画《井冈朝晖》便圆满完成，得到各方面的高度评价，作品由毛主席纪念堂做成了纪念封。

据悉，孙宪1998年获政府突出贡献专家特殊津贴，1999年获教育部"曾宪梓奖"。另外他还出版有《孙宪速写选集》《风景写生》《山水画法》等多部专著。

（发表于2013年3月25日《江南都市报》）

心精力果,卓然有成

——孙宪教授与他的国画速写艺术

万圣兴

不喜张扬、不合世弊,不逐名利,默默无闻从事美术教育和绘画创作的孙宪教授,以他独特的艺术魅力和艺术成就,引起了众多专家学者的高度关注。他的不少作品被中南海毛主席纪念堂收藏,为江西美术界赢得了荣誉,赢得了辉煌。我国著名国画家胡献雅教授亲笔为其题勉:"心精力果,卓然有成"。

痴迷绘画艺术幸得名家指点

今年46岁的江西教育学院美术系主任、教授孙宪,出生在一个充满文化氛围的知识分子家庭,父母赋予他淳朴的个性和坚韧的进取精神,使他形成了不求张扬、默默奉献的好品格。在父母的影响与老师的启迪下,他从小就与绘画艺术结下了不解之缘。为了敲开绘画艺术的神圣殿堂,他对传统文化和中外名著以及音乐等广泛涉猎,以此来提高自己的综合素养。即使在下放农村期间,他也没有放下画笔,始终焚膏继晷、笔耕不辍,到了如痴如梦的境地。

为了实现终身从事绘画艺术的夙愿,他放弃了上医科大学的机会,硬是凭着赤诚与才学,在全国恢复高考的当年,以优异成绩考入景德镇陶瓷学院美术系,并经轻工部批准提前一年毕业留校任教,使他有幸成为著名国画家、老教授胡献雅的入室弟子。在胡老的精心安排和细心传授下,他系统地对画理画论画史进行了深入研究,临摹了董源、范宽、郭熙、马远、夏圭、黄公望、石涛、八大山人等古代名家的作品。他从宋人的画韵、元人的画意、明人的画趣、清人的画势中领悟出中国画的博大精深。

为了从大自然中汲取养分,他背着行囊、咀嚼干粮,跑遍名山大川,涉足乡间僻壤写生采风。他曾七上黄山,巧遇著名画家赖少其、黄胄等,在他们的点拨下,他茅塞顿开,对黄山峰峦之险奇,云水舒卷之灵动,松冈苍翠之流韵有了透彻的感悟与体验。在艺术交往中,他与黄胄交谊甚笃,黄胄对他的敬业精神倍加赞赏,对他的速写与山水画十分赏识,并与他切磋有关画山水的技法等。此次交往在画坛艺林传为佳话。在陶院期间,聘请来院讲学的著名绘画史论家、书画评论家王伯敏教授对他的速写作品给予很高评价,欣然题就"挥毫重磊落,点染亦关情"的嘉勉联。著名书画家尹瘦石还提醒他,艺术需要执着。孙宪牢记着老师们的教诲,孜孜追求,甘于寂寞,为他日后的成就打下了坚实的基础。

博采众长求变,艺术风采创新

孙宪的山水画与花鸟画着意营造悠远空灵的意境,有一种恢弘敦穆的沛然气度,重笔墨、重内涵、重意境、重创新。作品既有灵活运用的传统中国画技巧,又有写生性的表现笔墨,它不受古人笔法束缚,不受西画的羁绊,不受客观物象的局限,通过点线面的优化组合,互相协调,流泻出对人生理想和信念的独特体验,创意出一种完善的国画新境界,透发出一股现代意识和人文气息。

《幽谷清音图》以宋元为宗,大丘高壑,雄浑壮观。作者通过山的脉络变化来丰富山峦内涵,着意表现山的脉络所具有的秩序感,通过山石起伏、凸凹跌宕的变化规律表现大自然的节奏感;通过山脉间虚无缥缈的云雾,着力表现山的空间感。在色彩上采用对比色处理,色调以绿调为主，在山头施以朱砂，类似于没骨法。红色的山头，绿色的山腰，中间用紫色作为过渡，给人一种神秘感。这种有别于古人的绝妙处理法产生出怦然心动的艺术效果，使朝阳下的峰巅流溢出奇特的自然景观。在笔墨上采用泼墨、积墨、勾皴相结合的手法，既有宋元笔墨韵味，又有对生活真切感受的笔性笔意。两条瀑布一曲一直从山间飞泻而下。摇曳的树丛，迂回的山径，幽静的溪流，给静谧的山峦注入了清音和灵气。整个画面构图采用稳定的S形，产生流动感，映衬出生机盎然的春之气息。作者在继承传统的折带皴、披麻皴、大斧劈皴的同时，结合多年写生对大自然的深刻理解，用富于表现力和具有形式美的创意手法，营构出富有个性绘画语言的程式语言，更好地表现了山水的含蓄幽深博大精深，进而反映祖国山河的壮美雄姿。

《秋山赋图》秋风习习，秋虫啾鸣，秋兰飘香，好一派丛林尽染，丹枫迎秋的景象。作者用"赋、比、兴"的绘画语言充分表现秋之神韵，抒发了心中的积愫，在画法上改变了勾皴点染的传统技法顺序，先色后墨，以墨破色，借助于不同浓度不同干湿的墨色的交融，独造出有别于前人、有时代特征的新颖效果，是作者立足传统美，追求新意的全新思维的充分显现。整个画面用笔含蓄又清晰可见。作者通过多年来对大自然的观察写生，以稔熟笔性和手法，把山的结体表现得灵性勃发，蕴含哲思、意境隽永。画面飞鸟横出与山峦高耸形成强烈对比，白色鸟与红色山形成强烈对比，远山抽象的枫树林与近山具象的枫树形成对比，既有强烈反差又不失统一和谐，使空间感加大，给观者很强的视觉冲击力。作者能够娴熟地驾驭国画传统技法和西法的设色效果，用逆光来加强和拓宽画面的观察和表现领域，使山林之间体面关系的表现更加突出，显得更加透气。作者大泼墨和大泼色，辅之以积色积墨，使画面浑厚华滋、空灵悠远，与传统山水画拉开距离。作品既是传统的，又是现代的，既兼容并蓄，又富于多元化，使人从传统审美思维惯性和当代审美思维情趣中，感受到艺术的诱惑力、感染力、震撼力。

《荷塘图》是作者用画山水的笔墨来画荷花,用笔凝练而不滞,墨色滋润而明洁,画面不刻意追求外在形式,善于抓住荷花出淤泥而不染的本质特征和气势,使物象更加突出,更加鲜明。荷花、荷叶、水草、蜻蜓穿插有序,作者采用对边角处理法,使画面具有一种外张力,更好地扩大了表现空间,尤其是耷拉着翅膀的蜻蜓,悠闲自在地停立在荷梗上,使荷塘显得更加宁静、悠远。用色上大胆采用石青、石绿、朱砂等棕色,使棕色与烽火变化的墨色相揉融。画面构成上水草为线,荷叶为面,荷花为点,点线面有机结合,整体划一,气脉相连。画面雅而不俗,满而不塞,虚而不空,弥漫着灵气,充盈着灵气,似有一股清香扑面而来,好惬意!

《墨竹图》是作者即兴所画的得意之作,受胡献雅老师潜移默化的影响较深。作者在画竹时,中锋侧锋互用,力求体现竹子刚直挺拔的内在精神。布局疏密间横斜曲枝,穿插得当,结体奇崛,一气呵成。枝叶覆仰而有态,前后呼应而有序,有蒙蒙欲滴之感。作者不仅汲取了前人画竹技巧,亦注意到竹子在气候环境下的形态变化,而且用创新笔墨突破了前人画竹的窠臼,在竹的干、枝、结、叶等各个部位的行笔与用墨用水上,根据不同情况采用不同的艺术处理手法,改变了人们传统的欣赏心理态势,给人以不同的艺术联想和不同的艺术享受。作者把写意性以写实性、象征性与时代性融合相济,使毫无生命灵性的自然竹人格化、情感化、具体化,赋予竹以艺术生命和深邃的思想内涵。

高超速写能力,感悟真知灼见

孙宪教授的速写水平堪称一流。几十年来,他为了追求这种高境界,持之以恒,锲而不舍,广采博取,厚积薄发,米开朗琪罗沉实严谨的造型意识,给他以深刻的启示;鲁本斯热情洋溢的表现技巧,给他以经验的借鉴。伦勃朗浑厚深沉的刻画,德加朴实无华的风格,委拉斯贵兹写实功夫的精湛，无不给他以灵感的碰撞和思维的理性思考。

然而孙宪教授清醒地意识到，把中国传统文化精神揉融到写实造型和意象造型之中的必要性，以及东方绘画哲学理念、形式语言对西方速写的反渗透的重要性。经过长期的磨砺、摸索、完善，孙宪教授的速写以其独特的个性，丰赡的民族性和多元的兼容性，博得权威人士的交口称赞。

翻开江西美术出版社发行的、由原中央工艺美术学院张仃院长题写书名、中国美术家协会副主席刘文西作序的《孙宪速写选集》，透视那百幅名山大川，西部风情，村寨院落，江南名楼等速写作品，我们会情不自禁地被感染、被激越。那线条中不仅有对比、想象、取舍、动视、光影、空间、肌理，而且有着音律、采情、力度、情趣、均衡、虚实等。中西合璧，以中为主，反映出作者思想的大超越和审美的大追求。

孙宪教授凭着深厚的文化底蕴和学养以及扎实过硬的功底，在借鉴中求蜕变，在继承中求发展，在创新中求突破。他从传统的画理画法中汲取养分，灵活运用传统中国画的程式符号，使钢笔的用线具有毛笔的韵味。它充分运用干湿、疏密、黑白等对比关系，讲究笔墨上的书写性，造型上的概括性，布局上的对比性，意境上的文学性，创作上的独立性，并将写实与装饰融为一体，不断对画面构成的形式语言进行再创造、再发展，作品既有激烈的传统国画韵味又有强烈的时代感。从这个意义上看，他的速写作品不仅属于中国，而且属于世界。

"宝剑锋从磨砺出，梅花香自苦寒来。"三十余年的寂寞孤独，三十余年的风风雨雨，三十余年的不懈追求，三十余年的奋力拼搏，使孙宪教授的绘画艺术达到了一个很高的境界。他的艺术人格使人肃然起敬，他的艺术成就已被新闻媒体重点报道或正在准备连续报道。几十年来他付出的艰辛努力亦终于得到回报，1998年他荣获政府特殊津贴，1999年他荣获教育部曾宪梓教师奖，他是全国成人高校美术专业委员会的常务理事、江西省美术教育研究会的常务理事，他的国画作品已被国家有关部门珍藏：《春山烟霭图》《秋山幽瀑图》被中南海收藏并收入画集；《忆写华山》被天安门收藏并收入画集；《山高泽长》被毛主席纪念堂收藏并收录珍藏画集；《春江浩荡》被中央文献出版社编入毛泽东诗词画集；《江南小景》1997年参加文化部举办的中国艺术展，被文化部收藏；1994年上海人民美术出版社出版发行《风景素描》一书，其80幅中外作品中，孙宪有5幅作品入选。近10年来，孙宪教授发表、展出、出版的作品百余幅，其中有不少获奖。其中，他为《陈景润文集》的装饰设计荣获华东地区一等奖。

孙宪的艺术所产生的正面效应，给江西美术界注入了新的生机与活力，将带来新的启示与思考。

"心精力果，卓然有成"，孙宪教授时时以导师胡献雅教授的题勉作为座右铭，耐得寂寞，耐得孤独，甘于苦行，甘于奉献。

我们期待孙宪教授在跨世纪的艺术跋涉中永不满足，奋力进取，不断创作出更多更好的艺术作品奉献给祖国和人民，不时地给我们一个惊喜，一份享受，一种振奋！

（原载于2000年6月2日《信息日报》）

用辉煌书写人生

——记民进省委会常委、省政协委员、江西教育学院美术系主任孙宪教授

万圣兴　杨永清

这是一位美术界知名教授,他的美术教育理论与实践,曾被专家学者誉为"孙氏特色教学法";这是一位著名国画家,他的艺术成就曾被省外书画艺术代表团誉为"江西画坛的独特现象";这是一位省政协委员,他的建言献策方略,曾多次被省政协列入重点督办提案,由省政协领导亲自督办。他就是民进江西省委会常委、省政协委员、江西教育学院美术系主任孙宪教授。

知名教授为国家培养了大批美术人才

20年前,孙宪主动放弃优越的工作单位,来到江西教育学院参加组建美术系。面对美术系开办不久经费异常紧缺的情况,他凭着对事业的痴情,毫不吝啬地用多年节俭下来的工资和稿费,购买了教学用品及大量的图书用于课堂教学。在当时教师少、任务重的情况下,他主动请缨,担任起国画山水、花鸟、速写、广告设计等7门课程的教学任务。宽广的视野,渊博的知识,深邃的思想,精辟的表述,使每一堂课都通俗易懂,有滋有味,深受学生欢迎。他不喜张扬,不尚空谈,不为喧嚣浮躁、急功近利的时风所动,多次婉言谢绝高薪聘请或兼职讲学,

一心扑在教育事业上。

多年来,孙宪不断地积蓄知识,不断地完善自己。他始终牢记导师、著名教育家和国画大师胡献雅"要立业,先立身"的教诲,时时要求自己,利用一切空隙时间钻研哲学、历史、美术史论、教育学等方面的知识,并博览群书,融会贯通,以此来提高自己的综合修养和人格境界。

在长期的教学过程中,孙宪根据教学实际,从理论和实践的结合上,有的放矢地编撰教材,将自己掌握的多学科知识,以及新的感悟、新的观念有机地融汇于教学的全过程。他识见弘深,精心设计每一堂课,做到有演示,有理论,有创意。经过长期的筛选、摸索、归纳、总结,独创出"同一对象不同构图多种处理演示法"和"单向指导与多向综合分析法"等特色教学法,从而解决了国画山水意境教学及速写教学两个难题。"孙氏特色教学法"产生的特殊效应,已成为全国成人美术教育中的成功典范,受到业内专家学者的高度评价。

实践证明,孙宪特色教学有着独特的教学功能和效果,是培养高素质复合性美术人才的成功范例。由于孙宪以德服人,以情感人,以教育人,以智赢人,以形悦人,以己正人,从而使江西教育学院美术系呈现出一派生机和活力。该系不仅是我省美术人才和艺术设计人才培养的重要基地之一,而且是实力强,名气大的"品牌系"。仅以江西省建军70周年美展为例,江西教育学院美术系送展的10件美术作品就有7件分别获得一、二、三等奖。孙宪的一大批学生的作品多次参加了省级、国家级美展,均获好评。他的学生走上工作岗位后还囊括了1998年全省美术优质课教学初中、高中组一等奖。继续要求深造的学生考取清华美院、中国美院、中央美院、西安美院等著名美术院校硕士研究生的比例亦居全省前列。现在,他带领的团队培养出来的学生中有不少是硕士生、博士生和美术研究专门人才和教学骨干。每当他们谈起孙宪教授的学识风范、良知操守,以及人格魅力都会有一种自豪感和崇敬心。

著名画家为国画艺术创新而不断开拓

孙宪从小就与绘画结下了不解之缘,为了叩开绘画艺术的神圣殿堂,他对传统文化和中外名著以及音乐等广泛涉猎,即使在下放农村期间,亦没有放下画笔,笔耕不辍,到了如痴如醉的境地。在全国恢复高考的第一年,他即以优异成绩考入景德镇陶瓷学院美术系,并经学院党委研究报国家轻工部批准提前一年毕业留校任教,使他有幸成为胡献雅教授的入室弟子。在胡老的精心安排和悉心传授下,他对画理、画论、画史进行了深入系统地研究,临摹了古代各大名家的作品,他从宋人的画意、元人的画韵、明人的画趣、清人的画势中,领悟出中国画的博大精深。

为了从大自然中汲取养分,孙宪背着行囊,咀嚼干粮,跑遍名山大川,涉足乡间僻壤写生采风。他曾七上黄山,巧遇著名画家赖少其、黄胄等,在他们点拨下,他茅塞顿开,对黄山石峰山峦之险奇、云水舒卷之灵动、松冈苍翠之流韵有了透彻的感悟与体验。

在艺术交往中,孙宪与黄胄交谊甚笃,黄胄对他的敬业精神倍加赞赏,对他的速写也大加赞赏,称之"画出了水平,画出了风格"。并虚心和孙宪探讨有关画山水的要旨与技法,此事在画坛艺林传为佳话。在景德镇陶瓷学院期间,来讲学的著名美术史论家、书画家王伯敏教授对他的作品评价很高,欣然题就"挥毫重磊落,点染亦关情"的嘉勉联。艺术大师黄永玉看到孙宪的写生后,高兴地说:"线条能运用到这种程度非常难得,画得非常好!"著名书画家尹瘦石还提醒他:艺术需要执着。孙宪牢记导师们的教诲,孜孜追求,甘于寂寞,不断创造出国画艺术的新境界。

孙宪的山水画与花鸟画着意营造幽远、空灵的意境,重笔墨,重内涵,重意境,重创新。作品既有灵活运用的传统中国画技巧,又有写生性的表现笔墨。他不受古人笔法束缚,不受客观物象局限,通过点线面的优化组合,流泻出对人生理想和信念的独特体验,创意出一种全新的艺术境界。《幽谷清音图》《秋山赋图》《荷塘图》《墨竹图》等代表作,取材、构图和技法各有独到之处,既有敏悟善感的艺术灵性,又有当代审美思维定式的动感意境,有机地把传统中国画皴、擦、点、染的各种笔法与现代创新的技法融为一体,一方面注重整体画面的宏观运筹,色调统一,对比丰富,使视觉艺术效果更加明显;一方面力求微观运作的准确表现,雄浑中有细腻,纵横中有开拓。

经过长期的磨砺、摸索、完善,孙宪的速写亦以其独特的个性、民族性和兼容性博得了人们的交口称道。翻开由江西美术出版社出版,原中央工艺美术学院院长张仃题写书名、中国美术家协会副主席刘文西作序的《孙宪速写选集》,透视那百幅名山大川、西部风情、村寨院落、江南名楼等速写作品,我们会情不自禁地被感染、被激越。那线条中不仅有对比、想象、动势、肌理,而且有音律、力度、意趣、虚实等。孙宪凭着深厚的文化底蕴和学养以及扎实过硬的功底,在借鉴中求蜕变,在继承中求发展,在创新中求突破。他从传统的画理画法中汲取养分,灵活运用传统中国画的程式符号,使钢笔的用线具有毛笔的韵味。他充分运用干湿、疏密、黑白等对比关系,并将写实与装饰融为一体,不断对画面构成的形式语言进行再创造、再发展。速写作品既有浓烈的传统国画韵味;又有强烈的时代感。从这个意义上看,他的速写作品不仅属于中国,而且属于世界。

政协委员忠实地履行人民赋予的职责

孙宪是民进界别的省政协委员。为了不辜负全省民进会员的重托,他积极参政议政,建言献策,积极为我省的文化、教育、科技、城市建设等鼓与呼,几年来写了不少有见解、有分量、有水平的提案和建议。2003年,由于城市建设中文化保护意识淡薄,一些历史遗存被破坏、被毁灭,孙宪彻夜难眠,利用空隙时间走街串巷,进行深入调研,并适时地在省政协九届一次会议上提出了《城市改造要加强对重要历史建筑及附属物的保护》的提案,提案就大规模进行城市建设和城市扩张的过程中,如何处理好开发、建设和保护的关系,以及如何保持地方建筑特色与风格提出了意见和建议,受到高度重视而被列入重点督办提案,由时任省政协主席钟起煌亲自督办。南昌市委、市政府主要领导十分重视,对提案办理作了重要批示,责令南昌市有关部门尽快拿出切实可行的整改措施。南昌市文化局结合提案中的意见和建议出台了四条保护措施,并对全市城乡的文物进行了普查,在普查中,继而又发现了有保护价值的建筑260多处。南昌市规划局亦相继出台了保护措施,并率先划定万寿宫(翠花街)、绳金塔、佑民寺周边三个老街区进行了保护改造,对部分革命遗迹也规划了具体的保护方案。为了挖掘整合20世纪江西当代艺术名家的精品力作,孙宪审时度势,在省政协九届二次会议上,提出的带有前瞻性的《江西省博物馆要把江西当代艺术名家作品列入馆藏范围》的提案,被列为省政协又一重点督办提案,由省政协副主席刘运来督办,省文化厅组织专家学者进行了专题研究,决定将该项工作列入到工作总体部署中,并加大了资金投入。在有关方面的共同努力下,一些当代名家作品逐渐被省博物馆收藏,不仅丰富充实了馆藏内容,而且较完整地反映了江西艺术的历史与现状。凡此种种,不一而足。充分展示出一位政协委员竭忠尽智履行职责的责任心与使命感。

不负众望为江西赢得了荣誉与辉煌

"宝剑锋从磨砺出,梅花香自苦寒来。"长期的不懈追求,长期的奋力拼搏,长期的理论探索,长期的丰富实践,使孙宪在从教从艺从政三个方面都取得了荣誉与辉煌,他是民进省委常委,民进省委文化工作委员会主任、江西民进书画院院长、民进江西教育学院委员会主任委员,是一位遐迩闻名的民主党派代表性人物。他所领衔的江西民进书画院已成为江西省美术界不可或缺的一支生力军。2005年11月,为了庆祝中国民主促进会成立60周年暨民进江西省委会成立20周年,孙宪宏观运筹,精心策划,全面部署,征集美术、书法、摄影作品近200件,在省文联展览中心举行了大型美术书法摄影作品展,在社会上好评如潮。民进中央副主席王立平,省政协副主席、省委统战部王林森,省政协副主席刘运来、雍忠诚等领导观看展览并给予了很高的评价。

他是江西省高等院校学科带头人,江西省高校教学名师、中国美术家协会会员、江西省美术家协会常务理事、江西省工艺美术高级职称评委会主任,江西省教育学会美术专业委员会理事长、江西省政协委员、江西省政协书画社副秘书长、江西书画院及江西省文史馆特聘画家。享受政府突出贡献专家特殊津贴,获教育部"曾宪梓奖"。

近10年来,他的作品入选全国性美展20余件。另外还有多件作品被中南海、毛主席纪念堂、天安门收藏:《春山烟霭图》《秋山幽瀑图》被中南海收藏并收入画集,《忆写华岳》选入《天安门珍藏书画集》,《山高泽长》由毛主席纪念堂收藏,并被收入《毛主席纪念堂珍藏书画集》。多件作品被《人民日报》《光明日报》《美术观察》《美术大观》《美术报》《中国书画报》《人民政协报》等众多报刊发表。2003年,孙宪为江西省人民政府大会议厅主席台创作巨幅中国画《井冈雄姿》。2005年由他在北京主笔的大幅国画《井冈崛起》,被省领导代表省政府赠送给国家发改委。2006年,十一世班禅来赣,省委书记将他创作的《井冈高路入云端》作为省礼赠送给十一世班禅。2007年孙宪为中共江西省委常委楼作《三清春色图》。作为研究成果,近年来孙宪出版了《孙宪速写选集》《风景写生》《山水画法》等多部专著,得到社会广泛好评。

"心精力果,卓然有成"。孙宪时时以导师胡献雅教授的题勉作为座右铭,耐得寂寞,耐得孤独,甘于苦行,乐于奉献,因此,才会有令人瞩目的成就,才会有春华秋实的收获。

(万圣兴、杨永清 民盟江西省委宣传部、民进江西省委宣调部。本文刊登于2007年8月中共江西省委统战部期刊《心桥网》)

孙宪艺术经历

1970年1月，南昌一中（1969年一部下迁至梁家渡南昌蚕桑场，改为南昌蚕桑场五七中学）初中毕业后留校，6月至南昌蚕桑场蚕桑大队参加劳动，并参加场部的美术宣传工作。

1971年12月，借调至省，参加省外贸展览设计，筹建外宾商店——南昌友谊商店，担任美术设计。半年后返农场，调五七中学任教师。

1972年始，学习中国画，得民国版《芥子园画谱》，欣喜过望，苦习。

1974年4月，得长春电影厂于军老师指导速写。得恩师蔡锡林、李素馨先生指导速写、国画、鉴赏。

1977年12月，参加"文化大革命"后首次高考，录取至景德镇陶瓷学院美术系学习，1978年2月入校。

1980年7月，首赴黄山写生，得遇赖少其先生，聆听教诲，应邀随黄胄先生写生。12月，经学院报轻工部批准，孙宪提前结束班级学业，作为师资留校，并作为著名国画家、教育家胡献雅教授的弟子。

1981年4～5月，首赴嵩山、华山、泰山、曲阜、崂山写生。10月，随胡献雅先生赴石钟山写生。12月，美术系举办《孙宪中国画学习汇报展》，胡献雅先生为展览题词"千里之行 始于足下"。

1982年5月，首赴未开发的三清山写生，自带被褥、粮食，宿三清宫阁楼。12月，赴安徽泾县写生，并了解宣纸生产工艺。

1983年7月，赴桂林、阳朔、柳州写生。8月，赴宁夏、内蒙古、山西写生。

1984年8月，赴徐州、济南、曲阜写生，考察潍坊杨家埠民间年画。

1985年5月，随胡献雅先生赴杭州写生。5—10月，应庐山管理局邀请,赴庐山策划"第一届庐山书画邀请展",随胡献雅先生庐山写生。

1986年4月—5月,赴云南各少数民族地区写生。至张家界写生。

1987年7月,调江西省经委,任报社美术编辑。

1989年9月,调江西教育学院美术系。

1991年11月,赴福建武夷山写生。

1992年9月—10月,赴九华山、黄山写生。12月,《孙宪速写选集》由江西美术出版社出版。黄胄先生帮助审稿,张仃先生题写书名,刘文西先生作序。胡献雅先生题辞"心精力果 卓然有成"。

1993年5月获副教授职称。11月,赴浙江杭州、绍兴写生。

1994年4月,任江西教育学院美术系副主任,主持工作。《李白诗意》获江西省美展一等奖。10月,《忆写华山》入编天安门珍藏书画集。

1995年11月,赴黄山写生。

1996年4月,恩师胡献雅先生逝世,享年95岁。9月,《春山烟霭》《秋山幽瀑》由中南海收藏。10月,赴雁荡山及温岭石塘写生。

1997年5月,《山高泽长》入编毛主席纪念堂珍藏书画集。《江南小景》入选文化部《中国艺术展》至巴西展出。10月,赴安徽黄山、歙县、西递写生。

1998年11月,赴广西龙胜及桂林写生。12月,获政府突出贡献专家津贴。

1999年6月,获教授职称。获教育部"曾宪梓教师奖"。10月,赴雁荡山、石塘、杭州写生。12月,《幽涧》入选《江西美术50年》画集。

2000年4月,任江西教育学院美术系主任。11月赴山东曲阜写生。

2001年6月,赴山东青岛、烟台、威海、辽宁大连考察写生。7月,评为江西省高等院校学科带头人。9月,《幽涧》选入江西百年中国画名家作品展览。11月,赴湘西凤凰、张家界和芙蓉镇写生,得黄永玉先生指教。《屹立》入选中央统战部全国统一战线纪念建党80周年书画展。

2002年6月,《延安宝塔山》《铁索桥》选入统编中学《美术》课本。

11月，完成江西省政府大会议厅巨幅中国画《井冈雄姿》。赴三峡及大宁河抢救性写生，重点在143米水位线下写生，得稿百余幅。

2003年1月，担任第九届江西省政协委员。7月，《白云深处》入选第二届全国中国画展览。8月，应青岛艺博会邀请，出席第一届青岛艺博会。9月，赴广西南宁、桂林及越南河内、下龙湾考察。10月，赴济南参加华东六省一市书画邀请展，到青岛、威海、曲阜考察写生。

2004年1月，《风景写生》由江西美术出版社出版。4月，《山水画法》由江西美术出版社出版。《屹立千秋》发表于《人民日报》。《山水》入选全国政协《庆祝政协55周年全国书画作品展》。9月，评为"江西省高等院校教学名师"。当选江西省教育学会美术专业委员会理事长。

2005年3月，主笔为国家发改委贵宾厅创作《井冈崛起》。6月，到青田、绍兴、雁荡山等地写生。《白云生处》发表于《光明日报》。《黄洋界》入选文化部第三届全国画院优秀作品展。

2006年2月，《黄洋界》发表于《美术观察》。5月，《井冈高路》作为省礼赠送十一世班禅。六月，在成都青城山写生。9月，《峡江行棹》由八大山人纪念馆收藏。《高山仰止》入选民革中央、中国美协"孙中山诞辰140周年全国书画展"。

2007年9月，《山居图》《黄洋界》选入《当代中国画名家画集》（山水卷）人民日报出版社。10月，巨幅中国画《井冈春色》陈列于江西省政协主席会议室。11月，国家邮政局发行邮资信卡《孙宪山水画》6枚。

2008年1月，担任第十届江西省政协委员。《井冈山》等选入《华夏墨韵——中国画经典作品》山水卷。9月，随江西省中山画院到河南洛阳龙门、太行山写生考察。

2009年6月，《三清云蔚》获江西省十三届美展一等奖。7月，随中山画院赴台湾各地写生考察。8月，为江西省政府完成巨幅作品《井冈杜鹃》（合作）、《三清山》，陈列于前湖迎宾馆。完成巨幅瓷板画《三清云》4.2×1.7（米）。9月，赴景德镇参加巨幅瓷板画《西江揽胜图》的创作。民进中央开明画院成立，赴京出席民进中央开明画院一届理事会。《三清云蔚》入选第十一届全国美展。

2010年10月，当选江西省美术家协会副主席。《苍岭云纵》等选入《百年中国画家》（山水卷）。

2011年3月，为江西省委常委会议室创作巨幅中国画《井冈春色》；5月，《宝岛台湾采风画展》在北京民族文化宫举行，作品《太鲁阁长卷》等10件作品参展。7月，完成奥体中心贵宾厅巨幅中国画《井冈山》；担任统编中学《美术》课本执行主编。9月，当选江西省老文艺家协会副会长。11月，到贵州调研初中《美术》课本使用情况并至榕江、岜沙考察写生。参加江西画家代表团赴土耳其中土文化年考察写生。

2012年2月，完成21米长卷《云山无尽图》。3月，到毛主席纪念堂接受创作任务。8月，赴新疆喀什、帕米尔高原、阿勒泰写生。12月，完成毛主席纪念堂贵宾厅巨幅中国画《井冈朝晖》创作。

2013年1月，受聘为江西省政府文史研究馆馆员。2月，担任第十一届江西省政协常委。6月，赴英国和北爱尔兰写生。9月，《多玛巴切皇宫前的钟塔》等4件国画入选土耳其驻华大使馆、文化部对外交流中心《土耳其写生作品展》。12月，《文化参考报·艺术周刊》8个版刊登中国画山水11幅、速写7幅、评论文章3篇。《艺术中国》发表钱海源先生文章《品读孙宪山水画作品随感——"既打进去，又跳出来"的艺术佳作》，并刊登中国画作品8件。

2014年3月，国画《鹅銮鼻灯塔》，入选中国美协、中国美术馆《岛屿风情》画展。江西省中国画学会成立，担任副会长。7月，《环球人物·文化特刊》发表黎明中先生《迁想妙得自成丘壑——读孙宪山水画法》一文并刊登近作。8月，中国画《层岩峭壁图》参加中央文史馆、中国美协、中国书协主办的《文史翰墨首届诗书画展》。10月，《三清春沐》，入选第十四届江西省美展。同月，中国美协艺术委员会、国家画院中国画院等在国家画院展厅主办《云海画院首届作品展》，孙宪40件云海山水作品入展。11月,中国画《龙虎山仙水岩》入选《全国道教题材美术书法名家精品展》。

2015年3月,为创作抗战题材作品,赴上高会战旧址、德安万家岭大捷遗址考察,完成中国画《万家岭大捷部署地观音阁》《上高镜山口》2件作品,参加抗战70周年画展后由江西省文史馆收藏。6月,赴北京十渡写生。8月,赴西藏考察写生。9月,作品《万家岭狮子山》参加中国美协《抗战胜利70年全国画展》。北京电视周刊整版介绍《幽壑》《三清岚霭》等作品。11月,云海画院赴广西及越南下龙湾写生。山水作品《青山不语》参加《文史翰墨——第二届中华诗书画作品展》。国画作品《闲来洗砚写云山》,入选中国美术馆《翰墨情深·全国书画展》。

2016年1月,《人民日报》海外版刊登作品《三清雨霁》,同时刊登署名评论文章。6月,江西美术出版社出版《孙宪画集》。山水作品《山清晓烟》参加中央文史馆《中华文化四海行赴澳门作品展》。赴澳门考察写生。9月,为省教育厅大楼创作的大幅中国画《匡庐隽秀》被复制成巨幅瓷画悬挂于大厅。11月,云海画院画家至井冈山、赣南写生。12月,赴京出席民进中央开明画院二届一次常务理事会。

2017年2月,《江西画报·文化江西》发表了记者周琦的《笔墨归真,且与造物游——记著名山水画家孙宪》采访长文,并刊登13件作品。中国画《修水上杉宫选大屋》入选江西省文化厅《红色记忆》画展。经济晚报整版发表作品7幅及评论文章。10月,赴云南参加《江西·云南中山画院作品交流展》,赴腾冲国殇园抗日将士墓地凭吊及写生。中国画《匡庐晴岚》参加中央文史馆举办的《文史翰墨——第四届中华诗书画展》。《风景写生——山石树木》《风景写生——建筑速写》两本著作由江西美术出版社出版,书中收入四十年来写生作品300余件。3月,中国画《山高水长》由周恩来纪念馆收藏,选入周恩来诞辰120周年展览。10月,云海画院画家至四川青城山写生。应邀参加景德镇陶瓷大学60周年庆祝活动,参加胡献雅作品开幕式及胡献雅艺术研讨会活动。11月,主持《高雅文化进校园——中国·云海画院作品展》筹备及开展活动。在南昌航空大学主讲《走近中国画》。云海画院召开第二届理事会,被推选担任理事长,画院院长。

2019年2月,中国画《幽壑清音》《云涛无声》参加江西省中国画学会、江苏省中国画学会主办《两江风骨》江苏、江西中国画学术交流展。4月,《美术观察》第四期发表特约采访文章《治艺桃源 栽木柱天——孙宪谈胡献雅先生的艺术历程》。5月,国画《三清云蔚》参加江西省委宣传部、省文化厅、省文联主办的《文化的力量——2019江西文化发展巡礼》大型综合展览。6月,回忆恩师的《立风立德 高山仰止——记著名书画家、美术教育家胡献雅先生》长文发表于《江西文史》第18期。8月,云海画院画家至贵州梵净山、千户苗寨、镇远、乌江源头等地写生,完成《百里乌江源写生长卷》等一批作品。9月,作品《三清雨霁》参加第十五届江西省美展。12月,应邀赴景德镇参加著名作家、教授,画家胡辛艺术馆开馆仪式。中国画《庐山剪刀峡》入选江西艺术节《翰墨70年——江西省中国画作品展》。

2020年1月,应邀参加791美术馆《云·山 孙宪艺术沙龙》。同年,创作《早春图》《苍山雨霁》《昔日白帝城》《台湾太鲁阁大峡谷》等一批作品。

2021年3月,应邀参加《文心雅墨》当代中国画学术邀请巡回展;5月,主持《江西开明画院庆祝建党100周年画展》,全国人大常委会副委员长蔡达峰出席;七月赴西安出席雕塑杂志社,陕西省美协,云海画院主办《赵军安作品展》开幕式。完成中国画《壶口瀑布》。9月,主持《庆祝建党100周年江西省工艺美术作品展》;应邀参加《赓续》全国中国画名家作品邀请展。

后　　记

　　屈指一算，自20世纪70年代初学习中国画至今已整整五十年。

　　五十个春秋，对历史而言不过弹指一挥间，但对一个人而言，一生又有几个五十年。回顾这五十年的艺术生涯，我庆幸自己一路上得到了很多贵人的帮助，庆幸自己用半辈子的时间执着地做一件自己热爱并愿意继续探索的事。

　　1977年考上景德镇陶瓷学院是我人生的一个转折点。我珍惜学术氛围宽松的大环境，深知"勤能补拙"，夜以继日，不敢懈怠。也许是老天眷顾，入校三年后，我成了著名美术教育家、中国画家胡献雅老先生的入室弟子。先生在倾心指导我专业的同时也让我明白了"为人不正，落墨无法"的做人道理。先生要求弟子较系统地临摹研究古代佳作，通读画理画论，明白画家石涛提出的"笔墨当随时代""搜尽奇峰打草稿"的内涵，虔诚地"师造化"。先生也让我明白了"学无止境"，要求我"细心研究，大胆创作"。

　　大学毕业后，我留任景德镇陶瓷学院成为中国画教师；1989年调至江西教育学院（2013年转制改名为"南昌师范学院"），继续从事中国画的教学和研究。

　　中国画大师黄胄先生曾叮嘱我："生活是艺术的唯一源泉，要扎根时代，表现生活。"古代的画家可以孤芳自赏，用笔墨抒发自己心中的"逸气"，当今的艺术家则要担当一份社会责任，不能满足于"阳春白雪"，而是应该深入生活，创作大众能够接受、理解，可以激励人们奋发向上的好作品。当然,我这里讲的是主流文化的社会责任意识,不意味着对艺术个性、自我表现、艺术形态探索的否定。

作为一个山水画家,在重视优秀传统画理画法的同时,亲近大自然、在生活中找到艺术的灵感,是画好现代山水画的前提。几十年的艺术实践也使我逐步深化了对中国画的认识。

现代化交通工具的发展,使如今的画家生活视野更宽阔。这就需要画家认真观察特征规律,寻找新的笔墨表现方式。这么多年来,不同的自然生态和人文景观都是我关注、写生的对象,使我从笔墨被动表达中走出来,逐步形成了自己的山水画语言,这是走进生活的收获与乐趣。

本文选入了我的部分文稿、中国画及历年外出深入生活的写生稿、艺术历程回忆和历史照片,以及报刊媒体和同道师友的相关文章,当为几十年探索的一个小结。限于能力水平,无论是画作还是文稿的选用,都有很多待改进和完善的地方,请各位方家和读者多多提出宝贵意见。

在本书文字材料整理过程中,华光耀先生给予了大力帮助,孙扬帮助收集作品、查找选用相关报刊资料并承担了图片拍摄工作,在此表示诚挚的谢意!

衷心感谢策划这套书的南昌师范学院校领导,"学者文丛"编委会的各位先生,科研处及美术学院诸位同仁。同时,对知识产权出版社表示衷心的感谢。

孙　宪
2022年5月写于南昌听雨楼